莱 卡

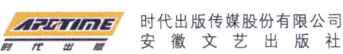
时代出版传媒股份有限公司
安徽文艺出版社

俞 胜 ◎ 著

俞胜，安徽桐城人。中国作家协会会员，辽宁省作协特聘签约作家。著有长篇小说《蓝鸟》，中短篇小说集《城里的月亮》《寻找朱三五先生》《在纽瓦克机场》，散文集《蒲公英的种子》等。作品入选《新实力华语作家作品十年选》，2014年至2022年每年散文选本。作品曾获首届鲁彦周文学奖、第二届曹雪芹华语文学大奖、第八届中国煤矿乌金奖等。

莱 卡

LAIKA

俞 胜◎著

时代出版传媒股份有限公司
安徽文艺出版社

图书在版编目（CIP）数据

莱卡/俞胜著.—合肥：安徽文艺出版社，2024.2
（中坚代书系）
ISBN 978-7-5396-7702-6

Ⅰ.①莱… Ⅱ.①俞… Ⅲ.①中篇小说－小说集－中国－当代②短篇小说－小说集－中国－当代 Ⅳ.①I247.5

中国国家版本馆CIP数据核字（2023）第014113号

| 出版 人：姚 巍 | 丛书策划：朱寒冬 |
| 责任编辑：张妍妍 姚 衍 | 装帧设计：张诚鑫 许含章 |

出版发行：安徽文艺出版社　www.awpub.com
地　　址：合肥市翡翠路1118号　邮政编码：230071
营 销 部：(0551)63533889
印　　制：安徽新华印刷股份有限公司　(0551)65859551

开本：880×1230　1/32　印张：11.25　字数：220千字
版次：2024年2月第1版
印次：2024年2月第1次印刷
定价：45.00元(精装)

（如发现印装质量问题，影响阅读，请与出版社联系调换）

版权所有，侵权必究

序

施绍俊

俞胜最初是在中国最高端的新闻单位工作,他在新闻单位时被分配去跑文学口,因此常常要去采访文学活动,我就是在文学活动中认识俞胜的。他热爱文学,跑文学口的频率也特别勤,跑着跑着,他就把自己跑成了文学口里的人,从此在一家重要的文学刊物做编辑。但他不单是给作家们编发小说,他自己也在写小说。编发小说俞胜有自己的文学审美标准,他的标准还不低,写得不好的小说难以通过他的这一关。自然他写小说也要照着自己的文学审美标准去努力。有句俗语说"眼高手低",俞胜则是眼高手不低,尽管他写得不多,但每一篇拿出来都很精彩。《莱卡》是俞胜的中短篇小说合集,收入的作品都是他近两年间创作发表的。我在阅读中感受到了俞胜为自己设定的更高写作目标。我愿意将我的阅读体会与大家分享。

俞胜的更高写作目标首先体现在,他决定要写写动物。人们也许马上会说,写动物的作家多了去了,这难道也算是一个更高的写作目标吗?的确有很多作家写动物,而且我还知道有一种小说类型就叫动物小说,动物小说就有大家非常熟悉的经典,比如美国作家杰克·伦敦的《野性的呼唤》。但难得的是,俞胜要写动物,却不愿照着已有的动物小说经典去写,他要在写动物上探出一条不一样的路子来。这正是俞胜写作目标的高度所在。也就是说,俞胜虽然写动物,却写的不是我们所熟悉的动物小说。动物小说的突出特点,就是以动物作为主要书写对象,是将动物作为小说的主角,去写动物在大自然中的命运,也写动物与人类的关系。在生态意识日益强烈的今天,动物小说这一样式显得更为时兴,不少作家发现动物小说更适合表现生态主题,他们从动物的视角去观照动物与人类的关系,批判人类对大自然的破坏,因此动物小说也逐渐多了起来。不知俞胜写动物是否受此影响,反正收在这个集子里的小说,几乎每一篇都写到了动物。但即使受此影响,我们也能明显地感到,俞胜非常自觉地表现出要写得和别人不一样。他的这些小说明显不是动物小说,他并没有以动物为主角,更没有采用动物的视角,然而我们在阅读中又能感觉到动物在小说中起到了特别的作用。我觉得俞胜是在创造一种新的小说样式,我将其称为动物意象小说。

俞胜的动物意象小说,是将动物作为一种意象,让它参与到情节的互动之中,从而使小说的主题具有更为形象化的可感性。最能体现这一意图的是《莱卡》这篇小说。小说的主要情节是一对恋人在国际政治局势风云突变的境遇里依然不离不弃。年轻的王向林是哈尔滨某工厂的技术员,他与工厂的一位苏联援华专家叶琳娜相爱了。中苏关系恶化后,叶琳娜必须返回苏联,他们的爱情不得不中断。但王向林执着于这份爱情,他毅然辞去工作,离开哈尔滨,来到中苏边境的乌苏里江边的一家林场落户。虽然他在众人的帮助下与林场的韩秀英结了婚,后来还有了一个儿子。但他每天都要在江边走一走,眺望江对岸的另一个国家,那边有他的恋人叶琳娜。这让人们非常纳闷,他这样就能够和自己的恋人联系上吗?这时候,动物出场了。这是王向林离开哈尔滨时随身带来的一只叫大壮的狗。当王向林与叶琳娜的爱情被江河阻隔时,对岸的一只狗则游过乌苏里江与大壮相爱了,对岸这只狗叫莱卡。从此王向林牵着大壮来到江边,就等着莱卡从对岸游过来,然后看着两只狗像情侣般地走在一起。事实上,这两只狗就是王向林和叶琳娜共同抚养的两只狗,它们也成为了这一对恋人保持联系的"桥梁"。若依动物小说的写法,作家会着重写两只狗如何凭借它们的生理优势巧妙地为自己的主人传递信息;还会写两位恋人在与那些监督他们的官员们周旋的过程中如何与两只狗保持着高度默契,还会写人与狗是如何做到心心相印的。但是,俞胜没有将小说朝这些方面展开,他让这些故事因素悬置起来,留给读者去想象,只是将两只狗作为一种意象,伴随在对王向林思念对岸恋人的叙述过程中。俞胜没有以动物小说的样式去写,显然使小说失去了生成出更多精彩故事的可能性,对于喜爱看故事的读者来说,一定会替作者感到惋惜。但俞胜的这种意象式写法或许会让读者获得另外一种审美感受。他在这篇小说里虽然损失了不少故事性,但强调故事性的写法极有可能将读者本来关注两位恋人爱情的兴奋点转移到故事上来,只会去关注故事是怎么发展的。事实上,这篇小说的立意就是要讴歌爱情的坚贞和持久。王向林和叶琳娜这一对恋人虽然被无情的政治风云拆散,但他们的爱情始终保留在各自的内心。在那种极其严厉的政治环境中,他们不仅完全没有机会见面,而且也根本没有条件进行书信联系,如果一定要编写王向林和叶琳娜在这种极端环境下的相恋故事,就只能往传奇的路上走了,而传奇显然不是俞胜所要追求的风格。于是他在两位恋人身边加上了两只狗,两只狗作为意象,就像是一块显影板,将两位恋人内心的爱情活动显现出来。俞胜采取动物意象化的写法,虽然情节相对来说被简略化,却凸显了一些典型化的细节,达到了一种诗歌咏叹的效果。

动物意象化的艺术效果在《卡桑》中也表现得十分突出。《卡桑》的主人公周伯是一个抗日战争后滞留在中国的日本遗孤,他的父亲在回国途中死去,母亲回国后却杳无音信了。周伯独自一人在中国长大,完全中国化了。他在中国娶妻育女,过得很幸福,尽管一度曾携一家人准备回日本定居,但他和妻子在日本生活不习惯,最终还是回到了中国。周伯唯一的心愿是寻找到自己的母亲,他找了一辈子也没有找到,到了晚年,他便养了一头羊,他把这头羊唤作"卡桑",卡桑在日语里是母亲的意思。因为周伯依稀还记得小时候母亲喂他山羊奶的情景。这篇小说的主题很繁复,与母爱有关,与亲情有关,也与超越国境的人类共情有关,这些主题相互交织,如果完全通过故事来表述,也许会顾此失彼,相互打架,相互抵消。俞胜便通过一头意象化的山羊,将这些主题的内涵融为一体,为读者提供了一个联想的空间。就如同小说结尾处所暗示的:"看着那只羊,看着它究竟是要走进江边的原始森林,还是要沿着江面上的月光路,走到月亮中去。"

俞胜在每一篇小说中对于动物的意象化处理也不一样,有的小说只是出现一个淡淡的动物意象,比如《凯特是个谜》中的凯特是妈妈养的一只猫,其实这只猫在故事中无关紧要,但在情节发生到某一个节点,凯特就会出来"打搅"一下,这是一个调皮型的意象,给这篇本来就是要玩味一下神秘感的小说更增添了神秘的气氛。又比如《雾中的牛》,就像是一篇饱蘸情感的散文,俞胜将记忆中的父亲形象定格为一个充满诗意的意象:雾中的牛。又比如《郭秀的婚事》,这篇小说采用非常传统的写实性叙述,讲述郭秀在婚姻爱情上的自由率性给父母造成的精神焦虑,非常具有喜剧效果。这已经是相当完整的艺术构思了,但俞胜还是在其中添加了一个动物意象:郭秀的第二个男朋友是草原上的养殖大户,她声称要跟他在草原上放羊。草原上自由自在的羊仿佛就是郭秀的化身。这个意象很轻很淡,几乎会在阅读中被忽略过去,但它在暗处推动着故事的发展。特别是在父母终于为女儿考察到一个满意的对象时,女儿却告诉父母她还是要去草原上放羊!这个淡淡的意象竟释放出地震般的能量,母亲当场便有了要吃安眠药的悲痛。在《逃离》这篇小说里,我们则会发现有一个大鲤鱼的意象隐隐地显一下形。有时候,俞胜又在动物小说和动物意象小说之间游离,如《维尼》中,俞胜就赋予那只叫维尼的熊更多的情节因素,因此小说更像是一篇地道的动物小说,但俞胜同样也对维尼作了意象化的处理。

意象化是一种高端的文学修辞方式,中国是一个诗歌大国,中国古代诗歌就离不开意象化。古人将诗歌思维总结为"比兴","比"就是比喻,以一个更为形象的物体去形容另外一个物体或人物,从而将其特征鲜明地凸显出来。"兴"是借一物起兴,为所要叙述的内容创造一个良好的开端。古代诗歌中常常是比兴连用。俞胜的动物意象化,就有比兴的效果,他在小说叙述中通过动物的意象化,或转喻,或象征,或寓言,或起兴,从而让故事所蕴藏的意义得到充分的释放。这往往是诗人在写诗时不可避免地要采用的方法。看来俞胜就有诗歌的天分,而且他善于将诗歌思维引进到小说写作之中,动物意象化充分体现出他的这一写作特点。

俞胜是一位在思想上十分严肃认真的作家。我的意思是说,他对自己的文学写作很看重,他希望自己的作品能够带给读者积极、美好的收益,他在每一篇小说中都努力追求思想的丰沛和深刻。这一点,我相信读者们在阅读时一定能够感受到。但俞胜从来不愿在小说中非常直露地表达思想,他力图将思想转化为文学形象去感染读者。这使他的小说具有更加良好的艺术品格。这也是我喜爱俞胜小说的重要原因。

目　录

001　**序 / 贺绍俊**

001　一只叫钱钱的龟
025　郭秀的婚事
051　雾中的牛
065　维尼
116　我要当连长
133　逃离
161　莱卡
208　卡桑
250　瓜田月下
267　凯特是个谜

附录

329 现实表达的力度及寓言化写作的可能

　　——评俞胜中篇小说《维尼》／袁亚冰　张凡

340 一切坚固的东西都将烟消云散

　　——俞胜《卡桑》读评／江飞

一只叫钱钱的龟

最后的难点聚焦在如何解决这只乌龟上。

金钱龟,背上有三条黑线,最长的那条线在龟甲的中间,纵贯龟的头颈和尾尖,龟甲的边缘像镶了一圈余晖。哥哥项午和妹妹项晨都辨不出这只龟是公是母。

"它大概有三岁了吧,长成了这么大的一只。"哥哥说。

"妈喂得好呗,"妹妹说,"三岁不三岁的我不知道,反正来我们家有三年了,还是我给月月买的呢。"

"当初为什么要买这只乌龟呢?"哥哥问,语气里只是好奇,没有丝毫责怪妹妹的意思。

"月月两周岁生日的时候,你又回不来。"妹妹盯了哥哥一眼说。

哥哥尴尬地笑了笑,没说话。

妹妹接着说:"那几天,妈恰好带着月月在我们家。去市场买菜的时候,看见卖金钱龟的了,只有铜钱大小,一只只活泼泼地在水盆里乱爬。月月见了稀罕得不行,挪不开步子了,我就给她买了两只。"

"两只?"哥哥问。

"是呀,当初是买了两只回来,寻思让它有个伴呢。谁知第一个冬眠期没过去,妈就告诉我死掉了一只。"妹妹又盯了哥哥一眼。

那只在龟缸中徒劳地兜着圈子的乌龟听见他们在谈论它,安静了下来。它爬上了龟缸中的晒台,伸长脖子,用一双乌溜溜的黑眼珠瞅了他们一眼后,又慢慢地缩回了脑袋。

"妈怎么能认出它是一只母的?"哥哥好奇地问。

"妈能辨出来呗!"妹妹简短地回答,语气里含着那么一丝嗔怪的味道。

妹妹的嗔怪不是为了财产。妈走前也没有什么财产,妈走后,家中值得送人的东西都送了人,只剩下湖边这一套孤零零的楼房。这套楼房,哥哥不会要,妹妹也不会要。它的将来注定是属于风的,属于雨的,属于日月星辰和这片湖水的。妹妹的嗔怪也不为哥哥对妈少尽了孝心。哥哥远在北京,在一家大型国企里上班,回家看妈的次数的确不多,但哥哥生怕妈缺钱花,常把钱打到她的卡上。哥哥的钱不只是给妈的,也是给他的女儿项朋——小名叫月月——的。嫂子去美国那年,月月才一岁半,哥把女儿送回了家,让妈帮着他拉扯大。妈没有多花哥哥一分钱,走之前,身边还攒有七万三千四百六十九元,其中五万八千二百七十三元是哥哥给她的,一万五千一百九十六元是妹妹给她的,谁的钱最后就归谁,妈不带走一分。妹妹当然也不会要哥哥的钱,妹妹虽然生活在县城,可她也是一个局的副局长,日子好着呢。

妹妹的嗔怪在于他的优柔寡断,在于连对一只乌龟的去向都举棋不定。再过三天,过了妈的头七,哥哥就要回北京了,还要带走他的女儿项朋。他们都走了,这只乌龟怎么办?

月月扎着小羊角辫,鼻尖、两腮和新换的连衣裙上都沾满了泥浆,像一个小泥娃从秋阳中跳出来。她进了堂屋的门,手中提着一个玻璃瓶子,瓶中是三厘米高的水和几只活蹦乱跳的虾。

"月月,只许在田沟里捞虾,不许到湖边去,听见了没有?"姑姑嘱咐。

"知道啦,姑姑,我就是在田沟里捞的,给钱钱当食物。"月月嘴上说着,身子已经蹲到龟缸前,她把瓶中的水和虾一股脑儿地倒进龟缸。两只龟刚来时,月月给它们取的名字分别叫金金和钱钱,没有度过第一个冬眠期的是金金。

受了惊的虾在龟缸中拼命地蹿,有一只几乎蹿过缸顶,不过它的落点在缸的中央,不在缸的边沿,所以又十分悲惨地跌落水里。离了晒台的钱钱,张开粉红色的大口,往前猛地一伸,一口就叼住了尚在挣扎的虾。

"月月,月月,田沟里还有泥鳅——"一个和月月差不多大的小男孩在秋阳中喊。月月转身又往外跑。他是邻居项二伯家的孙子,现在的年轻人都进城了,湖边只剩下四五户人家。

"不许到湖边去,听见了没有?"姑姑又嘱咐。

"听见啦,姑姑。"月月跳进了门外的秋阳中,周身立刻镀上了一片金黄。

"妈在弥留之际,嘴在微微地动,我以为她有话跟我说呢,就把耳朵凑过去。谁知妈游丝一样的声音却是:'月月,月月呀……'妈最放心不下的就是月月了……"妹妹抽出纸巾擦眼泪。

哥哥也觉得眼泪在眼眶里打转,嗓子眼发紧得很,他一时说不出话来。稍缓了片刻,他才说:"妈是觉得月月从小就没有娘,妈担心她受苦……"

"可不是吗?"妹妹也缓解了一下悲痛的情绪说,"妈在走之前,大概走前一周吧,还跟我说:'要劝劝你哥,既然柴源源后悔了,那么为了月月,还得原谅她一回。人哪有不犯错误的?当初柴源源也是被那个男的迷了心窍。'我想,妈这时候已经糊涂了。"

哥哥点点头。

"哥,"妹妹咬牙切齿地说,"柴源源那个女人,你可不能原谅她。夫妻生活中,别的错误都可以原谅,但原则性的错误绝对不能!"

哥哥点点头。

妹妹的手机响了。妹妹很优雅地拿起手机,很优雅地问候了一声,然而没听对方说两句就急躁起来:"那份报告,你们起草后交给刘局审定就可以,不必再向我汇报!"妹妹干净利落地挂了电话,一点也不拖泥带水。

哥哥又点点头。

妹妹嗔怪了:"哥,你不能光点头呀,关于这只乌龟,你得抓紧时间拟个方案、拿个主意。你不会想让它在这里颐养天年吧?妈不在了,谁喂养它啊?"

"要不……"哥哥迟疑地说,"要不放在你家饲养?"

"那可不行,每天光换水都够我受的了。再说,我们家谁有时间啊?老张成天不着家,显得比我还忙似的。"妹妹突然有了个好主意,"哥,你把它带回北京就是了。"

哥哥摇了摇头:"领个孩子,途中还带一只这么大的乌龟?带也能带走,可带回去谁有工夫伺候它呀!"

"倒也是,这小东西长大了,又能吃又能造,可脏了,水一天不换就弄得臭气熏天的。"妹妹说,"还不知道我静雯嫂子讨不讨厌乌龟呢!"

"讨不讨厌还在其次,关键是都没有时间。"哥哥笑着说,"静雯是做记者的,也显得比我还忙似的。"

"那只好放生了。"妹妹无奈地说。

"又来了。月月不同意,一提放生,她的眼泪就噼噼啪啪地往下掉。"哥哥笑得无可奈何。

"哥啊,你对她太溺爱了。"妹妹说,"不过呢,月月的确对钱钱有感情。妈对钱钱也有感情,一天恨不得给它换三次水,给它喂小鱼、小虾还有泥鳅什么的,反正湖边这些东西都不缺,要不短短三年时间能长这么大?眼瞅着这个龟缸都有些小了,这都换过两回龟缸了。"

"妈怎么就能认出它是一只母的?"哥哥又问了起来。

"妈说龟原来是天上的仙女,因为长得特别漂亮,所以天上的玉皇大帝要把她纳入后宫。可是她宁死不从,恼羞成怒的玉皇大帝就把她打入凡尘,变成了乌龟……妈确认它是母的,也许跟这个传说有关。"

"月月也说它是个小姑娘。"哥哥不甘心地补充了一句。

"月月自己就是个小姑娘嘛!"妹妹笑着说。

"现在看来,放生是最好的方法了。"哥哥把话题拉回问题的关键点,"送给项二伯家也不是好办法,项二伯什么都敢吃,一准儿就给煮熟吃掉了。只是月月那里,怎么做她的思想工作呢?"哥哥为难的是这个。

"月月的工作就交给我来做吧。"妹妹胸有成竹地说。

小泥猴一样的月月从暮光中回来,白昼就在她的身后拉上了窗帘。吃完晚饭洗了澡,疯了一天的月月躺在床上睡着了。在她的脑海里,死亡的概念还不清晰,悬挂在正堂墙上的奶奶正从四周缠绕着黑纱的镜框中走下来,走到她的梦境中。

项午却难以入眠。田野里的稻子已经收割了,有些秋虫在引吭高歌,有些秋虫在浅吟低唱,不远处的湖水轻轻地拍打着岸边,仿佛岸边憩息着它的婴儿。

把月月领回北京的事,应该告诉静雯一声了。项午和静雯已经认识了一年,他们准备组建一个新的家庭。前几天,跑火葬场、到墓地、接待吊唁的亲友,无与伦比的、巨大的悲伤塞满了他的胸膛,他没有心情也没有时间把将月月领到北京的事告诉她。闲下来的今晚是个机会。此刻的月月卧在床上,像一只乖巧的小狗。

静雯却生了气:"这也太突然了吧,项午,你就不能提前和我商量一下?你让我一点思想准备都没有!你让我感到太意外了!你让我措手不及!你知道吗?"当记者的静雯用好几个感叹句表达自己内心的不满。

"妈刚走,你知道的,我心里不好受。"项午答非所问地说。

"我知道你心里难受,谁的母亲走不难受?这是两码事。项午,你说的是要领孩子回来,你得提前和我商量啊!"

"我这……不正和你商量吗?"项午似乎有些理屈。

"你正和我商量是吧?"静雯冷冷地说,"那好,我向你表明我的态度——我不同意!"

一股火腾地就从项午心中升起来:"你又不是不知道我是离婚带着孩子的,我们认识时我就告诉过你。我没有欺骗过你,我们的交往是在这个前提之下。"

静雯的音调猛然抬高了,那声音比窗外引吭高歌的秋虫还尖锐:"的确,你说得没错,项午同志,我知道你离婚有孩子,我并没有否认这个事实。可你的孩子毕竟没和我们一起生活过,现在猛然插进来,你反倒指责起我来了?"

"奶奶走了,月月这么小,你说,不让她跟着我,跟谁?"项午忍着气说。

"她不是还有一个姑姑吗?"静雯说。

"你这话哪像个大记者说的呢? 我是她爸爸,她爸爸又没死! 她不跟着我,让她跟着姑姑过?"项午讥讽地说。

"我不管,我不管她跟谁过,反正不可以跟我一起过。我只是一个女人,一个未婚的女人,我不同意!"静雯气极了,说话简直是吼了。

"不同意也得同意!"项午破釜沉舟地说。

"好你个项午,你怎么和我说话呢? 你这是和我商量的口气吗?"静雯突然就泪珠纷纷了,"项午,你再也别给我打电话了,我求求你,好吗?"说完就挂了电话。

项午握着手机，愣了一会儿神。是否该回拨过去？想想又放下了。项午叹了口气，一种茫然、无奈和愤怒混合在一起的东西充塞了他的胸膛。

手机这时候又响了。是静雯觉得刚才的话不妥了？项午心里一动，拿出手机一看，却是柴源源发来的微信视频邀请。项午犹犹豫豫地接了。

那边是早晨，柴源源刚洗过澡，头上裹着毛巾。窗外是一棵高大的雪松，仿佛也要当个第三者似的，一根枝条不依不饶地伸到柴源源的窗边来。

"你让我看看月月。"柴源源用命令的口气说。

"她睡了！"但项午还是移动着手机让她看了看熟睡中的月月。刚离婚的那个月，项午不想接她的视频邀请。踏在了美利坚合众国土地上的柴源源，像一头撒泼的狮子那样凶狠地威胁："项午，你敢剥夺我探视孩子的权利，我就到法院去告你！"

当时项午说了一句赌气的话："柴源源，你那么舐犊情深，还跟着别人的老公跑到国外做什么？"这一句赌气的话很苍白，还不如今夜秋虫的一声低吟。

所以，当时的柴源源理直气壮地说："项午，我们每个人都有追求幸福的权利，我们每个人都没有剥夺他人幸福的权利。请你不要剥夺我幸福的权利好不好？"柴源源总是这么理直气壮。

今天的柴源源也是如此:"项午,你知道的,这边的疫情状况很糟糕,我每天看到的都是感染人数和死亡人数不断攀升的消息,我所在的小区就出现了病例。我要回国。"

"你想回就回嘛,又没有谁敢剥夺你回国的权利。"项午冷笑道。他也陆陆续续地知道一些她的情况。在国外的这几年,柴源源还没有拿到 H-1B 签证(特殊专业性工作签证),她在一所大学做完博士后研究工作,又去了另外一所大学做博士后研究。

柴源源毫不介意项午的态度:"我需要你的支持,项午,你听明白没有? 我需要你的经济支持。"

"需要我的经济支持?"项午大吃一惊,"你需要我什么样的经济支持?"

"我需要钱,你往我的卡上打一些钱。知道吗项午,现在光一张回国的机票就要几千美金,而且我在这边还有信用卡上的钱需要还。你知道的,如果我失去了信用,就再也不能踏上这片土地了。我做博士后研究一个月有多少钱,你是知道的。所以,我需要你的支持!"柴源源喋喋不休地说,"你也许恨我,可我毕竟是月月的妈妈,你没有剥夺我回国探望月月的权利!"

"我当然没有剥夺你回国探望月月的权利,可我也没有替你买一张回国机票的义务啊!"项午生气地说,"柴源源你怎么寻思的? 你怎么好意思开这种口?"

"我怎么不好意思？我有难处，再不济你还是我孩子的爸爸吧，我们在法律上还有某种关系吧，我不向你开口，你说我向谁开口？"柴源源咄咄逼人地说，仿佛她要项午往她的卡上打钱，是她给项午的一个恩惠。

项午气极反乐："喂，你的那个什么明安呢？你有困难该跟他提嘛！"

柴源源落落大方地说："廖明安早就回国了，何况我和他并没有任何法律意义上的关系，我们只是同学。项午，你放心，我柴源源不会白花你的钱，只要我回国了，回国后挣了钱我立马就还给你。"

项午哈哈地笑了起来，说："柴源源，你别做梦了。如果不是为了月月，我早就删除你的一切联系方式了。"他心里想：当初你远走高飞的时候，能想到自己还有这么一天吗？心里竟涌出一丝报复后的快感。

月月翻了一个身，懵里懵懂地坐了起来，揉着眼睛问："爸，你在和谁聊天呀？是妈妈吗？"

项午摇了摇头，立刻挂断了视频。他哄着月月躺下来，月月嘟囔了两句，又进入了轻柔的梦乡。

柴源源没了声息，项午以为她识趣了。谁知半个小时后，项午收到了她发来的一条微信：项午，你真的见死不救吗？你真的忘掉了我对你的所有好吗？

柴源源有什么好呢?如果没有好的话,当初又怎么成了夫妻呢?这个晚上,项午再也难以入眠。他似乎听到不远处的湖水里,有大鱼跃出水面又落下来击打在水面上的噼啪声。他披衣下床,看了熟睡中的月月一眼,带上了屋门。一轮圆月如澄澈的玉盘,他走过了门前的两条田埂,穿过了一片秋草萋萋的滩涂,来到了湖边。月光下的湖水闪着银光,一串一串的银光相互勾连着,谜一般地往前缓缓涌动。

早上,项晨那辆银灰色的丰田自由舰从县城驶回。她从后备厢中取出买好的早点:豆花、米饺、灌汤包和两碟小咸菜……兄妹俩和月月用餐的时候,母亲在墙上慈爱地看着他们。

那只总是一声不吭的小乌龟见早餐没有它的份,狂躁地在龟缸中打起转来,有意弄出一些砰砰啪啪的声响。月月用完了早餐,拿出龟粮往龟缸中撒了一把。乌龟不再狂躁,开始吃起龟粮。

项晨和项午相视一笑,也放下了碗筷。

项晨走到龟缸边,欣赏了一会儿正在吞食龟粮的乌龟。它吃龟粮也像在捕捉小鱼小虾,粉红色的大口一次次猛地往前出击。姑姑问:"月月特别特别喜欢钱钱对不对?"

月月点了点小脑袋。

姑姑循循善诱:"月月希望钱钱生活得更好对不对?"

月月又点了点小脑袋,乌黑的眼珠不明所以地盯着姑姑。

"所以呢,"姑姑蹲下身,抚摸着月月的小脑袋说,"月月想啊,钱钱在哪里会生活得更好呢?"

"钱钱和月月在一起生活就很好,月月会把它照顾得棒棒的。"月月有了某种预感,"月月不想把它放生。"月月的眼泪要流下来了。

"好的,不放生!"爸爸见不了女儿的泪,走过来安抚着女儿。

妹妹不说话了,只是盯了哥哥一眼。哥哥不好意思地笑了笑。

吃饱了的钱钱精力充沛地沿着龟缸的四壁打起转来,有时候它会直立起身子,把腹部紧贴在缸壁上,前爪抓住龟缸的上沿,后爪拼命地往起挣。钱钱一定是想爬到龟缸的外面去,可它终究心有余而力不足——前爪的力量不足以支持它的身子翻转开来。折腾了片刻,它只好缩了前爪,身子或慢慢退回缸底,或砰啪一声砸到水面。但不知道气馁、不知道疲倦的钱钱,总是在徒劳地做着这些。

"月月看呀,钱钱生活在这里,其实是一点也不开心的。"姑姑说,"知道它为什么要一次次徒劳地挣扎吗?因为月月这里,毕竟不是它的家嘛。"

"月月的家就是钱钱的家。"月月委屈地喊,两汪泪水瞬间填满了眼窝。

爸爸又心酸起来,走上前欲言又止。姑姑把爸爸推出了门。

门外的秋阳还很燥热,项二伯的身子在远处的菜地里起起伏伏。一垄垄的稻茬齐刷刷地立在漫了水的稻田里,项午一时间产生了它们是秧苗的错觉。人生一世,草木一秋啊,秋天的稻茬竟让人生出几分春天秧苗的感觉,这也是岁月的一种轮回吧。有两只白琵鹭像大将军似的,在稻田里昂首阔步,见项午走得更近了,才双双抖动翅膀,两片落叶似的飘向了湖边。

姑姑决定今天就解决小乌龟的问题,姑姑决定了的事情就一定能实现。姑姑把月月拉进怀里,像母亲似的抚摸着月月的小脑袋:"月月,告诉姑姑,是不是很想妈妈呀?"

"可是,妈妈回不来的,月月只能在手机里见到妈妈。"月月伤心地哭了。

姑姑的心情也不好受,她想起了自己的妈妈,她在手机里也见不到自己的妈妈了。姑姑的眼泪也无声地流淌了下来,但姑姑还得做月月的工作。

月月的啜泣声小了,姑姑擦净了两个人脸上的泪水,姑姑决定不再提"妈妈"两个字。

"月月想过没有,钱钱也有它的爸爸呀,钱钱也有它的姑姑呀。你知道钱钱为什么总是不消停吗?"

月月抬起脸,两只乌黑的眼珠像两粒熟透了的黑葡萄,那里面满满的都是酸酸甜甜的"汁水"。

姑姑无限爱怜地抚摸着她的小脸蛋:"钱钱时时刻刻都在想着它的爸爸和姑姑呢,钱钱时时刻刻都在想着要回到它爸爸和姑姑的身边呢。"

"可是,姑姑,钱钱的爸爸和姑姑在哪里呀?"月月问,声音里有一丝哭腔。

"就在门前的湖里呀。钱钱在很小很小的时候,和它的爸爸、姑姑出来玩耍,后来走丢了,你的姑姑和奶奶就把它带到了月月的身边。现在它长大了,月月该把它送回它的爸爸和姑姑身边了。"

月月认真地听着,后来点了点头,泪水像连成线的珠子顺着脸颊往下淌。

姑姑没有擦她的眼泪,任她的眼泪流淌。

后来,月月自己抹了抹眼泪,瞪着潮湿的眼睛问:"姑姑,钱钱还会回来看月月吗? 月月从北京回来的时候,钱钱还认识月月吗?"

"钱钱当然会回来看你呀,奶奶不是给你讲过,有只放生了的乌龟后来带了一串小乌龟回来看望的故事吗?"姑姑松了一口气,说,"钱钱会永远记得月月的,只要月月想它,它就会回来看月月的。钱钱是有灵性的动物。"

"那它能到北京看我吗?"月月破涕而笑。

"那应该不会,钱钱又不能自己乘坐高铁或飞机。只有月月回到老家了,月月想它了,它才会来看月月。"姑姑信誓旦旦地说。

接下来的问题就迎刃而解了,姑姑喊回了立在门前田埂上的爸爸。月月恋恋不舍地往龟缸里撒了一些龟粮,但钱钱似乎不感兴趣,只吃了一粒就再也不想碰了,伸出脑袋用乌溜溜的黑眼珠瞪着他们。

月月捧着龟缸,项午和项晨跟在她的后面。那个抓泥鳅的小男孩——项二伯的小孙子——知道了要给乌龟放生,一下子蹿到了队伍的前面。

白天的湖水与夜晚的不同,不单是光线使湖水的颜色更加澄澈,白天水流动的声音似乎也比晚上的要舒缓一些。那透明的水轻轻地往脚边涌过来,发出柔柔的一声"哗",眼看着就要漫到脚边了,又轻轻地退回湖中,也发出柔柔的一声"哗",多像一声声的叹息。

龟缸倾倒在湖边,钱钱迅速地爬出来。它只略微迟疑了一下,就撒开四爪,迅速地游进湖水里,似乎并没有多看月月一眼。

月月失望地喊:"钱钱——钱钱——"

钱钱不肯回头,一直游到前方一片蒲草丛中,长长的明黄色的蒲草遮住了钱钱的身影。

月月不甘心地喊:"钱钱——钱钱——"

爸爸说:"钱钱现在正迫不及待地要和它的爸爸、姑姑团聚呢,现在它哪有时间回应月月呀?"

月月怅然若失地望着湖面。

"哥啊,其实我有好多年没来这湖边了,每次回家来看妈,都是急匆匆的。"妹妹有些羞涩地说,望着湖水,她想起了自己的童年,"那时候,你常领着我来这里划船呢,那种很小很小的船,我们叫作腰盆,现在几乎不见了。哥啊,你划得那么好……"妹妹顿了顿又说,"小时候,我可是一直为你而自豪的,你是咱村第一个考上清华的,你一直是我的榜样。"

哥哥的眼前出现了一个扎着羊角辫的小女孩。她竟是月月的翻版,赤着脚,尾随着他穿过门前的田埂,奔向夏天的湖,她咯咯的笑声惊飞了一路的水鸟。丰沛的湖水淹没了滩涂上的草,他们的腰盆似乎就在草尖上漂荡。一会儿的工夫,他们就捞起了一蓬一蓬的菱角草,还有那拳头大小、像一只只小刺猬似的、他们叫作"鸡豆包子"的东西——剥开那刺猬似的外皮,里面的籽像莲子一般粉糯,籽粒上裹着像石榴籽一样的果胶。回来的路上,妹妹的小手不小心被"鸡豆包子"的刺扎了一下,她一路的哭啼声也惊飞了路旁的水鸟。

那时候父母还不到四十岁,一转眼都双双作古了。哥哥已经白发丛生,脸上也挂起了老相。时光啊,就藏在眼前的湖水里,你抓是抓不回来的。

小男孩问月月:"你是明天就去北京吗?"

月月说:"是后天。"

"再也不回来了吗?"

"我会常回来看你的。"月月说。

哥哥和妹妹相视,会心地笑了笑。

这天的午后,月月躺在床上睡着了。在她的梦里,那只小乌龟正从湖边爬回她的生活中来,她连喊了几声"钱钱"。项午走过去一瞧,她睡得正香,知道了她在说梦话。

午后的阳光让屋子的阴影像湖水一般在兄妹俩的眼前一点一点地漫延,它终归要漫延到湖水中。妹妹不动声色地问:"哥,柴源源想回国了?"

哥哥的眉毛往上一挑:"你和她联系了?"

妹妹不屑地说:"我才不和她联系呢,是她主动找我的。她说妈去世了她也很悲痛,还说她又梦见月月了,她想回来,她想给月月一个温暖的家。她的意思是想和你复婚吧?"

哥哥冷笑了一声。

妹妹看着哥哥的脸色说:"其实啊,我知道的,是柴源源在那边混不下去了。那个人,那个叫什么明安的,回国了,赶在这次疫情之前回的国。人家在广州有孩子,还是想回到孩子身边。水往下流嘛,妈常说这句话,其实一切都是为了孩子。"

哥哥的脸阴沉沉的,仿佛马上就要下一场暴雨。

"妈的话虽然有道理,但是,哥,你要有自己的原则,你一定不要答应她。"妹妹咬了咬嘴唇,"她就是一个坏女人!她当初那么决绝,你要让她后悔一辈子,你要让她知道这个世上根本就没有什么后悔药!"

哥哥的脸上终究没有下一场暴雨,他只是冷峻地点点头。

"我嫂子对月月回北京,应该没意见吧?我嫂子是大记者,应该是个通情达理的人。"妹妹管静雯叫"嫂子",管月月的妈叫"柴源源"。

"妈走得太突然,我还没来得及和她说呢。"哥哥抱起脑袋,仿佛还陷在母亲离去的悲伤中,一时难以自拔。

"你应该早点和我嫂子商量!"妹妹盯着哥哥说。

"有时候我想,其实柴源源可能也有她的苦衷,她未必像你想象的那么坏。"哥哥突然说。他像刚睡醒似的,用两只大手猛搓自己的面部。

妹妹没好气地剜了哥哥一眼。

月月醒来的时候,不见了姑姑,只有爸爸一脸慈爱地注视着她。

"姑姑回家了?"月月问,"姑姑总是那么忙呀?"

爸爸"嗯"了一声,手机也同时传来嘀的一声——微信消息的提示音。项午打开手机瞅了一眼。

"是妈妈发来的信息吗?"月月紧盯着爸爸问。

爸爸摇了摇头。

是静雯发来的消息。静雯觉得自己昨天的言辞过激,她为这个向项午道歉。不过她还是不同意带月月回北京,她表示可以多出一点钱,让月月留在她姑姑的身边。项午没有回复这条信息。

屋子的阴影已经漫过了门前的一块稻田,阴影还像湖水一般往前漫延,暮色将要降临。

月月惦记起钱钱来,她总觉得钱钱已经爬行在回来看她的路上了,她都听见了它爬行的声音。

爸爸伸出一只胳膊把女儿揽在怀里,他揽着她穿过门前的田埂,往夕照中的湖边走。一路上并没有钱钱的影子,滩涂上秋草萋萋,湖水在滩涂的尽头闪着金灿灿的光。

起风了,风吹着的湖水像一匹匹缀了金丝的青缎在招展。

"爸爸,钱钱会来看我吧?你说过它会来看我的,只要我轻轻地呼喊它。"月月奶声奶气地说。

"钱钱当然会来看月月了,月月是它的小伙伴。何况钱钱是一只有灵性的动物。"爸爸肯定地说。

"可是,它怎么还不出现啊?"月月轻轻地喊了起来,"钱钱——钱钱——我来看你了,钱钱——"

湖水还是像一匹匹缀了金丝的青缎在招展,什么异样的动静都没有。月月不甘心地喊了起来:"钱钱——钱钱——我来看你了,钱钱——"

爸爸也紧张地注视着湖面,有两大两小四只野鸭出现在视野中。它们是爸爸妈妈领着一双儿女吗?他怔怔地想。

他的手机又传来嘀的一声——微信消息的提示音。是那个不依不饶的柴源源发来的:项午,你必须给我买一张从纽约肯尼迪机场到北京首都机场的机票,你必须往我的卡上打两万元人民币。

他冷笑了一声,也没有回复这条信息。

但他突然睁大了眼睛。"来了——钱钱来了——"他指着前方的水面对月月说。

"在哪里?我怎么没看见?"月月踮起了脚尖往水面上搜寻。夕阳落了下去,湖水似被抽去了金丝,只像一匹匹光洁的青缎,四只野鸭也悠闲地游走了。月月什么都没有看见。

"在那边,在那丛蒲草的那边,这回看见了吗?"

月月顺着爸爸的指尖看过去,在蒲草的那边,真有一个黑黝黝、拇指一般粗细的小脑袋犹犹豫豫地往这边移动。看不见它的身子,它的身子隐藏在湖水里。不过,也有可能是没在湖水中的蒲棒。

"钱钱——钱钱——"月月兴奋起来,把小手拢到嘴边,拢成喇叭状地喊。

它似乎听见了月月的喊声,那只拇指般粗细的脑袋又往水面伸高了一点。它迟迟疑疑的,脑袋随着水波起伏,似乎并没有往湖边移动。

"爸爸,它也许不是钱钱,它也许是一条水蛇。"月月见惯了在水里游动的蛇,有些沮丧地说。

"怎么可能是水蛇呢? 月月见过水蛇的,水蛇在水里是弯弯曲曲地游动。"爸爸用一只手模拟着蛇形,后来那只手变成了一条笔直的线,"月月看呀,它又开始游动了,它就是直奔着你来的。"那个拇指般粗细的脑袋随着水波,似乎真的向湖边游来了。可是它似乎又迟疑起来……湖上突然生起一阵风,一阵大一点的水波荡过去,它就不见了踪影。

"钱钱——钱钱——我在这里!"月月拼命地向湖面招着手,那个拇指般粗细的脑袋再也不肯浮出水面了。

眼泪汪进了月月的眼窝:"爸爸,也许它并不是钱钱,钱钱不会不肯见我的。"说着,那汪在眼窝中的泪就止不住地掉下来。两行清泪顺着她光洁的脸蛋往下流,像两条注定要注入湖水中的清溪水。

爸爸想用纸巾止住两条清溪水的步伐,可是,止不住。爸爸肯定地说:"它就是月月的钱钱,我还看见它向月月点了点头呢。它知道月月就要离开家乡了,它是来给月月送别的。"

"可是,爸爸,月月怎么没有看见钱钱点头呢?"月月呜呜咽咽地说。

"爸爸看见了啊,爸爸看得一清二楚,那还有假?"

"难道爸爸的眼睛比月月的眼睛还要好吗?"月月抹了抹湿漉漉的眼睛,她不哭了。

"当然是月月的眼睛比爸爸的好啦,可是,爸爸不是戴着眼镜吗?"爸爸小心地编织着话语。

"戴眼镜就能让眼睛变得更好吗?"月月问。

"当然不是这样了,只有眼睛不好的人才戴眼镜。"爸爸怕误导了孩子,"也许,月月刚才是太激动了,心里只有钱钱就要游到身边来了的念头,所以没有看真切……"

"唉!"月月叹了口气,小大人似的,脸上盛满了无限的失望和懊恼。她又不甘心地问:"爸爸,钱钱为什么不游到我跟前来呢? 钱钱为什么只是远远地向我点头呢?"

"呃,大概是因为爸爸在月月身边吧。钱钱不熟悉月月的爸爸,所以,它感到害怕……"爸爸小心翼翼地解释。

"那妈妈不肯回到月月的身边,也是因为害怕爸爸吗?"月月紧紧揪住爸爸的话不放。

爸爸一时不知道如何回答。

圆圆的月亮升起来,它关切地注视着湖边的父女俩。月月仰着头期待着爸爸的回答。那两粒黑葡萄似的眼珠里各带着一轮圆圆的月亮,投射到他的眼睛里,瞬间击穿了他心肠中最坚硬的部分,让那些最坚硬的东西软成了一摊泥。

"爸爸有什么可怕的?妈妈不会害怕爸爸的,妈妈……会回来的……"他喃喃地说。

(原载于《人民文学》2021年第3期)

郭秀的婚事

俗话说:"家家有本难念的经。"搁眼前,住在燕郊九里香堤的老郭——郭建东一家那本最难念的经就是宝贝女儿郭秀的婚事了。

按说郭秀今年也才二十六岁,还没有进入大龄"剩女"的行列,老郭家又属于燕郊的坐地户,九里香堤小区在燕郊属于花园别墅区,植有梧桐树,不愁引不来金凤凰,郭秀虽无闭月羞花之貌,但也没有无盐之丑,这本经不该如此难念才对。但这郭秀从小娇生惯养,读书不努力,大学没考上,做事又不着调,正经的工作是没指望了。老郭年轻时在三河煤矿上了五年班,做的是营销工作,没下过井,后来回到燕郊,五十五岁那年在一家工厂退了休。老郭五十五岁那年,女儿郭秀还在当啃老族。刚退休的老郭也没有好脾气,有一回没深没浅地说了女儿一句,郭秀的脸红一阵青一阵,咬牙切齿地发誓不再当啃老族。果然,她跑到一家美容院上班,班上了不到两个星期,好嘛,不但三天打鱼,两天晒网,而且一会儿把头发染成黄色,一会儿把头发染成紫色,一会儿把嘴唇抹得比狗血还红,一会儿又把嘴唇抹得比锅底还黑。老郭有心要再说说女儿,妻子胡志英朝他使眼色,暗地里掐他的胳膊。前几天的新闻,一个十九岁的姑娘,就是因为父母说了她两句,从十二楼跳下自尽了,这姑娘长大了,说不得的。老郭就把冒到嗓子尖的话硬生生地咽了下去。工作不着调还在其次,这个郭秀在恋爱上也是不着调,害得郭建东和胡志英老两口差一点进了疯人院。

　　头一回领到家里来的男朋友是个在北京地铁车厢里巡回演出的艺人。艺人长得白白净净,鼻梁高耸,浓黑的眉毛压着细长的眼睛,猛一看有几分酷酷的感觉。艺人从前演出时胸前除了挂着一把吉他外,还吊着一只敞开口的搪瓷缸,搪瓷缸的底部散落着几枚硬币和几张纸币。后来微信支付兴起,吊在他胸前的微信收款码取代了搪瓷缸。艺人屈尊从京城来到燕郊看望老郭两口子时,忘了带钱包,微信支付好像也出了一点问题,登门拜访时拎的两瓶衡水老白干居然是郭秀出钱垫付,在小区门前的超市购买的。得知真相的老郭一点儿没给女儿面子,毫不犹豫地把这两瓶酒摔得粉碎。如果不是艺人逃窜得及时,那把带给京城地铁无数乘客美好记忆的吉他都将粉身碎骨。为这事,父女俩冷战了一个月。

　　第二个男朋友是在网上认识的,说是成吉思汗帐下博尔忽的第五十二代孙,如今在内蒙古乌兰察布的乡下养了一百只羊,除了羊之外,还养了二十头牛。还没有来得及把第二个男朋友领回家,郭秀就打算去草原跟着他一起放羊,既然爸妈都觉得她现在从事的不是正当职业,那去草原当养殖户总算是正当职业了吧。这一回,郭秀都已经去了北京北站,买好了去集宁的火车票。老郭和老婆老胡心急火燎地闯到北京北站,在候车的人群中把她寻觅到,拉拉扯扯中郭秀固执己见,痛心疾首的老郭狠心甩了她两个巴掌,再加上报了警,才把哭哭啼啼的她拽回了家。为这事,父女俩冷战了两个月。

这不,郭秀又处上第三个男朋友了,整天喜气洋洋的,甜蜜的歌儿不断地从她那涂得红红或黑黑的嘴唇往外冒。

老郭和老婆既兴奋又紧张。这天趁着郭秀没有去美容院,老两口决心要不遗余力地套出个究竟。

"秀啊,来,跟妈说说那小伙子是啥情况,这一回你俩是咋认识的?"老胡说这话时,手还拿着抹布在客厅的茶几上胡乱擦着。老郭内心汹涌澎湃,表面却装作风平浪静的样子坐在沙发的一侧一本正经地瞅着报纸。

卧室的门开着,郭秀正站在穿衣镜前,一会儿对着镜子理理刘海儿,一会儿扭头看看镜子中精致的屁股,听见妈在问,就轻描淡写地说:"早跟你们说过了,也是通过网络认识的。哎呀,现在都什么时代了,通过网络认识是再普通不过的事了。"

"秀啊,那小伙子是哪里人?家庭情况你都了解吗?"胡志英不擦茶几了,手上拎着抹布,坐到沙发上问。

"就咱三河的,这回知根知底儿了吧。"郭秀扭头朝爸妈瞅了一眼,嘲讽地说。

老郭到底沉不住气,放下了报纸:"小伙子家就是三河的?也在三河工作吗?做什么工作的?"

胡志英的耳朵支棱起来,像雷达一般等待着捕捉女儿的回答。

郭秀扭扭身子,从卧室踢踢踏踏地出来说:"我说他是三河人,可并没说他在三河工作吧,爸。"她诡谲地一笑,"告诉你们啊,还是个大学生呢。你们不总是为我没考上大学、没帮你们圆梦而遗憾吗?这回找个大学生,你们满意了吧?"

老胡说:"秀啊,你看你说点话就跟挤牙膏似的,一点点往外挤。小伙子到底在哪里工作,从事的是啥工作,你就不能给妈一个痛快吗?哎哟,我的秀啊。"

郭秀走到妈的身边,一把把老胡手上的抹布夺了下来,撇到茶几上,双手钩着妈的脖子,亲亲热热地说:"妈,那我就给你来点痛快的啦。"

老胡板着脸推她:"这么大的闺女了,也没有个正形,快点说吧。"

郭秀站起身,扫了老郭一眼,盯着老胡说:"你们听好了,我可说啦。"

老郭鼓励着:"说吧。"

郭秀又扫了老郭一眼,扑哧一笑说:"在山西大同,是井下挖煤的。"

胡志英瞪大了眼睛,问:"秀啊,你不是在和妈开玩笑吧?"

郭秀肯定地点点头:"不开玩笑啊,我是认真的,就是井下挖煤的……"

没等郭秀说完,胡志英嗷了一嗓子倒在沙发上,嘴巴张得像浮在水面上缺氧的鱼,胸口剧烈地起伏着。当年郭建东在三河煤矿工作,还不是井下工人,都差一点得了尘肺病,后来费了好大的劲儿才调出来,好比逃离了虎口,刚才听女儿说到井下,恰似又落入狼窝一般。

郭建东扑上前去,边用胳膊搂住老婆的脑袋,边冲着女儿喊:"快给你妈倒杯水来!"

郭秀却杵在客厅里,一点也没有要去倒杯水的意思,不慌不忙地说:"爸,我妈那是老毛病了,动不动就嗷一嗓子的,一会儿就好了,您甭替她担心!"

郭建东怒气冲冲地朝女儿瞪了一眼。胳膊弯里,老婆的脑袋在动,老郭低头一看,老婆的胸口果然不起伏了,只是脸上的表情悲戚戚的,像当年她妈去了天堂。

胡志英挣扎着坐到沙发上,理了一把蓬松的头发,哀号道:

"秀啊,你去小区门口的药店给妈买两瓶安眠药吧。"

郭秀问:"买安眠药干吗?"

胡志英双手握拳捶打着沙发,声泪俱下地说:"妈想一早儿吃了,吃死了算了,死了就啥心也不操了。你这样的,还不如让妈早死了好呢。"

"要买你自己去买!"郭秀脸涨得通红,甩出这句话,转身在衣帽间扯下自己的小坤包,拉开房门,又砰的一声关上了。高跟鞋敲击在石头路面上发出的笃笃声渐行渐远。

胡志英愣了一会儿,醒悟过来似的冲着门口喊:"秀啊,你给我回来! 你快给我回来!"接着用拳一下又一下地捶打起沙发来。

老郭说:"别捶啦,人都走远啦。沙发咋和你结下仇了?"

胡志英不捶沙发了,揉了一把眼,盯着老郭问:"这下好了,你说这回咋办吧?"

老郭没好气地说:"能咋办? 想着办呗!"

老胡问:"咋想啊?"

老郭说:"你想呗!"

胡志英搓了一把脸:"秀儿是一根筋,她的工作你是做不通的。只有去做那边小伙子的工作。"胡志英发布命令,"郭建东,我告诉你,你必须给他们搅和黄了不可。"

老郭略一思忖,也实在想不出更好的办法:"你得知道他的姓名和工作单位才行啊。"

胡志英发着狠劲儿说:"这个我来办,你甭担心。"

小伙子叫吴悦凯,究竟在同煤集团哪家煤矿工作,女儿郭秀不肯透漏一个字,胡志英也没奈何。

"知道名字就行了,集团总部总该有个花名册吧,即使有同名同姓的也难不倒我,不行我一个一个地去核实。"郭建东义不容辞地说。

"老郭,这回可就指望你了。"早上,老胡把老郭送出门时,这样深情地嘱咐。6月的天气,树上的蝉听了老胡的话,感动得齐齐地开始了一天的嘶鸣。

好在从燕郊到北京北站不远,从北京北站到大同南站不远,从大同南站到同煤集团也不远,早晨六点从燕郊出门,下午两点老郭已经站在同煤集团总部的门口。老郭从前来过大同,印象中的大同是一座被煤尘包裹的城市。现在的大同,蓝天白云下面一座清清爽爽的城市。从前从燕郊来大同,也要一整天的时间。但这些,老郭觉得并不新鲜,这么多年,全国哪个地方不在变化?关键不要忘了此行的目的,千万不能被这些表面现象蒙蔽了耳目。郭建东给胡志英打电话。

胡志英一接电话就急忙问:"这么快就找到啦?"

郭建东急躁地说:"找到啥啦,找到同煤集团总部了。你知道同煤集团有多大吗?门卫说集团有几十万工人,而且一线工人压根儿不在这里上班,你光知道他的名字还不行,还得知道那个叫吴悦凯的小伙子究竟在哪个煤矿下井。"

胡志英缺乏对付女儿的手腕,可对付丈夫老郭的手段绰绰有余,立刻就冒火了:"活了几十年了咋还这么不中用?都找到人家门口了,连个人都打听不出来?"

郭建东的火也被点燃了:"要不你来瞅瞅?我一来才知道,好几万人呢,在几十万人中找一个人不像大海捞针?有那么容易的?你别跟我唧唧个没完了,赶紧问秀儿,那个叫吴悦凯的家伙究竟在哪个煤矿下井。"

郭建东一发火,胡志英也觉得理屈了,说:"秀儿现在又不在家,我咋问呀?"随即又换了一副理直气壮的口吻,"你直接给秀儿打电话问不就得了?还要央着我来问。你活了几十年,这么一点小事都办不好?"

郭建东讨主意:"我是可以直接给秀儿打电话,可是我咋说呀?我咋说我来到了同煤集团?我咋说我要找吴悦凯?"

胡志英像患了牙疼似的,一个劲地吸冷气:"咋说呢?咋说呢?……"她突然有了一个绝妙的主意,"对了,我不是跟秀儿说你到山西旅游去了吗?你就说你现在跟着旅游团到了大同。"

"你咋不说我去联合国旅游了呢?这么说,秀儿能信吗?

她会问你咋没跟着我一起旅游呢。"

"咋不信呢？我不是为了在家照顾她吗？我和你一起旅游去了,她回家来,谁给她做饭呀？"

"她回家了吗？"

"现在没回来呢!"

"唉!"老郭叹了一口气,女大不由爹呀,一整天不知道在外面忙些什么,都不一定在美容院上班,只好顺着老婆的思路说,"你说的倒也是,我跟着旅游团到了大同,然后呢？"

胡志英说:"你就说你身上的钱包被小偷摸去了,一个人在大同,叫天天不应,叫地地不灵,晚上只能睡在大街上了,让那个吴悦凯出来接待你一下,临时救救急!"

"能行吗？"老郭问得没底气。

"咋不行呢!"胡志英底气十足地回答。

不行的话,郭建东也没有其他切实可行的办法。他当即拨打女儿的电话,电话是通的,却没人接。郭秀常这样,郭建东早已习以为常,就耐心地等着她心情高兴时回拨过来。总是杵在门卫这儿也不妥呀,郭建东就一边围绕着大院的围墙散步,一边绞尽脑汁地思考更好的找到吴悦凯那个家伙的办法。

半个小时后,郭秀把电话回拨过来了:"爸,你行啊,一个人在外面旅游,把我妈丢在家里!"

老郭说:"你妈为了照顾你的生活嘛!"随即换了一副又焦

急又可怜巴巴的语气,"秀儿啊,爸倒了大霉了……"

"你咋的了?"

"爸的钱包被小偷摸走了。"

"爸呀,你是出师不利啊,出门没看皇历吧,刚出门钱包就被小偷摸走了,这是你自个儿出去旅游却不带我妈的报应啊。"郭秀把电话挂断了。

老郭急忙回拨过去:"秀儿啊,爸都告诉你钱包丢了,你咋一点同情心也没有,就把电话挂了呢?"

"爸,你丢了钱包你报警啊,你多能耐啊,一报警警察就到。"郭秀损他,"我又没有捡到你的钱包,我又不是警察,你打电话给我干啥呀?"

"你是我女儿嘛。秀儿啊,爸现在是寸步难行,只能蹲墙根了。"老郭说得可怜兮兮的。

"爸,你在哪里呢?"

"我在大同呢!"

"你咋去了大同?"郭秀奇怪地问。

"不是跟团来山西旅游吗?大同不属于山西吗?"老郭反问。

"呃,爸,我给你微信转账。"

"秀儿啊,钱的问题还在其次,最关键的是爸的身份证也在钱包里呢,眼瞅着今晚就住不上旅馆了。"

"反正现在天气热,晚上在大街上住一晚也没啥。"郭秀没心没肺地说。

"哪有这样见死不救的女儿?"郭建东可怜巴巴地说,"没有身份证,爸现在是走也走不得,回也回不去,爸现在真是走投无路了,咋办呢,秀儿?"

"啊,爸,咋会这样呀?"这回,郭秀真心地替老爸发起愁来,"要不,爸,我让吴悦凯去接你,你先在他那儿住下来再说?"

"这成吗?"

"咋不成呢? 他一会儿给你打电话,你就待在原处别动啊。"

"好嘞,秀儿。"挂了女儿的电话,郭建东狡黠地一笑。他当即给老婆打电话:"成了! 秀儿说,让那个家伙马上和我联系。我跟秀儿说,我不但丢了钱包,还丢了钱包里的身份证,现在连住的地方都没有,晚上只好睡大街了。"

胡志英笑着说:"行嘞,快挂了电话吧,一会儿人家电话打不进来,看你咋整。"

果然,刚挂了老婆的电话,郭建东的手机就响了起来。郭建东按了接听键,一个小伙子问:"是叔吗? 我是吴悦凯,听秀秀说您在大同。我在麻家梁煤矿,不在大同,在朔州呢。叔您打个车来,我还在班上,不能打车去接您。您钱包丢了也没关系,您告诉师傅,车到了我付款就可以了。"

这太不靠谱了,咋还在朔州呢?可不能打道回府,不入虎穴,焉得虎子?郭建东孤注一掷地上了一辆出租车,满腹狐疑地问司机:"怎么你们大同还跑到人家朔州地面上去建煤矿?"

司机四十岁左右,满面大胡子,面相温润而憨厚。他是同煤集团员工的家属,愿意被人家当成同煤集团的员工,听了老郭的疑问,当下满面自豪地说:"那当然了,咱同煤集团的下属煤矿,别说朔州地面了,连内蒙古地面都有呢!"

郭建东说:"的确是大煤矿集团呀。"

司机说:"那当然了。告诉你,大叔,咱同煤集团从前还是央企呢,后来下放给了山西省,是省属大集团。"

"是吗?那效益应该不错了。"

"效益嘛,跟市场煤炭价格相关。"司机一边开着车一边斟酌着字句,"这么跟你说吧,一线的煤炭工人,下井的,月薪都在一万元以上,井上的,平均月薪五六千元。咱同煤集团员工工资向一线工人倾斜。大叔从北京过来的,这工资水平在你听来似乎也不高,可咱大同房价也不高呀,咱大同房价平均也不过每平方米七八千元。大叔,你北京的房价现在是多少钱一平方米?你在北京工作几个月才能买上一平方米的房子?"说到这里,司机不好意思地笑了笑,"当然,大叔你现在也退休了,你也不用再考虑买房子的事了,可年轻人就不行呀。"

"那是,那是!"老郭听了司机的话,频频点头,也不去解释自己是从燕郊过来的,做一回司机口中的北京人的感觉也蛮好。

出租车上了高速,道路两旁玉米秆青翠挺拔,成熟的麦子一片金黄,组合在车窗外,就像一幅美丽的油画。在高速路上,老郭还看见了一块标注着"集宁"字样和里程的指路牌,不由得想起了博尔忽的第五十二代孙,看来从燕郊到乌兰察布并没有想象的那么远。没有那么远,你就忍心让自己的宝贝女儿跟着别人去放羊?呸!呸!呸!老郭在心里狠狠地呸了自己几口。

一路艳阳高照,但空气并不显得燥热难当。到了麻家梁煤矿,出租车停到大门口,有个二十来岁、胖墩墩的小伙子笑眯眯地上前,付了司机车费。

郭建东下了车,一语双关地对小伙子说:"小吴啊,没想到咱爷儿俩不见面还好,一见面就是要给你带来麻烦啊。"

小伙子长得肉乎乎的,一口河南腔却嘎嘣脆:"郭叔好,我不是吴悦凯,我是吴悦凯的室友金瑞丰。吴悦凯当班走不开,请我替他照顾您一会儿。"

老郭不相信,说:"你就是小吴!"

小金咧开厚嘴唇一笑:"我真的不是小吴,小吴在井下当班,走不开嘛,我是他的室友。"

"小伙子,你还嫩着呢,你看大叔我是被骗大的吗?"老郭指着自己的鼻子说,"大叔也不怕你知道,大叔年轻时也是在煤矿工作过的。嘀,他在井下当班,你怎么知道出来接我?难不成他是刚刚接班下井的?你就甭给我演啥戏啦!"

小金笑嘻嘻地说:"叔啊,现在的井下也能用手机呀。"

"井下还能用手机?"老郭呵呵地笑了,别说井下了,有时乘坐电梯都没有信号。

"我们的井下,手机都用两年了,现在用的还是4G,马上5G都要进入井下了。"小金说得很真诚,不像是谎言。

骗子通常都表演得非常逼真,老郭暗暗提醒自己。

在门卫那履行了手续,小金领着老郭进了矿区。小金说:"叔啊,您看我们这是现代化的矿区,无尘化操作,空气中是没有一丝煤尘的。"老郭记忆中的煤矿还是数十年前的,矿区没有一点清亮的颜色,房屋、车辆、树木、小草都是灰扑扑的,连矿上的职工都仿佛是一个个刚从煤堆里爬出来似的。再看眼前,老郭觉得这哪里像煤矿?分明就是一座小村镇嘛!一栋栋清清爽爽的楼房,外面粉刷成明亮的淡黄色,楼房与楼房之间以及道路两侧都是嘉树秀木、碧草茵茵、鲜花怒放,空中白云悠悠,空气澄澈如洗,真的像身边这个小伙子说的,找不到一粒飘浮的煤尘。如果不是两座矗立在地面的高大井架,还有主楼大门一侧挂着的白底黑字的某某煤矿的牌子,老郭简直就要觉得自己是被人骗到一座假煤矿了。

可不能上当受骗!本来以为是到了有肉吃的地方,却不知已被人卖到了屠宰场,这样的傻事,千万不能干。这是临出门时老婆一再嘱咐的。

老郭想起了老婆,就掏出手机,一边留心细看,一边拍了些照片,准备方便的时候发给老婆看看,这样好比老婆也一起来了,心里更托底一些。

小金热情地指着高高矗立的两座井架,告诉老郭哪一座是主井架,哪一座是副井架。主井架是出煤的,副井架专供员工进出井用,人煤分流。小金翻飞着厚嘴唇得意地说:"我们矿上的这座主井架有110米高,自身重达1400多吨,目前是世界上最高最重的井架。叔您看,煤炭从主井出来后经过选煤环节直接进入全封闭煤仓。那边就是煤仓,叔您看见没有?煤仓底下设置有专用铁路,煤仓里的煤可以直接通过一节节火车皮拉到秦皇岛港,然后再从秦皇岛港发往全国各地。"

老郭听了,惊讶得只差眼珠子掉到地上摔成八瓣了。他当年在三河煤矿供应科工作,偶尔发车任务急,他们这些井上工作人员也抡过大铁锹,一锹一锹地把煤炭抡到大货车的车厢中,抡半天,胳膊一个星期都抬不起来。现在的煤炭运输,真像这小伙子说的这么神奇了?不是忽悠吧?为了防止上当受骗,老郭决定自己要多看少说。

小村镇不大,有些作业区禁止无关人员参观。转来转去,转到一幢T字形楼前,上面写着"图书室"字样。小金要领老郭参观图书室,老郭文化水平不高,对琳琅满目的图书不感兴趣,只在图书室的门口探了个头就出来了。

老郭随口问了一句:"小伙子,你还对读书感兴趣,你是高中毕业吧?"

小金谦逊地说:"我是大学本科毕业。"

老郭心里直乐,你就忽悠,接着忽悠吧。

小金看不出老郭的心思,说:"叔啊,您丢了钱包,一定十分恼火吧,我带您去个好地方。"

老郭下意识地摸了一下斜挎在肩头的小包,小包还是鼓鼓囊囊的,这说明里面的钱包并没有丢。他不由自主地跟着小金到了一扇门上挂着"发泄室"字样的地方,推开门,深灰色的墙、银灰色的地板,靠墙摆着几个真人大小的橡皮人。"您恨谁就把哪个橡皮人当成谁,任您拳打脚踢发泄个够,旁边还有供人发泄胸中块垒对着它呐喊的机器。"小金边介绍边示范。老郭就笑了,煤矿嘛,不好好挖煤,还设置这些玩意儿,像小孩儿过家家似的,总给人不靠谱的感觉。他由这个不靠谱一下子想起了自己的宝贝女儿郭秀。怪不得郭秀不着调,原来这世道都变了。

出了发泄室,老郭的脚又不由自主地跟着小金走进另外一幢楼。这幢楼里有食堂、健身房、电脑室,还有一间比刚才 T 字楼图书室大三倍的图书室。图书室外面的走廊上悬挂着优秀员工事迹榜,榜单上的优秀员工有三四十位,每位一张照片,下面配发几段简介的文字。

小金在这三四十张照片中找到了一张,用手指着对老郭说:"叔,您看我是老实人,不会说谎话吧,这才是吴悦凯呢。我告诉您,我叫金瑞丰。"

照片上的小伙子长得白白净净,鼻梁高耸,眉毛粗黑,贴近眼睛。猛一瞅,怎么觉得长相有点像那个在北京地铁弹吉他的艺人?只不过照片上的吴悦凯长得要比那个艺人胖一些,那个艺人的眉毛也没有吴悦凯的这么浓黑。老郭看着吴悦凯的照片,想起了被他轰出家门的艺人,心里不由得一动。秀儿似乎中意这一类眉眼的小伙子,有点遗憾没见到博尔忽的第五十二代孙,不知他是不是也长这样的眉眼。照片下面的文字说,吴悦凯作为大学毕业生,主动申请做井下机器维修工,十分热爱生产一线,在岗位上汲取成长的养分,在实践中摸索总结维修经验,不断提高皮带运输机等采煤设备的维修效率和精确性。

没想到这个小伙子还真有两把刷子呢,难道秀儿这一回真的没看走眼?且慢,我来这里是干啥的?谁知道这个优秀员工事迹榜是不是身边这个小伙子设置的障眼法!骗子骗起人来,手段高明得很,他得让你相信这一切都是真的,唯有如此,你才能上他的当。话再说回来,即使吴悦凯真的优秀,那也不能让秀儿嫁给一个井下的工人,那种工作是把脑袋提在手上……想着想着,老郭仿佛觉得是自己把脑袋提到了手上似的,面色不由得就阴暗起来。

一旁的小金关切地说:"叔,我猜您是累了吧,我领您到我们宿舍休息一会儿吧。"

这时候,老婆发来语音信息问:"咋样了啊,老郭?咋到现在一点消息都没有呢?"

老郭回复她:"刚找到了矿区,正在考察呢。"

胡志英急吼吼地打来语音通话:"那还考察啥呀?你可得给我立刻搅和黄了。我一听秀儿找了一个井下的工人,我的一股火就蹿了出来,那井下是人待的地方吗?要是有一天从井下上不来……"

老郭看了看小金,有些尴尬地回复:"现代化的矿井,哪有你说的那种情况了。"

小金在一旁听见了也不搭茬,仍旧那么憨憨厚厚地笑着。

胡志英强调:"不出现那种情况也不行,反正秀儿的男朋友不能是一个在井下挖煤的工人。"

老郭同仇敌忾地说:"就是呀,不能是一个在井下挖煤的工人,你的话印在我脑子里呢。我见到他就说,咱家秀儿是一个不着调的姑娘,在美容院上班,三天打鱼,两天晒网,一会儿把头发染成黄色的,一会儿把头发染成红色的,二十六岁的大姑娘了,自己养活不了自己,而且脾气特坏,男朋友谈了一个又一个,换起来像走马灯似的……"

胡志英生气了:"哎呀,老郭,哪有当爹的这么说自己女儿的?"

老郭笑着说:"我这不是重任在身吗?"

胡志英提醒:"重任在身也不能这么说秀儿,你就直截了当地告诉他,咱家的女婿不能是一个井下挖煤的工人。"

小金的憨厚笑容消失了,他有些不高兴地说:"井下挖煤的工人怎么了? 叔,在我们煤矿,井下挖煤的工人工资是最高的。不瞒您说,现在我们矿上的许多大学毕业生都争着到井下挖煤呢! 现在的井下,安全系数特别高。井下挖煤的工人怎么了,叔?"

老郭尴尬地笑了笑,说:"你阿姨,老眼光嘛。"挂了语音通话,他用关切的口吻问小金,"你有没有女朋友啊?"

小金挺了挺胸脯,说:"有啊。"

"结婚了吗?"

小金说:"没呢。"

"女孩子是哪里的呀? 她父母同意了?"

小金底气十足地说:"我老家河南平顶山的,我们计划着年底在朔州市区买套房子,明年她就过来了。"小金反问老郭,"她父母为啥不同意呢?"

老郭问:"她父母知道你在井下工作?"

小金说:"知道啊。"

这时,有一个不当班的工友走来了。小金笑着对那个工友说:"小汪,这是吴悦凯女朋友的爸爸,他可是很担心我们井下工人的安全呢!"

老郭要立刻否定小金冠给他的称谓,但小汪不等他开口就大声说起来:"叔啊,咱们是现代化的国有煤矿,不同于那些私人小煤窑,井下安全可是矿上不可逾越的红线,也是一切工作的底线。对于井下工人的安全,您哪,就把心放在该放的地方吧。"

一个小金就够老郭对付的了,现在又来了一个小汪,老郭顿感有些招架不住,此行可能完不成老婆委托的重任了。老郭想落荒而逃,就抬腕看看表,说:"哎呀,时候不早了,我还要赶到大同南站,坐上回北京的车呢。"

小金赶忙说:"不慌呀,叔,您怎么也得见了吴悦凯再走呀,现在已经是下午四点二十了,吴悦凯上的是早班,下午四点就出班。可能为了见您,他先去洗澡了。"

小汪在一旁帮腔,说:"就是,女朋友的爸爸嘛,他得干干净净地见您啊。"

老郭摆手:"不是,不是。"

小金不管老郭说的是什么不是,拉住他的一只胳膊说:"叔啊,您就到我们宿舍坐会儿吧,我敢说不超过十分钟,吴悦凯准回来了。您现在就走,我就没有完成他托付的任务,回头我准得被他骂死啊。"

老郭说什么也不肯去小金的宿舍,仿佛真要去了就陷进了贼窝似的,捂着挎包,扭捏着身子坚持要走,说:"得赶上晚上七点到北京的那趟高铁,到了北京再连夜赶回燕郊去,不然没了身份证,真要在北京的街头露宿了。"

小汪干脆地说:"那就住小金他们的宿舍好了。"

"不行!不行!"老郭吓得连连摆手。

老郭的话其实有漏洞,如果说钱包丢了是用微信购买车票倒也说得通,可没有身份证住不上旅馆,怎么就可以乘车呢?

但小金和小汪都顾不得细想,两个人现在只是一门心思要留住老郭。

三个人在拉拉扯扯的工夫,小金眼睛一亮,指着窗外松了一口气说:"好了,吴悦凯终于来了。"

"吴悦凯,在这里。"小汪冲着窗外招着手。

工夫不大,一个白净的小伙子呼哧带喘地跑上来。小金夸张地说:"吴悦凯,你太磨蹭了,四点出班,洗个澡,至于要半个小时吗?要不是我和小汪紧拦着,郭叔现在都到大同南站了。"

这时候胡志英的语音信息又来了:"老郭,你在干吗呢?你的任务完成了没有?"

老郭有心等会儿再说,又怕老婆着急,只好回复:"等一会儿再说啊,刚见到小伙子。"

这回不用和老郭商量了,三个小伙子一起簇拥着他来到了吴悦凯的宿舍。宿舍是四人一间,每人一张架子床,架子床的下部是书桌,上面是睡觉的床铺。小汪不在这间宿舍,他住另外一间。小金拖来一把椅子让老郭坐了,吴悦凯忙着洗茶杯沏茶。

小汪有别的事,就出去了。房门刚带上,又敲响了,小金边跑去开门边笑着骂:"这个小汪,真是事儿婆,一出一进的,费那个劲干吗?"

打开门,小金却愣住了。只见一位笑呵呵的五十岁左右的老师傅走了进来,一进门就说:"我觉得小吴这小子今天有点蹊跷,洗刷得那么仔细干啥?"一眼瞧见了坐在椅子上的郭建东,"这位是……"

小金醒悟过来,不等吴悦凯回答,抢着说:"是吴悦凯女朋友的爸爸。"

老郭连忙摆手:"不是,不是……"

老师傅上前抓住了郭建东的手,郭建东出于礼貌站了起来。老师傅笑着对吴悦凯说:"怪不得你小子这么兴奋呢,原来未来的岳父来了,你得好好陪他两天啊。这么着,你跟班组请个假,带老人家到大同、朔州好好转转。你们聊着,你们聊着啊。"老师傅走到门口又回头嘱咐吴悦凯,"什么时候结婚,你小子一定要告诉我啊。我可告诉你,要是背着我办喜酒,看我到时怎么收拾你。"说完,轻轻地一带房门,人就消失在走廊了。

"他是你师父?"老郭问吴悦凯。

"他就是我们的矿长啊。"小金说。

"什么?是你们的矿长?"老郭又感到自己上当受骗了似的,矿长咋一点也没有架子,就像个工人老师傅呢?

吴悦凯眉开眼笑地说:"我们的矿长也是井下工人出身,说他就是我们的师父也没有错。"

郭建东咂舌:"我的乖乖,这么大的矿的矿长,咋看起来就像一个老师傅似的?一点都没有老板的派头。"

"叔啊,我们这是国有煤矿,我们这里没有老板,我们每一个矿工都是煤矿的主人。"小金自豪地说,"叔啊,我出去了,别妨碍你们爷儿俩聊。"

小金也带上房门出去了。屋子里只剩下老郭和吴悦凯两个人,矿长、井下工人的角色在老郭的脑海中来回交替。老郭终于记起了此行的目的,眼前只有吴悦凯一个人时,他却不知道如何开口。他低着头喝了几口新沏的茶,沉吟了片刻,下定决心似的说:"行了,小吴,叔跟你说句心里话,你和郭秀处对象,一开始叔是反对的……"

这时候,老郭的微信提示音响了,打开一看,却是郭秀的语音消息。老郭没有点开,而是转换成文字:"爸呀,你是不是蒙我?你是为了见吴悦凯才蒙我的吧?哼,我决定从现在起不理你了!"

老郭不好否认,想了想,回了女儿一行字:"爸是为你好!"一点发送,提示对方尚不是自己的好友——他的微信被女儿拉入黑名单了。

老郭到底没有在吴悦凯的宿舍里挤上一宿,归心似箭的他恨不得立刻飞到老婆的身边去。

这回起初确定的任务虽然没有完成,但老两口皆大欢喜,都长出了一口气。没想到做事这么不着调的女儿,还有一个大学毕业生会喜欢她。

"他喜欢她什么呢?"老郭问老胡。

老胡说:"这年轻人的事,你搞不懂,我也搞不懂啊。"

老两口接下来的问题,是探讨将来女儿的家是安在燕郊,还是安到朔州或者大同。

胡志英的意思,还是安到燕郊的好。自己家住在九里香堤,放到大同或朔州去,那都是豪宅啊。何况路程并不遥远,半天时间的事儿。当年老郭在三河煤矿上班,回趟家不是也要半天时间吗?

老郭的意思,安到哪里都成,安到大同也不错,大同夏天的气温比燕郊低好几摄氏度,夏天去大同避暑也是一个不错的选择。

郭秀涂着乌黑的嘴唇从外面回来,老两口都对她开颜一笑:

"咋都该涂个颜色喜庆的唇膏。"

郭秀却白了他们一眼,说:"瞧你们那喜滋滋的模样,高兴得过早了吧,高兴得过头了吧,我已经决定和吴悦凯分手啦。"

"啥时候的事?"老郭吃惊地问,"你不是逗我们玩吧?"

"啥逗你们玩?我还是去草原上放羊!"

胡志英一听,又嗷了一嗓子倒在沙发上,歇了一口气,呼天抢地地喊:"秀啊,你去小区门口给妈买两瓶安眠药吧,妈这回是真的不想活啦。"

郭秀不慌不忙地说:"妈,安眠药我早就替你预备好了,现成的呢。"说着从小坤包里掏出了一个小药瓶,毫无怜悯之心地打开了瓶盖。

胡志英虽然嘴上嚷嚷着今天买安眠药、明天买安眠药的,但她睡眠质量特好,属于脑袋一挨着枕头就能呼呼大睡的一类人,她从来就没有见过真的安眠药是什么样子。这回见到女儿不但拿出了药瓶,而且打开了瓶盖,露出了黄黄的药片,成心把她往黄泉路上逼似的,养这样的女儿真是前世造了什么孽哟,不由得悲从中来,禁不住捶胸顿足放声痛哭起来。

郭建东在一旁恼怒地说:"秀啊,你还真拿安眠药给你妈吃?!她是你亲妈啊!连羊都有跪乳之恩,连乌鸦都有反哺之义,你咋这样不懂事呢!"

郭秀抢白道:"啥呀,爸,你瞧仔细了再说话好不好?你可瞧仔细了,我给我妈拿的是维生素D片呢!"又补充了一句,"要不是我妈弄这一出,爸,我现在都还不想理你呢!"

(原载于《阳光》2021年第5期)

雾中的牛

这一幕常常在他的脑海中闪现:一头壮硕的、鼻子上穿着缰绳的水牛穿过早晨的浓雾向他走来,牛的四蹄在春天的田埂上踏出粗重的扑嗒声,渐渐地,出现了赤着脚、裤腿挽得高高的父亲。父亲衣襟上满是泥点,他的右肩上扛着一把灰黑色的犁,左手执着牛缰绳,犁铧的寒光在雾气中若隐若现。那天早晨,牛和父亲应该是同一时间撞入他的眼帘的,只是由于雾气开始流散,才给了他一种渐次穿出的错觉。

那是谷雨前后的一天早晨,两只布谷鸟隔着庄子在一前一后地唱和,雾气渐渐变淡,他看见庄子里的大人都分散在田野里,有人在耕田,有人在施肥,也有人在清理沟渠。早稻的秧苗刚刚出畦,田里的泥土多数已被犁铧翻开,只等灌了水再用耙平整就可以插秧了。那天早晨,他和父亲一样,也赤着脚,脚底板踏在松软的田埂上,微凉,没有一丝寒冷的记忆。地气已经暖了,田埂一侧的青草翠油油的,草丛中有粉白色的野蒿、开着黄色小花的稻槎菜,还有尚未开出紫色小花的犁头草。他背着母亲缝制的一只布书包去上学,布书包的布带子从他的左肩斜挎到右胯。一身蓝布衣裤已经洗得发白,上衣的心口位置有个兜,兜内可以插放一支钢笔,但一年级的他还用不上钢笔,所以那天他的上衣兜应该是空空的。四十年前,庄子里上学的男娃都是这样的打扮。女娃则穿一身碎花的布衣裤,布书包的颜色也要丰富多彩些。

那天早晨,父亲驱赶着牛从浓雾中穿出来,让他怔了有一分钟。父亲当然看见了他,可是并没有和他说话,似乎咧嘴朝他笑了一下,就驱赶着牛匆匆拐到了另一条田埂——他家有一块田在那条田埂的方向。他也没有和父亲说话,甚至连招呼都没打,看到父亲朝他咧嘴一笑,他也回笑了一下,像是一种机械反应。

四十年后,有一次在梦里,他的眼前闪现了那天早晨的情景。他向妻描述梦境时说:"奇怪,我父亲竟然没有和我说一句话,他连我的名字都没叫,就那么一声不响地、匆匆地走了。"妻说的是:"故去的亲人出现在梦中,一般都不会开口说话的。"他没有探究妻的理论是从哪儿得来的,只是听了妻的话,发了好一会儿呆,最终确定四十年前自己那天早晨的所见并不是梦。

小学校在村部,从家到学校,只需向东穿过一片田畈和一座种植着歪歪扭扭的矮松的山丘,再横跨一条沙石铺就的公路。那些矮松似乎一直长不大,在他的记忆中一直矮矮小小的,歪歪扭扭了几十年。公路上也很少有车辆同行。天晴的日子,如果有一辆车同行,远远地就能看见一股漫天的尘土紧紧地咬着车的屁股在翻滚。他家在庄子的最东头,出门,转过屋角,经过他家的晒场,再从一座竹林边绕过,就到了那条通往长着矮松的山丘的田埂。那天早晨的雾对于他来说,稀松平常得很,大湖就在他们所在庄子的西边,不过隔了庄子后面的一片田畈。有雾的日子是家常便饭,只是撞见牛和父亲从雾气中穿出,却是他记忆中的第一次。

父亲和庄子里的其他成年男人不同。父亲原本在村小学里做老师,虽然常年也是一身蓝布衣裤,但他的衣裤不会沾一丁点泥土,他的胡须也总是清理得干干净净的,褂子的上兜里通常插着两支钢笔:一支灌的是蓝黑墨水;一支灌的是红色墨水——这是老师批改作业才有的待遇,连村主任都不会有。

一年级上学期时,父亲是他的父亲,还是他的班主任老师,也教另两个班的数学。他在学校里,身上自带一份荣光,自己想不承认都不行。只是这份荣光实在过于短暂,到了寒假,他就已经知道父亲下学期做不成他的班主任老师了,不但做不成班主任老师,连学校里的老师都做不成了——母亲为他生了一个妹妹。妹妹当时已经一岁,触犯了四十年前生育政策的红线,父亲是民办教师,学校想挽留也挽留不了,他只能回到庄子里做一个地地道道的农民。

父亲当了农民,母亲有些内疚。有一次,一岁的妹妹哭闹时,母亲不由得责怪起来:"都是因为你呀,你大都做不成老师了。再哭,你惹恼了他,看他不把你的屁股扇开花才怪。"四十年前,他们那个地方都管自己的父亲叫"大",和四十年后不一样,四十年后庄子里的娃也像北京城里的人一样管自己的父亲叫"爸",但四十年后的庄子里拢共也没几户人家了。

那次,受到母亲责备的妹妹哭声更大了。他记得在一旁的父亲笑着抱起了妹妹,一边用胡楂扎她的脸,一边说:"我娃生下来都是宝,我亲还亲不够呢,哪会扇你的小屁股呀!"胡楂扎得妹妹咯咯地笑起来。

后来他常常想,那个有浓雾的早晨应该是父亲第一次驱牛去犁田。

父亲原本不会犁田,在村小学当老师时,不会犁田是名正言顺的事。再说那时分田单干也没几年,他家共有四亩水田、两亩旱田,犁田的活儿一般都是隔壁的大伯帮着做的,他们庄子里称这种劳动的方式为"代田"。代田并不是白代,大伯代犁他家的田,他的母亲则帮大伯家插秧,他们庄子里称这种劳动的方式为"换工"。但犁田是下苦力的活,一般都由男人完成。自古以来,他们庄子里没有谁见过驱牛犁田的女人。女人的农活是插秧、薅草和割稻。

显然,单纯的换工不太公平。所以,每次大伯代田时,母亲一早总要卧好四个糖水荷包蛋,然后盛进一只粗瓷大碗里,用竹篮挎着送到地头。这一天,得让大伯吃过荷包蛋再下田。另外,逢年过节,还要再给大伯备一份礼物,答谢他代田的辛苦——这也是他们庄子里自古沿袭下来的礼数。

父亲不当老师了,成了一个地地道道的农民,再不会犁田就不是名正言顺的事了。

在那个有浓雾的早晨之前,母亲和父亲为要不要继续麻烦大伯代田争执过多次。父亲并不惧怕自己要过扶犁耕田的日子,自从不当老师了,他下田时裤腿卷得比谁都高,胡须也好几天才记起理一次,常常弄得胡子拉碴的。父亲犯难的不是斯文扫地,而是犁田有一定的技术含量,他实在一点也不会,他甚至希望由自己代替母亲去换工。还有,当时父亲心底也许已经萌生了自己不会永久当农民的想法。母亲却固执己见、寸步不让,不只是因为有两个嗷嗷待哺的娃儿,不只是因为父亲已经不当老师了,家里除了种田再没有别的来钱路子,务实的母亲必须精打细算,不能多支出一分钱。而且大伯已是白发苍苍,犁自家的田都有些力不从心了,他不止一次地透露过希望母亲另觅他人代田的想法。万一在代田时大伯有个三长两短,如何向邻里交代呢?

后来,他又由那个有浓雾的早晨,回忆起之前一天发生的事。他放学回来,母亲挑着两只桶准备去菜园里浇菜。父亲坐在门槛上,低着头抽烟,记忆中这也应该是父亲第一次抽烟——那种没有过滤嘴的卷烟,好像是五分钱一包,也许是"骆驼"牌的,也许是"小刀"牌的,具体是什么牌的,他现在怎么也回想不起来,记忆中只残留烟盒上的骆驼和小刀图案。

父亲赤着脚,应该是从田地里回来不久——他看见父亲脚上的泥有些干了,呈现出灰白色;有些还是湿的,呈现出灰黑色。父亲的脚旁丢了四五个烟蒂。

那时太阳已经转到了屋后,但阳光还很亮,阳光让屋子的阴影在往前延伸,像湖水一般地漫过了母亲的脚边。母亲放下了桶,心疼地瞅着父亲说:"要不你去浇菜,我去学学怎么犁田。"母亲当然不是在说赌气的话,父亲还在当老师的时候,她就不止一次地说过不好让隔壁大伯一直代田的话。

那年的他只有八岁,八岁的他还承担不起当父亲和母亲之间重大事项的裁判官的重任,他只是愣愣地站在那里,瞅瞅父亲,又瞅瞅母亲。父亲也是一愣。父亲应该不是发现他回来站到跟前了才发愣的,父亲应该是听母亲说她要去学犁田才一愣的。母亲的这句话也许刺伤了父亲的自尊,他狠狠地吸了一口将要燃尽的烟,随后挥手甩掉了烟蒂。那支烟蒂落地后又弹跳了一下,最终落在了母亲的脚边。父亲黑着脸,站起来冲着他,也许是冲着母亲说:"我去!有什么难的?"这话像是在给自己打气。父亲边走边扑了扑屁股上的灰土,瘦削的身影转瞬就消失在屋角。

还是那一天,他脑子里始终盘旋着父亲和牛从浓雾中钻出的情景,他既觉得奇怪又觉得新鲜,放学后他就没有直接回家,而是顺着宽宽窄窄的田埂走到了自家的一块稻田边。他见到了父亲第一次犁田的情景。那头壮硕的水牛,他们都叫它大牻牛。那时候它的岁数和他差不多,它的脖子上架着木制的轭,轭两端镶着小铁环,分别拴着一根结实的棕绳,从大牻牛身体的两边延伸到犁辕前端一个铁钩挂住的搭杠里。父亲的左手执着牛缰绳和一根充当牛鞭子的细竹棍,右手紧张地扶着犁。父亲的手法显然还很生疏,那张犁在他的手里左颠右倒,总难扶出一条直线。犁铧翻出的泥土也深浅不一、歪歪扭扭,像狗在上面打过滚;而隔壁大伯犁田时,犁铧翻出的泥土就像一行行均匀的波浪。父亲跟在牛的后面跌跌撞撞地前行,弄得前面大汗淋漓的牛失去了耐心,大牻牛身子往前一挣,父亲一个趔趄,一下子扑到了泥水里,手中的犁被抛在了一边。顿感轻松的大牻牛拖着犁欢欣鼓舞地往前迈了好几步,然后站在那里呼呼地喘着粗气。

他记得当时自己在田埂上惊呼了一声"大,小心呀",犁铧在父亲的前方闪着寒光,如果不小心扑到犁铧上,被犁铧伤着,皮开肉绽都是小事。也幸亏大牯牛训练有素,没做脱缰的牛。

父亲挣扎着爬了起来,泥水顺着他的蓝布褂子和裤子哗哗地往下淌。父亲的脸上也糊满了泥水,简直看不出人的面目,只露出两只惊慌、窘迫又闪闪发亮的眼睛。这样的两只眼睛一直深深地刻在他的记忆深处,让他每次记起,心都会像被谁的手攥着捏了一把。

他还记得,听到他的惊呼,父亲侧过脸朝他笑了一下。这笑像是自嘲,又像是为了证明自己没事,好让他放心。那时候父亲的牙齿还很白,隔了四十年的时光,他还记得父亲的牙齿在夕阳中晃出白瓷一般的光晕。那时候的父亲也才三十来岁,刚学会抽烟,牙齿上还未存留后来烟熏的黄渍。父亲又扶起了犁,左手扬起细竹棍,拉起牛缰绳逼迫着大牯牛往后退了好几步。父亲只是威胁了一下大牯牛,用细竹棍击打空气发出了呼的一声空响,并没有真的落到大牯牛的身上。懂事的大牯牛弓着身子,重新迈起稳健的步伐。父亲似乎也掌握了一些技巧,犁铧再入土后,翻起泥土的深浅就稍稍均匀起来。

大牯牛是四户人家共同购买、共同饲养的。四户人家一共应该是三十二亩水田,加上旱田大概不到五十亩。饲养的任务根据田亩分担,一亩田承担一天的饲养任务,依次轮回。他家是四户中的一户,他家只有四亩水田和两亩旱田,每个轮回他家饲养六天。从分田单干时候开始,他家就已经承担起了饲养牛的任务。所以,那天父亲犁田是在使唤自家的牛。

饲养牛的任务轮到他家时,这六天,看牛就成了他放学后的任务。偶尔他也帮隔壁大伯家看牛,大伯家也是这四户中的一户。庄子里看牛的任务都是由他这样的小娃来承担的,男娃女娃都有。庄子里的大人种水稻、油菜,栽棉花,一年到头没有片刻清闲的时候。而看牛是一件轻松的活儿,小娃只需牵好牛的缰绳,管好它吃好草、不要祸害庄稼就算完成任务了。他也在牛背上骑过,不过没有吹过笛子,别的乐器也没吹过,他也没有。

牛沿着田埂或湖边静静地吃草,像一个敬业的园丁,把一片草啃得齐苍苍的,不会有一棵青草可以在它的眼前遗世独立。田埂大约有六十厘米宽,中间供牛和人行走,靠近稻田的一侧,通常种植有一行大豆。到水稻开始扬花时,大豆就差不多长得比水稻高一个头了。牛把嘴埋在田埂另一侧的草丛中,看起来老实又温驯的样子,但小娃一个不留神,它就迅速地把脑袋歪到田埂的另一侧,叼住一棵大豆的秆,一甩脑袋,豆棵就被连根拔起,牛有滋有味地咀嚼起来。小娃气得用细竹棍抽它,哪怕抽打它的嘴,它也要坚持把偷窃来的豆棵吃光。豆棵味美,牛吃起来心安理得,从来不会脸红。所以,看牛的时候,小娃也要注意力集中,让细竹棍贴在牛嘴边随时随着它吃草的嘴往前移动。嘴边的细竹棍时刻提醒着牛老老实实地吃草,不要恣意妄为。

如果牵牛到湖边吃草,小娃就不会遇到牛在田埂上偷吃豆棵的苦恼。但天热的时候,水牛一见到水就要不顾一切地往水里扑。扑进池塘还好一些,大湖宽广,水牛扑进去就轻易不肯上来,有时甚至一直游到湖的那边去,给家中的大人带来许多的麻烦。

冬天的时候,牛就只有干草可以吃了。干草通常是干的稻草。收完晚稻后,各家的稻草在各家的晒场堆成一小堆,一部分作为牛在冬季的食物,一部分要作为烧灶的柴火,最后变成草木灰,撒进来年春天的稻田里。

他还记得一个冬阳煦暖的日子——南方的冬天室内没有暖气,晴朗的日子,室外比室内暖和——母亲和婶娘们坐在向阳的屋檐下,一边说些家长里短的话,一边纳着鞋底——冬天寒冷,他们都不可能赤脚。

他穿着母亲做的棉鞋,在自家的草堆前,看到了父亲和牛——在记忆里,那是一幅宁静的村居图,泛着黄色的光晕。牛在咀嚼着金黄的干草,牛咀嚼干草的样子很庄严,下颌像钟摆一般地左右摆动。有时牛停止咀嚼,像突然记起什么往事似的,抬头茫然地望着远方。牛记起了什么呢?每当这时候,父亲就无限怜惜地抚摸着牛的脑袋,还有它的脖颈。它的脖颈在夏天和秋天耕田时被轭磨破了,现在还有很醒目的疤痕,那一处的毛也比别处的稀疏。

他记得父亲看见他走来,一边抚摸着牛的脖颈一边对他说:"娃,它吃的苦你是想象不到的呢。可怜的畜生泥里来泥里去,风里来雨里去,娃你别看它不会说话,可它心里明白着自己的苦呢!"他感觉到,那时的牛应该是听懂了父亲的话。牛举目望他,两只眼珠亮晶晶的,像充盈着满满的泪水。他就想,难道牛在前世也跟自己的父亲一样,是一个被辞退的民办教师?

当过老师的父亲总会抓住一切适宜的时机勉励他通过读书改变命运,将来只有考上大学,做一个城里人,才能改变像自己这样面朝黄土背朝天的牛命。

他果然没有辜负父亲的期望,他一路都是学霸,成了他们庄子里第一个考上清华大学的人。后来他的确做了一个城里人,而且还是北京城里的人。但那时的父亲已经静静地躺在那座种植着矮松的土丘里了。他读过苏轼的词"明月夜,短松冈",他想那"短松冈"也许就像自己家乡那长着矮松的土丘吧。

父亲的确想摆脱掉自己像牛一样的命,他后来养过虾,养过鸡,养过甲鱼,但总是遇到意外的变故,所以一次都没有成功。父亲后来只好认了命,折腾不起。父亲后来开始酗酒。有人说他的父亲酗酒并不是因为养殖事业的一连串不成功,而是因为他考上了清华大学,他的父亲是高兴了才酗酒的。但不管如何,这酗酒最终要了父亲的命。

他现在是一家大型国企的项目总工程师。他从技术员一路走来,一路也是坎坷不平、险象环生。每当事业遇到艰难险阻的时候,他的眼前总会闪现父亲第一次犁田,扑到泥水里又挣扎着爬起来的情景。那真是在泥水里挣扎啊,那泥水顺着父亲的衣裤往下哗哗地淌,一直淌过一去不回头的时光,淌到他的心田里,最终变成晶莹的泪淌到了他的腮帮子上。他觉得所有的事再难都没有父亲第一次犁田那么难。于是,他咬着牙,攻克了一个又一个难关。他的身上总有那么一种坚韧不拔的毅力,在单位里,同事们常常称他为"老黄牛",每当这时,他又总想起自家的那头大牯牛。大牯牛勤劳了一生,在老迈的年纪,被他们四户人家卖给了屠户。他没有见到大牯牛被牵走时的情景,那时他刚上高中。他听父亲讲过,大牯牛走之前两眼都是泪,父亲不忍心多看一眼。他常常想,同事们对自己的称呼为什么不是"老水牛"呢?

他常常坐在电脑前,对着一堆数据进行研判、分析。就连除夕之夜,京城火树银花,五环外放烟花和爆竹的声音连成串,他都无心欣赏。

他的女儿在上小学二年级。女儿入学时的年龄比他早一年。现在的女儿和他见到牛和父亲从浓雾中穿出时同岁。

除夕之夜,他下厨做了丰盛的年夜饭。他是一个勤奋的理工男,勤奋的理工男和有生活情调并不构成冲突,但他的生活情调也只体现在厨艺上。

饭毕,妻和女儿守着电视机看春晚,他进了书房。午夜十二点的钟声敲响了,妻按照北方的习俗,下厨煮好了"更岁"的饺子,嘱咐女儿给他送去一盘。女儿端着盘子一蹦一跳地往书房走,妻想了想,不放心似的跟在女儿的身后。妻并没有走进房间,只是倚在门框上,用混杂着怨恨、同情,也许是一丝敬佩甚或是无可奈何的眼神看着他:"补充一点'草'吧,'老黄牛'!"

女儿觉得妈妈的话很有趣,她嘻地一笑,把那盘饺子往他跟前一递,说:"给你这头'老黄牛'送'草'来啦,'老黄牛'!"

他推开电脑键盘,一瞬间,从前那头壮硕的大牯牛就撞入了他的心头,父亲常常勉励他的话就撞入了他的心头。妻和女儿为什么不把他说成是"老水牛"呢?也许是因为他从来没有对她们讲过那头大牯牛的故事。那埋藏在记忆深处的大牯牛只能独自品味,不能向人提起。一提起,心就会像被谁用手攥住捏了一把一样地疼。

他叹了一口气,他想,父亲一定不会知道,在北京城里已经生活了几十年的他,这一辈子仍然是那头大牯牛的命。这种命定的东西,在他的有生之年应该是不可能摆脱得掉的——他也不想摆脱掉。生活在家乡县城的妹妹呢,大概也是这样吧。

饺子冒着热气,在他的眼前就像升腾起了四十年的时光。四十年的时光也像是一道浓雾,而把这浓雾吹得渐渐消散的唯有思念。在越来越深、越来越深的思念中,他三十多岁的父亲正抚摸着安详地吃草的大牯牛,父亲抬眼看他时的目光就格外清晰、格外明亮起来。

他忽然觉得原来时空可以重叠,四十年的时光只像一层薄薄的纱,隔着这层薄纱,自己仍然可以迎着父亲的目光深情地凝视。

(原载于《安徽文学》2021年第6期)

维 尼

一

那只熊的吼声像一阵闷雷从森林的深处滚出来，我猜想它也许就是维尼的母亲，它闻到了维尼的气息。

从声音判断，它的位置应该离我不太远，顶多五六百米的样子。我和我的拐都倚靠在一棵主干比水桶还粗的柞树上，那只熊的吼声震得树叶都扑簌簌地响。一只吓破胆的马鹿从不远处的云杉和水曲柳树林间跳出来，冷不丁发现了我和维尼，后蹄一顿，脑袋偏转了九十度，魂飞魄散地蹿入了东边的山林。那只熊的吼声没吓到我，也没有吓到维尼。那吼声传来时只是让卧在地上的它噌地立起前腿，两只圆圆的耳朵唰地竖立起来……我拍了拍它圆圆的脑袋："是出发的时候啦，维尼，也许就是你的母亲在召唤你呢，一年了，去找她吧，去找属于你的世界……"

维尼歪着脑袋看了看我，眼睛澄澈，仿佛两汪多情的泉水。

它把尖尖的嘴伸到我的臂弯间拱了拱,拱得我的心都化成了一摊水。六月的阳光透过柞树叶的缝隙洒到林间的草地上,像在草丛间撒了一把金币。"维尼,你现在已经是大小伙子啦,勇敢地去吧,一切都需要你去勇敢地面对,这世上就没有啥可怕的事……"

维尼又歪着脑袋看了我一眼,长长的睫毛垂下来,使它的神情看起来像个害羞的小姑娘,但我知道它是一个小伙子。森林深处的那只熊又吼叫了一声,从声音判断,它应该向我们靠近了至少一百米。维尼的两只后腿也立了起来,它冲着那声音的方向,发出"嗷——"的一声呼应,然后就嗖地一下从我的身边蹿了出去。我望着它那一纵一纵远去的背影,期待着它回一次头,但它没有。

一地的"金币"在我的眼前摇晃起来,什么维尼呀,徐永鸿呀,大凯呀,过去的一年中像钉子一般突然嵌入我的生活的他们,现在都突然不见了,让我怀疑这一年他们是否在我生命中真实存在过,是否只是我做了一个梦。

二

我是个残疾人,我还很年轻,在故事开始讲述时的这年秋天,才过了第三个本命年。我是左腿残疾,现在已经可以依靠拐杖行走，偶尔也可以抛开拐杖，虽然行走的姿势不好看。不过，我是后天残疾，我是从四层楼高的脚手架上摔下来，才变成这个样子的。

"四层楼那么高，哗啦一下，跟天塌下来似的。厄运来临时，你根本无法躲避，瞬间就完成了由健全人到残疾人的转换，不带一点铺垫。你问我是不是很懊恼？我这么跟你说吧，现在懊恼肯定是有的。但事故刚发生时肯定没有现在这样的懊恼，事故刚发生时就觉得自己没摔死，没被毛竹尖扎死，我孙有财就是命大的了，就是祖宗积了德了，就是大难不死必有后福了。"

"是呀，你可是有了后福了，要不然咋能在东山头当门卫呢？"徐永鸿讥讽我。我们在聊这些的时候，已经认识了三个月——是通过电话和微信聊了三个月，我们还没有见过面。不是我不愿意见面，是徐永鸿不肯，我只好迁就她。我和她很聊得来，但目前也仅限于聊得来。如果我们的关系能再往前走一步，我想，徐永鸿应该会同意和我见面的。

我和徐永鸿的相识，也很有戏剧性。三个月前，我在东山头正想找个人说说话，突然间接到一个陌生女子的电话："你是收药材的孙有福吧？"

孙有福是我哥的名字，但我哥不是收药材的。我倒起过种药材的念头，正盘算着种些什么药材，种好药材将来卖给谁呢，就接到这么一个电话。我当时感觉就像天意似的，抓住她聊了起来,聊来聊去,徐永鸿就成了我生命中无话不聊的朋友。

现在秋季即将结束,三个月前,也就意味着我和徐永鸿相识于夏末。这个夏末我恰好救助了一只小熊,徐永鸿建议我给它取名叫"维尼"。

天气预报说第一场雪将于后天到达。徐永鸿讥讽我的时候,窗外的风正把一片片明黄的白桦、白杨的叶子和火红的枫叶搅在一起揉搓着玩。风从乌苏里江的对岸吹过来,山上和山下的森林都阻挡不住它前进的步伐。风像发了疯似的,一会儿呼啦啦地裹挟着树叶向西大沟漫卷而去,一会儿又呼啦啦地裹挟着树叶向东山头席卷而来,一会儿又像被鬼撑着似的,顺着奇云山庄前的那条山道,一路裹挟着枯叶往山下翻滚。

风刮得我心慌,我最怕的就是又一个冬天来临。我在东山头已经做了五年的门卫了,前三年这里建别墅群,一天天车来人往的,即使大雪封山我也不慌,大雪封山时,工地上还有其他值守的工人。可自从去年夏天工地被叫停后,工人都撤走了,工地一下子就寂静下来。我当然也想走,陈老板却不想让我走,陈老板说:"孙有财,说啥你都得留下,这么大的山庄,哪能一个喘气的人都没有呢? 你也不用担心,别墅都建到这份儿上了,还能不让继续开工了? 就是不让继续开工了,你搁山上,我老陈还能亏待了你?"

陈老板的确没有亏待过我,事情都过去了五六年他还想着我,要不谁肯让一个残疾人当门卫呀?刚当门卫时,我的左腿根本触不了地,离开拐就寸步难行,哪有现在利索呀!我刚当门卫时,有一天陈老板走到我跟前说:"有财呀,你看我建的这高档别墅区,光有钱没情调的人不会来这里——远呀;光有情调没有钱的人也不会来这里——消费不起呀。将来能住进来的人是既有钱又有情调。你看,夏天来这里,避暑只是一个方面,关键是能欣赏异国风光呀。"陈老板右手往前一指,我眼前的乌苏里江就像一条洁白的绸缎,在深绿色的森林间飘飘荡荡,对岸的俄罗斯锡霍特山脉在蓝天白云下就像静止于时光深处——那一片神奇的土地的确让人遐想。陈老板瞅了我一眼,关切地说:"有财,虽说你是在我工地上成了残疾人的,但我已经赔偿你了呀,按说我不该管你了。但我老陈有颗菩萨心,换了别人谁管你呀!你也不用说那些来世做牛做马的话,我老陈也不相信来世,哈哈……从现在起,你就在奇云山庄好好干,我老陈包你下半辈子都不用为吃喝发愁。"

陈老板和我说这番话那天,我的确松了一口气,我想我的确不用为下半辈子的吃喝发愁了。可去年冬季,我一个人待在东山头,每日里除了风和雪,剩下的就是万籁俱寂,常常让我产生自己究竟是不是还活在人间的恍惚。为了证明我还活在人间,我就得和谁说说话。我和谁说话呢?我拨打过我哥的电话,我哥在忙呢,接我的电话时烦得不行。120的接线员小姐说话声音很好听,我给她打过不止一次电话。

她关切地问:"你哪儿不舒服呀?"

我想了想,说:"我脑子不舒服!我就想找你说说话,我找你说说话就舒服了。"

她换了气哼哼的语气说:"我觉得你的确是脑子有问题,你要是再打一次骚扰电话,我就拨打110,你信不信?"

我哪敢不信?只好给陈老板打电话:"老板,你还是换一个人来吧,我一个人待在这里要发疯的,我不想要我的下半辈子了……"

陈老板没听我说完就生气了:"有财,你说的是啥屁话呀!你还一个人待得要发疯了,你到哪不都是一个人待着吗?你在山上少了你吃的少了你喝的?"他也觉得自己的话太冲,语气又温和了下来,"有财呀,你再克服克服,一个冬天一眨眼就过去了,一辈子不都是一眨眼就过去了吗?明年山庄就开工了,我老陈哪会亏待你?"

然而,冬天过去了,春天来了;春天过去了,夏天来了……这一年,奇云山庄就没有出现开工的迹象。

三

有时我想,风莫非和我一样孤单?要不它在漫长的冬季怎么呼喊得那么凄凉?风该和我惺惺相惜才是。可这个无情无义的家伙,却一点没有同病相怜的意思,它挑衅似的把一片片落叶往我的窗户上抛撒。

维尼从地上跳到椅子上,又从椅子上跳到桌子上,它倚偎着我的胳膊,我们头并着头地瞅着窗外神经错乱的风。后来,我不想瞅风了,歪着脑袋看它,我看见了它的目光里新奇中交织着疑惧。有啥可怕的?我就在它的后背上轻轻地拍了一巴掌。维尼以为我不愿意和它并头看着窗外,立刻扭转身子屁股冲向窗外跳到椅子上,又从椅子上跳到了地上,抓起了我的一只棉鞋当成玩具。

祁小英——我曾经的嫂子——打电话来,说要给我介绍一个对象:"有财,姑娘是我的堂妹,离婚,只带一个娃。我堂妹小琴你不是没见过,长得俊着呢!人家不嫌弃你腿残疾了。不过,有财,你得有个事业吧,你在那荒山野岭当门卫也不是长久之计,你得让人家姑娘放心吧。我堂妹小琴计划在牡丹江开家蛋糕店,需要二十万元……"祁小英去牡丹江有三四年了吧,电话中,她说话的腔调都变了。

"我没有钱!"我不等祁小英把话说完,就冷冷地打断了她。我即使有钱也不会投给祁小琴。当年她对我又不是没意思,我刚成了残疾人,她就和别人结婚了。

"哎呀,有财,你咋和你哥一样缺心眼呢!那年人家不是赔你十五万了吗？这几年你月月当门卫,人家月月给你开工资,你不会连五万块钱都没攒下吧？我跟你说啊,我堂妹小琴才不会看上你的这点钱呢,我是为你着想,是觉得你该让人家姑娘放心!"

"离婚带了一个娃,还叫姑娘?"我嘲讽她。

"哎呀,有财,你那个死样儿,你也不瞅瞅你自己,要不是想着我好歹做过你的嫂子,你又没爹没娘的,我才懒得管你的事呢,我才不稀罕管你的事呢!你就自个儿守在荒山野岭吧,将来死了都没人收尸!"祁小英气哼哼地挂了电话。

祁小英在牡丹江大凯的公司里上班。大凯是祁小英拐一个弯的亲戚,大凯喊祁小英妹妹,在老家时都是一个镇上的。当年祁小英和我哥结婚时,大凯还参加过我哥的婚礼。大凯早就结婚了,大凯在我哥的婚礼上喝得酩酊大醉,是他媳妇把他拖回家的。

后来就传说大凯帮别人讨债,抽出刀,一刀剁掉了自己的一根小拇指,连哼都没哼一声,债一分不少地讨回来了,大凯两只手的手指却完好如初,原来剁掉的那只是面筋做的。面筋里面裹着鸡血,猛然一刀下去"血肉横飞",对方就吓破了胆。祁小英所在的镇上关于大凯是黑道人物的传说流传了好几年,就渐渐流传到了远近。可我觉得传说未必可靠,大凯面目和善得很。但大凯的霸道是真的,霸道的人生意越做越大,把公司都开到了牡丹江。祁小英在他的公司里上班,语气也这么霸道起来。

祁小英的电话让我的心情很不愉快。现在我心情不愉快的时候,我就找徐永鸿倾诉,我向她发出微信语音聊天邀请,她接了。徐永鸿也在牡丹江。

"凭我一个女人的直觉,你嫂子真的是出于一片好心,那个祁小琴哪会在乎你那一点钱啊,你腿都残疾了……她呀,没准是觉得你诚实可靠,不是社会上那些破马张飞的人。你咋对你嫂子有偏见呢?"徐永鸿轻声细语地说。

"是我曾经的嫂子!"我纠正她的说法。

徐永鸿笑了:"你这个人还这么较真呀。你哥咋就和她离婚了呢?"

我告诉徐永鸿:"是她主动和我哥离的婚,她嫌我哥窝囊。我哥本来是个种地的农民,第一年种大豆,到了秋天的时候,大豆没卖上价;第二年,我哥听说种水稻更划算,改种了水稻,那年的雪来得特别早,水稻还没收割,就被雪埋在地里了;第三年,我哥改种红松,谁知老鼠打洞把红松的种子偷吃了……我哥愁得慌,就酗起酒来,祁小英常常骂他窝囊,有一次又骂,我哥就动手打了她……"

"是不该动手。为这事就离了?"

"还有别的事,总之日子过不下去了。"我想起了大凯,但我没和徐永鸿提这茬儿,家丑不可外扬呢!

徐永鸿用同情的语气问:"两人办了离婚手续?"

"早就办了!"

"你哥现在呢? 还单着?"

"嗯,我们那里娶个媳妇不容易,彩礼重得很。我哥现在去大连打工了,说打工比种地挣的钱多些。"我哥好好的再娶都不容易,像我这样的残疾人就难上加难了,想到这里我不由得叹息了一声。

徐永鸿应该是猜到了我的心思,也跟着我叹息了一声,她转移了话题,问我:"你咋不小心一点? 咋会从那么高的脚手架上摔下来呢?"

我记得跟她说过我从脚手架上摔下来的经历,但她既然又问起,我就又说了起来:那天也在刮风,风比今天的还大,吹得毛竹捆绑的脚手架都嘎吱嘎吱地响。我在工地上做瓦工,我跟包工头,就是我现在的陈老板说:"老板,还是歇歇吧,太危险了,风都能把我手中的泥桶吹得飘起来。"我没说假话,我手中的泥桶真被风吹得荡悠悠的,我在工地上走,背后都像有人用双手在推着似的。陈老板反而骂我:"孙有财,就你知道危险,我不知道危险吗? 可是工期紧、工期紧,我都被建设单位催得要上吊了,你懂吗?"我只好往脚手架上爬,也没有系安全带呀,系了也没有用。我爬到四层就开始砌砖了,还没砌上几块砖呢,就听见吱嘎嘎一声,我心里明镜似的——脚手架塌了,可是心里明镜似的也没有用,根本没时间容你躲闪,哗啦一声,脚手架带着新砌的砖墙就一遭儿坍塌了,当时还死了一个工友,被断茬的毛竹尖刺破了胸膛……

那个血腥的场景隔了六七年的时光仍在刺我的胸膛,每次说到这里我就难受得不能继续往下说了。

徐永鸿说:"听说你嫂子的堂妹,就是那个祁小琴去看你,你都不肯见她!"

我苦笑道:"那会子只觉得自己成废人了,躺在医院里,谁都不想见呢,更不愿意让她看到我这副模样了。"

徐永鸿不客气地说:"这就表明你还是喜欢过她嘛,你喜欢过她,所以才这么拒绝她。"

我有些羞涩地笑了:"是吗?也许的确像你说的那样吧。"

徐永鸿说:"那她现在离婚了,你俩不正好再续前缘吗?你咋能拒绝你嫂子的好意呢?哦,是不是你在意她还带着一个小孩?"

徐永鸿也是离婚带了一个小孩,我突然意识到她这么问是在给我设置一个陷阱。我坦白道:"徐永鸿,我更在乎你呀……"

徐永鸿咯咯地笑起来,她的笑声像一串小铃铛一样好听:"男人的嘴,骗人的鬼。孙有财,我才不会相信你的鬼话呢!"

窗外的天空像蒙上了一层银灰色的幕布。幕布的下方,一片片薄云之前还像一匹匹野马似的撒蹄奔跑,现在却像在悠闲地吃草。风暂时停息了,从窗玻璃往外看,被风卷走了枯叶的森林和山峰一下子都瘦削了许多。山峰上的几棵云杉、红松,树冠虽然仍是绿的,但绿中透着焦黄,仿佛被山火燎过一般,已经和夏天时的绿油油有了本质的区别。左边的山道旁,那棵据说是被雷电劈了半个树冠的柞树,像得了疟疾似的,在昏黄的天幕下瑟缩着枝条。

一队天鹅排成人字形掠过,粗略地估计得有五十来只。我兴奋地说:"徐永鸿,这会儿我眼前飞过了天鹅,天鹅不就是鸿雁吗?你不就是叫永鸿——永远的鸿雁吗?真好看哪,我拍视频给你看?"

徐永鸿明白我的伎俩,她说:"你还是拍照片吧。"徐永鸿一直不肯和我视频聊天,所以我还不知道她究竟长什么模样。翻看她的朋友圈,徐永鸿也很少发朋友圈,不过夏天晒了一次她的女儿,她管女儿叫小囡囡。小囡囡白净而苗条,面容清秀甜美。由小囡囡猜想,徐永鸿的模样儿应该差不到哪里去,徐永鸿为啥也离婚了呢?我问过她,她说:"过得没劲了呗!"再问她怎么没劲了,她却不肯说。

鸿雁飞走了,风又刮了起来,这一回比上一回来得更加疯狂,似乎是要去追赶鸿雁似的。维尼又从椅子上跳到桌子上,一边把圆圆的小脑袋往我怀里拱,一边嗷哟嗷哟地叫唤着。我懂得它的意思,这是饿了求食的表示,这个小家伙真的特别能吃。

四

雪急匆匆的,比预报的日期早一天到来。这个夜晚,风嗷的一嗓子从西大沟旋到东山头,然后歇一口气,悄没声儿地退到西大沟,又嗷的一嗓子从西大沟旋到东山头,次次都凄厉地扑打着门卫室的窗玻璃,让一次一次被惊醒的我疑心这风是嗅着了维尼踪迹的母熊。

维尼不时抬起头来,它晃一下脑袋,侧耳倾听一阵,暗夜中它的双眼像星星一样闪着幽光。它倾听了一阵,晃了一下脑袋,埋头在我给它铺的棉垫子上睡去。一会儿风又惊醒了它,它抬起头来,侧耳倾听一阵,再把身子蜷缩成毛茸茸的一团。这块棉垫子就放在我的架子床边,有时我也把棉垫子塞到床底下,有时我又把棉垫子拖出来,不管是塞进去还是拖出来,中心都是我的床边。床边还有一只火炉,火炉旁的标配是一只水壶,有时是空的,有时有水。门卫室是我的世界,我想怎么做就怎么做,没有人愿意闯进我的世界。

这块棉垫子成为维尼的眠床,刚好过了一个完整的秋季。

那天的早晨被一场夏末的雨洗过,湿漉漉的山峦、湿漉漉的山道、湿漉漉的柞树、湿漉漉的白桦林,连天空都仿佛是湿漉漉的。太阳从江的那边升起来,江水波光粼粼,每一颗水珠里都倒映着一轮太阳。渐渐地,太阳的光芒让山川起了雾,轻纱一样的雾气流动开来,弥漫到森林的上空。

薄雾没有阻挡我的视线,我就发现白桦林边有了异常——什么东西缩在林边的几块山石之间,那东西毛茸茸、黑乎乎的,不大,很小的一团。我决心探个究竟,就拄起拐拉开了铁栅门。对了,奇云山庄的大院门是一对铁栅门,不是电动伸缩门。陈老板说过,等山庄全部建成后再换成电动伸缩门,到那时,我在门卫室里一摁电钮,门就开了,再一摁电钮,门就关了。不用像现在,开院子的门还要从门卫室出来,把两扇铁栅门往两边拉。一扇铁栅门的门轴安装在门卫室的门和窗户之间,门卫室的门开在铁栅门的里面,窗户开在铁栅门的外面;另一扇铁栅门的门轴安装在围墙的墙垛上。

我只拉开一扇铁栅门,从门卫室走出来。从门卫室到那堆石头的距离大约有两百米远,我拄着拐走得并不快。我的拐杖的底部包有铁片,我有意地加重了力气,拐杖杵在山石上笃笃地响,我想把它吓跑。

笃笃声越来越近了,这个小东西却没有逃走,我疑心它是一只受了伤的狗崽,压根儿没有想到它会是一只熊崽。笃笃声的到来,让它也感觉到了危险,它挣扎着往石缝中钻。它的脑袋比狗的圆一些,颈部又比狗的短一些,我认出了这是一只熊崽。有熊崽的地方就会有大熊,我心里一阵慌乱,急忙往眼前的白桦林里瞅。林子顺着山坡往山下蔓延,在东山头只有四五行树,我没有看见大熊的影子,也没有闻到大熊的气息。这只小熊崽怎么自个儿跑到东山头来了?它还在石缝间挣扎,石缝太小,石块也不大,可是它挤不动石块,也钻不进去。感知到大祸临头的它,身子颤抖得更厉害了。我弯腰放下了拐,一只手撑在石头上,一只手揪起它的颈皮,把它给提溜了起来。它像极了一只小黑狗,既不吭声,也不挣扎,小眼睛瞪得大大的,目光里没有恐惧,只有一片茫然。这一定是一只和母熊走散了的熊崽,它怎么跑到东山头了呢?它是什么时候跑到这里的?早上的这一场雨可把它浇了个透心凉,好在这还是夏季。

我把颤巍巍的它提溜了回来,给它喂了米汤,它没有拒绝我给它喂食。我又喂了它一碗苞米粥,它终于发出嗷哟一声叫唤,像一个初生的婴儿。一整天我都心神不宁,总期盼着白桦林里或者山道上蹿出来一只寻找幼崽的大黑熊。我们这一片的山林常有熊出没,熊的嗅觉特别灵敏,母熊一定能敏锐地捕捉到幼崽的气息。如果母熊找来了,我就把这只熊崽放出去。可是一整天过去了,苍茫的暮色都把奇云山庄严严实实地包裹起来了,也没有再出现半个黑熊的影子。也许因为早晨的这场雨破坏了熊崽的痕迹,反正它是一个孤儿了,我起了饲养它,在这个漫长的冬季让它给我做伴的念头。

五

饲养熊崽的第二天,我给宝崽打电话:"老板,啥时候再上山,给我捎几袋奶粉,再给我捎些羊棒骨啥的。"

宝崽不怀好意地问:"哟,老孙头,咋还想起了养生呢?是不是被山上的狐狸精迷惑住了,被掏空了身子?"

我嘿嘿笑了几声,没有向宝崽解释。宝崽并不真的是我的老板,他是老板的小舅子。陈老板当包工头发了财,后来就在海南、广东和人合伙干一些大的房地产项目,奇云山庄对于他来说只是一碟小菜,他顾不上管理。而且,奇云山庄刚起了五栋小别墅,就被国土部门叫停了。在南方的陈老板全权委托他的小舅子补办建设手续,可这手续补办到今天还没有办下来。

宝崽原来也不叫宝崽,大伙儿都叫他大宝子。大宝子跟着他姐夫在南方待了两年,回来后就不许大伙儿喊他大宝子了,要喊他宝崽。我既不喊他大宝子,也不喊他宝崽,我喊他老板——他是老板的代理人,我不喊他老板喊啥?宝崽只比我小十一岁,我今年三十六岁,他二十五岁,可在他嘴里我就成了"老孙头"。唉,随他怎么叫吧,谁让他是老板的小舅子呢!

宝崽个头不高,长得胖墩墩的。有人说他的圆形大脸长得像某位著名歌星,宝崽也学那位著名歌星在脑后蓄起了一根辫子。宝崽爱唱歌,就以业余歌唱家自居。奇云山庄五栋别墅中的三号别墅装修好了一层,夏天的时候,宝崽就隔三岔五地开着他的悍马越野车带着他的同道前来,在里面成宿成宿地喝酒、唱歌。什么"大河向东流哇,天上的星星参北斗哇",什么"你永远不懂我伤悲,像白天不懂夜的黑,不懂那星星为何会坠跌"……夏夜窗户是开着的,歌声从窗户里飘出来,在静夜里飘出去好远,让近处乌苏里江的水都和歌声起了共鸣,翻滚起哗啦哗啦的涛声。宝崽带来的同道,男歌星少一些,女歌星多一些。宝崽的世界不允许我踏入,他的世界和我的世界隔着一扇厚重的防盗门。

宝崽上山时,果然给我带来了五袋奶粉和一些羊棒骨。宝崽说:"老孙头,奶粉钱从你工资里扣啊,羊棒骨算我赏赐你的!"说完,他把这些东西扔到铁栅门前,连瞅都懒得瞅一眼我的门卫室。

也许是为了印证好事成双吧,我就是在这天接到"你是收药材的孙有福吧"这个电话的。

六

雪是后半夜来的,雪来的时候,风小了一些,雪先是像细沙,在天地间密密麻麻地撒。我被窗外一阵扬沙似的声音惊醒,手机屏幕显示的时间是 0 点 50 分。后来我就睡不着了。到了凌晨 1 点 20 分的时候,风突然一声长啸,像从大地胸膛里吼出来的,雪花随之变成了大团的柳絮,往我的窗户上直扑。风在窗外扯着嗓子呐喊,裹着雪花飞舞了一宿。

早晨的时候,雪还在下,不过已经小了许多,风不知道躲到哪个山沟里休息了。雪真是一个公平的家伙,它泯灭了沟壑、溪谷、山道的差别,让它们全都成了一片高低起伏的雪原。对岸的山峦也和这边的山峦一样银装素裹,你看不出丝毫差别。可是,乌苏里江的水还在清凌凌地流淌着,仿佛是在白茫茫的天地间划出了一道深蓝色的音符。

维尼一边不安分地挠着门,一边嗷哟嗷哟地叫着,它是想出去。一个秋天,它常在奇云山庄的院子里玩,不过我没有让它到过铁栅门的外面。外面的世界那么大,我无法掌控它。

维尼是徐永鸿起的名字,依我的想法是要叫它"归还"。徐永鸿笑着说:"啥叫'归还'呀?既不好听,又拗口。"

我说:"有首歌不是这么唱的吗?鸿雁,北归还,带上我的思念……"我喜欢这首歌,自从认识了徐永鸿,我把手机的铃声都设置成了这首歌——我期待,有一天徐永鸿真的能来到我的身边。

徐永鸿却说:"那和小熊也没啥关系呀。还不如叫维尼呢,《小熊维尼》,我女儿囡囡最爱看的动画片。对了,小熊就应该叫维尼!"

"名字就是一个称号嘛,叫啥都行。既然囡囡喜爱维尼,那就依你,叫维尼好了。"

"这还差不多,男人让着女人,这叫有绅士风度。孙有财,你得答应我,要经常拍些维尼的视频或照片发给我哦,"徐永鸿说,"囡囡喜欢看。"

我说:"保证落实到位!"

徐永鸿就咯咯地笑。

打开门卫室的门,风从门缝中钻进来,让我打了个寒战。毛皮厚实的维尼却不惧怕严寒。溜到了室外的它,见到厚厚的雪地,犹豫了一下,小心翼翼地抬起右前掌慢慢地摁到雪地上。雪地暄暄地塌陷了下去,维尼吃惊地缩回右前掌,眼前出现了一个小小的熊掌印,但雪地没有出现其他异常。它又抬起左前掌慢慢地摁到了雪地上,雪地也像刚才那样塌陷了下去。这回维尼没有缩回左前掌,它触到了坚实的大地,于是放心了,高兴地在雪地上打起了滚。

我穿上棉衣,走到室外,拍了好几张维尼在雪地上打滚的照片,发到了徐永鸿的微信上。

徐永鸿打来微信语音通话,我走回门卫室接受了邀请。徐永鸿说:"孙有财,你把维尼喂养得真好啊,我看它的黑皮毛跟缎子似的。"

"熊比人好喂养!"

徐永鸿说:"孙有财,它一天天在长大,你和它共居一室,万一哪天它不高兴了,一巴掌把你的脑浆子拍出来咋整?"

"哪能呢!熊跟狗一样忠诚,要不咋叫狗熊呢?只要你对它好,它就会像狗一样对你亲!"

徐永鸿笑着说:"孙有财,我感觉你是想把它养大,让它变成精,和你成亲吧?"

我说:"瞧你说的是啥话呀,要成亲也是和你成亲,人咋能和狗熊成亲?谁敢和熊精成亲呀?何况维尼还是一只雄的呢!"我这么觍着脸地说要和徐永鸿成亲,虽然是开玩笑的语气,但我又担心这个玩笑开得有点大,惹恼了她,从此徐永鸿不理我了,我怎么打发漫长的冬季时光呢?再说我已经迷恋上了她的声音。我就换了一副真诚的口吻:"维尼现在还很小,我想把它养大一点,就放归山林。"

"哦,那样啊,只是……只是,那时囡囡就见不到真的维尼了!"徐永鸿有些遗憾地说。显然,我刚才的玩笑话并没有让她恼怒。

维尼在挠门,在室外一声声嗷哟嗷哟地叫着。我打开门,它裹着寒风跳进室内,抖了一地的雪粒,并且打翻了放在地上的给它盛放食物的小铁盆,发出了哐当一声。

"是维尼进屋了。"我向徐永鸿解释。

徐永鸿却咯咯地笑起来,笑得我莫名其妙地问:"想起了啥开心事儿,乐成这样?"

徐永鸿歇了一口气,又笑:"喂,孙有财,你刚才说啥来着?你说要和我成亲?"

我有些脸红,但我仍然觍着脸说:"嗯!"

她嬉笑着说:"你准备拿啥和我成亲呀?"忽然语气又一下子变得严肃了,"你是不是觉得一个离婚又带个小孩的女人就成了掉价的商品,不值钱啦?就啥人都能娶啦?"

我有些生气:"我又不会永远当门卫,我打算开春就回去种药材。我告诉你,没准有一天我就成富翁了。"

我又不算老,我并不是一辈子要守在这座荒山头,我已经盘算了一个秋季。我说:"徐永鸿,如果你拒绝了我,我保你到时要后悔得肠子发青。"

徐永鸿咯咯地笑起来,随后她挂断了语音通话。

打翻了食盆的维尼尝试着用尖尖的嘴拱动食盆,它尝试了好几次,食盆终于又翻了个儿,可是,食盆里空空如也!失望的维尼嗷哟嗷哟地朝我叫唤起来。一个秋季,维尼的身高差不多长了一倍,胃口也比刚来时大了一倍。我拿出两个苹果放在食盆里。维尼嗅了嗅,张开嘴先在第一个苹果上咬了一口,又在第二个苹果上咬了一口,在维尼的思维里,这样两个苹果就都被它占牢靠了。接着它再左啃一口右啃一口,仿佛有谁要跟它抢食似的。

七

一个秋季，我都在琢磨种植林下参。人人都知道咱东北山林有三宝——人参、貂皮、乌拉草。可打从我记事起，我就很少见到在山林里挖到的野生人参。现在网上销售的所谓野生人参，其实大多是种植的，只不过模拟的是野生的生长环境。

林下参的生长周期要长一些，头几年不见收益，但我有点积蓄，也不用过分担心。我也考虑过种植一些别的药材，譬如五味子。秋天，长长的藤蔓下，五味子像葡萄似的，挂着一串串又红又圆的果实，模样儿爱死个人，吃起来味道虽然又酸又涩的，却是一味治肺虚寒和肢体痿软的好药。种植一亩田的五味子，成本在五千元左右，收益一般在一万到两万元之间。那就意味着，种一亩田五味子，强于我在东山头当两个月的门卫。

也可以种桔梗。桔梗开蓝色或紫色的花，花骨朵只有拇指般大小，像气球一样包着气。小时候我淘气，常常用手捏那花骨朵，一捏就像气球一样爆了。桔梗的根长得白白嫩嫩的，能治咳嗽和嗓子疼。不过，每亩桔梗的收益要少一些，只有三四千元。

我家还有三十亩地。我爹当年给我哥和我各留了十五亩，我哥又不种地了，我计划把我哥的十五亩也接过来种，反正我又不会亏待他。

晚上,我生起了火炉。维尼扯烂了我的一只棉鞋,我举起拐杖要惩罚它,它钻到床底不肯出来。室外没有风,隐隐地,我听见了两条鱼跳出江面戏耍,弄破江水发出的一声声唰啦唰啦的呻吟。

我给我哥打电话。我哥还没睡,一接我电话就说:"有财啊,咋这么巧呢,我正想打给你呢。"我心想,我哥去大城市后嘴就变刁了,哪能这么巧呢?去年冬天我给他打电话,他嫌我烦。这一年,我就是捡到熊崽后给他打过一次电话。我不给他打电话时也接不到他的电话,一给他打电话他就正想要打给我。我心里这么想的,嘴上说的却是:"哥呀,在大连咋样?能攒出来钱吗?"

"咋攒不出来钱呢?攒不出来钱,咋给你领个嫂子回去?"我哥和颜悦色地说,"有财啊,哥正想问问你,你手头有多少钱?"

我哥的话让我生气了,他和祁小英怎么都惦记着我那一点钱呢?"哥啊,你都攒出钱来了,还问我这些干啥?"

我哥愈加和颜悦色了:"你以为领个嫂子回家就那么容易?有财,我只有你一个亲弟弟呀,关键时刻,你不帮衬哥一把,谁帮衬哥一把?"

我有些愠怒地说:"哥呀,一分钱都帮不上啦,钱都存在陈老板那儿呢!"

我哥叫了起来:"有财你彪啊,你咋把钱存别人手上呢!你把钱存别人手上,还不如存你哥手上呢!"

我也叫了起来:"你咋早不说呀?你这会儿才说,你要急用你找我老板要去!"

我哥气哼哼地说:"有财你真是个彪子,我咋有个彪子弟弟呢?"

我没好气地挂了电话,我忘了跟他提那三十亩地的事了。有福真是的,都娶过一次媳妇了,还让我帮衬他第二次娶媳妇,他咋不帮衬我娶一次媳妇呢!

两颗星星垂挂在我的窗前,亮晶晶的,它们也愤愤不平地朝我眨着眼睛。它们是徐永鸿的眼睛变的吧?我怎么想起徐永鸿的眼睛了呢?我连她的人都没见过,哪里知道她的眼睛长什么样?这两颗星星应该像维尼的眼睛。

维尼从床底下钻了出来,蹲在我的脚前小心翼翼地看着我的脸色,像一个做了错事的孩子。我的手在拐杖上摸了一下就缩回来了。

八

第二天是晴天,但太阳像一个伤了元气的老人,有气无力地悬在半空。阳光昏黄而惨淡地照着山川,像例行公事似的。

两只松雀飞到雪地上蹦跳着,维尼急不可待地奔了出去。松雀不等它靠近,发出两声嘲笑的叽喳,双双展翅轻快地飞上了一栋别墅的水泥屋顶。

我向徐永鸿发出了语音通话邀请,她没有接。我拍了几张维尼追逐松雀的照片发到她的微信上。

又有四五只松雀吵吵闹闹地飞到了白桦树的秃枝上,弄得枝条受惊似的一连串地颤抖。维尼听见了它们的动静,扑到铁栅门前。铁栅门发出一阵哗啦啦的响,惊得那群松雀像四五支箭一般射向那棵据说是被雷电劈断了半个树冠的柞树上,少顷它们又惊慌失措地向另一棵更远些的云杉树掠去。

一整天,徐永鸿都没有回复我。

黄昏时分,有两匹狼从白桦林里蹿出来。这是两匹年轻力壮的狼,毛的颜色,背上是灰中带黄,从鼻尖到眼睛的部位是黄中带灰。它俩一前一后,像侦探一般从白桦林中小心翼翼地探出头来,来到林边那几块乱石前就驻足不前,瞪着两双像猫一样发着幽光的眼睛盯着我的窗户。它们蹲在那里的神态就像谁家两只温驯、忠厚的狗。但我知道,它们一定是狼,一定不会是狗。谁家的狗会跑这么远的山路,选择一个雪后的黄昏上山?

暮色在渐渐加深,天空寂静,一只飞鸟的影子都没有。它们对视了一眼,然后,一只狼向我走来,走到离我窗户大约十米远的地方停了下来,它支棱着脑袋,眼睛瞪得圆圆的,那眼神是冷漠？是仇视？是凶残？是不达目的决不罢休？还是要让我吓破胆子？因为这不是人的眼睛，所以我说不清，但我并不慌张，因为窗玻璃的外面还有一层铁栅，我不用担心狼会拍碎玻璃闯进来把我吃掉。我隔着玻璃好奇地观察着它们。另一只也向前走来，走到与它的同伴并排的位置，它们又互相对视了一下，然后一前一后地仰起脖子，一声一声凄厉地嗥叫起来。这叫声，在黄昏，在寂静的东山头，让人从心底生出一股寒意来，电流一般迅速蹿到发梢，真正地毛骨悚然。我疑心它俩是要呼唤更多的同伴前来。来一百只狼我也不怕，只要我不从门卫室里走出去。可是过了好一阵，也没有听见狼的遥相呼应的声音，也没有一只新的狼加入它们的队伍。它们是要威胁我给它们拿一些食物？或者是在雪天遇到了某种难以克服的困难要向我求助？小时候我也听到过一些被人施救的野兽后来知恩图报的故事，我的确也愿意帮助陷入困境的它们。只是我实在摸不透它们的意图，我不敢轻易开门出去。

维尼从椅子上跳到桌子上，两匹壮硕的狼显然让它感到了兴奋，它对着它们嗷地叫了一声。这是我第一次听到它从胸腔中发出这样的一声低吼，这声音震得窗玻璃都哗啦啦地响，震得那白桦树的枝条也颤抖起来。这猛然出现的意外让两只狼都来不及交换慌乱的眼神，就迅速地掉头蹿进白桦林，消失了。

这是多么惊心动魄的场景啊，可惜我没有拍到维尼吓跑两匹狼的视频,我只拍了维尼威风凛凛地怒视窗外的照片,我又把这个发给了徐永鸿。我说:"好遗憾啊,徐永鸿,我没有让你看到维尼一声低吼吓跑了两匹狼的场景。"

徐永鸿仍然没有回复我。一个女人,带着个小囡囡,又生活在牡丹江那样的大城市,一定不会像我这样清闲。

电话响了,却不是徐永鸿,是宝崽打来的。宝崽说:"老孙头,那啥,天再冷也不准使用电炉烤火啊。告诉你,我可不是心疼那点电费,我是担心电路起火,把你老孙头烧死了咋整。"

我说:"老板,你就把心放在该放的地方吧,我生的是煤炉子呢!你啥时候上山?吃的东西快没有了,我就担心老板再不上山,我没被烧死,倒被饿死了。"

宝崽说:"老孙头,你咋这么能吃呢?你在山上养了一只狐狸精吧?"

宝崽不知道我养了一只小熊,我也没告诉他,告诉他也是多余。宝崽上山多在晚上,而且每次只往他的小别墅里钻,入秋后就来得少了,天一冷,来的次数就更加少了。我回答宝崽:"在山上闲的,一天天净琢磨吃的呗!"

宝崽笑着说:"妈的,老孙头,你还挺幽默。只是这刚下了雪,我咋上山?你就等两天吧。要是真没吃的了,你就给山下八里屯何贵超市打电话,让何贵给你送些吃的去,别真把你老孙头饿死了啊。"

我说:"老板,还是劳驾你亲自上山吧,自从工地停工后,何贵就没上过一次山。我一个人能买多少吃的,何贵哪肯为我一个人送吃的上山呢?"

宝崽又骂了我一句:"妈的,老孙头,你哪是给我当门卫呀,你是给我当爹来了!"

我放下电话,也骂了宝崽一句:"妈的,小舅子,到了春暖花开的时候,哪怕你姐夫每月给我涨一千元工资,爷也不伺候你了,爷帮你们再守一冬,对得起你们了。"

"我究竟该种点啥呢?"我又琢磨了起来。维尼以为我在问它,转着滴溜溜的黑眼珠,嗷哟朝我叫了一声。

我骂了它一句:"你知道个啥,瞎捣乱!"

维尼又嗷哟朝我叫了一声。

九

天晴了,天空瓦蓝得像乌苏里江的水。阳光照在雪地上,雪在慢慢融化,看起来,似乎每一粒雪花里都莹润着一颗脉脉含情的水珠。

我在和徐永鸿聊天,我问她:"你当初问我是不是收药材的孙有福,你是啥意思啊?你是有药材要卖,还是你也收药材?"

徐永鸿不回答我,只在那一头咯咯地笑,那银铃一般的笑声带着一股香甜的气息,居然通过电波吹到了我的耳边,吹得我的脖颈都软酥酥的,这也太神奇了!科技太发达了!我自己都觉得不可思议,伸手摸了一把脖颈,我的手背都感受到了那股气息。我扭头一看,原来是维尼蹲到了我身边的椅子上,它那尖嘴伸到了我的肩头,鼻翼正一张一合的。我忍不住笑起来:"妈的,你跟着捣啥乱呀!"随手推了它一把,维尼就从椅子上跳了下去,不服气地打翻了放在火炉边的水壶,水壶里还有半壶水,门卫室的地面一半都成了溪流。它知道闯了祸,瞅了我一眼,嗖的一声钻到了我的床底。我在和徐永鸿聊天,顾不上责骂它。

"孙有财,"徐永鸿说,"你是不是想种药材都魔怔了,我啥时间过你是收药材的孙有福呢?孙有福是你哥,你不是叫孙有财吗?"你看看,女人就是这么不讲理,明明是她曾经说过的话,过了几个月她就是不肯承认。但我也不恼,漫长的冬季马上就要来临,我的生活中不能没有徐永鸿的声音。

徐永鸿语中含笑:"孙有财,你干吗一定要种药材呢?你的腿能下地干活吗?我觉得你嫂子说的在牡丹江开个蛋糕店未必不是个好主意。你不知道啊,我家小区门口就有一家蛋糕店,生意好得一塌糊涂。我建议你不妨认真考虑一下!"

我一口回绝:"那绝对不行!想起祁小英我就一肚子气,更别提她的堂妹祁小琴了。你想啊,一见我成了残疾人就立刻和别人结婚,这么势利的,我能和她一起过吗?"

徐永鸿循循善诱："你向人家表白过吗？你又没向人家表白，你咋知道人家是因为你成了残疾人就和别人结婚了？"

我觉得徐永鸿说的也不是没有道理，可这些都过去了，何况我哪能放弃正和我聊得热火朝天的徐永鸿，而去追一个未知的祁小琴呢？我认真地说："徐永鸿，在我这里，你再别提她了。过去了的就永远过去了，我的情感世界里也下过了一场雪，到现在仍是白皑皑的一片，没有一串人的足迹。"我向徐永鸿表白，"我只等着你的脚印出现。"

徐永鸿咯咯地笑起来，她说："孙有财，你说得还挺抒情的呀！"说完她就接着笑，笑得一声接一声，笑得上气不接下气。然后，她挂断了语音通话。

之后的日子，只要徐永鸿还愿意和我聊天，我就不会气馁。

后面的几日都是晴天，艳阳高照，照得一场初雪消失得无影无踪。夜幕降临，这一晚的星星格外地大、格外地清澈，它们仿佛从苍穹上下降了一大段的距离，特意要来垂青我一会儿。乌苏里江的水也为我奏起了雄浑的乐章，在我的近旁哗啦啦地流淌。我是命运的弃儿，却是大自然的宠儿——我突然发现了这个伟大的秘密。

我得把这个伟大的秘密告诉徐永鸿。这几个月来，我的一点一滴的发现、我生活中一切不同寻常的地方，我都喜欢告诉徐永鸿。

徐永鸿没接我这茬,却发来一段小囡囡跳民族舞的视频。视频应该是她自己拍摄的,以小囡囡为中心,小囡囡穿戴着鲜艳的少数民族服饰,举手、侧身……欢快地旋转着、舞动着,笑容满面。

我由衷地赞叹:"真的好美!"不觉旧话重提,"徐永鸿,也把你的视频发来,让我欣赏一下吧。"

徐永鸿说:"美的你!"

这时,两束车灯的光从山道上横扫过来,横扫到门卫室的窗户上,透过玻璃把门卫室照得雪亮。卧在火炉旁的维尼受到惊吓似的爬了起来,瞪起乌溜溜的黑眼珠求助似的望着我——好几次它都是这样。我摸了一下它圆圆的脑袋,维尼仍是感到不安,把脑袋往我的两腿间挤。

眨眼工夫,宝崽的悍马车就冲到了山庄的门口。宝崽是个急性子,一秒钟都等待不起,他不耐烦地向我摁起了喇叭。

我挂了语音通话,披上衣服,把维尼阻止在门后,走出来,一边拉山庄的铁栅门,一边客气地问:"老板,这么晚了你还给我送吃的来?"

"哎呀,老孙头,我忘了,明天再上山。"宝崽敲了一下自己的脑壳说。他的副驾驶位置上坐着一个俄罗斯女子,长着长长的睫毛,模样儿十分俊俏,嘴唇却涂成比夜晚还要黑的颜色,耳垂上挂的耳环像我小时候滚过的铁环。女子应该是第一次上这里来,以前我没见过她,她也好奇地打量了我一眼。宝崽见我有些愣神,语气生硬起来:"老孙头,明天来得及吧!一晚上你不至于饿死吧!"

我忙把铁栅门拉开得大了一些,说:"饿不死,饿不死……"

宝崽再也懒得理我,一脚油门,悍马车嗖的一声擦着我的衣袖蹿过,把我吓得往后一退。车灯拐了一个弯,在三号别墅前熄灭了。

冬天门窗紧闭,所以,我欣赏不到宝崽和那个俄罗斯女歌星的歌声。静夜里的山峰和奇云山庄的五栋别墅都像一只只怪兽似的,静悄悄地潜伏在星空下。

宝崽的到来,刺激得我想继续和徐永鸿聊天,我向她发了语音通话邀请,她没接,我只好扑灭了心头燃起的欲望之火。如果不是宝崽突然上山了,我和她这会儿没准聊得正酣呢,是宝崽坏了我的好事。

我问维尼:"你知不知道徐永鸿这会儿在干啥呢?"

维尼用怜悯的眼神看着我,嗷哟叫了一声。

我搂住了它圆圆的脑袋:"是的,她是睡觉了嘛,都快晚上十点了嘛。"我想象着在那座叫牡丹江的城市里,有一个门口有着蛋糕店的小区。在那个小区里有一处属于徐永鸿的窗口。在那窗口的里面,有一张大大的双人床,徐永鸿一头乌黑的头发散落在枕头上,而小囡囡像一只小狗一般,正蜷缩在她的怀里。徐永鸿的头发像丝绸一般柔顺,我揸开五指梳理着她的头发,一缕缕的青丝带着电流一般让我的心弦颤动不止。我从幻想中回过神来,原来自己正在抚摸着维尼的毛发。

十

电话响起来时是夜里十二点。维尼在铃声刚响时就立起了前腿,炉火映照着它的眼睛,那眼睛像一双夜明珠一样熠熠生辉,它冲着我侧起了耳朵。

宝崽问:"老孙头,你那里有没有方便面啥的?妈的,叶芙根尼娅说她饿了。"

我有些不高兴地问:"老板,你啥时候给我捎过方便面呀?"

宝崽生气了:"妈的,老孙头,你就不能下趟山?你那腿是金子做的?咋那么金贵呢?你现在就去一趟何贵超市吧。"

窗外,星光下的山峰和树木的阴影像无数的山妖鬼怪在晃动,我并不是害怕这些。我说:"老板,你不是不知道,我的腿不好……"

宝崽恍然大悟似的说:"妈的,我忘了,你是个瘸子!这么的,你开我的车吧,你开我的车下山去。"

"老板,我又不会开车!"我哪里学过驾驶啊,宝崽上山来练歌,都把自己练糊涂了。

宝崽就在电话里破口大骂起来:"妈的,老孙头,你咋啥也不会?真是白养你了,养你还不如养条狗……"

宝崽挂了电话后,我也骂:"妈的,你就是个小舅子,还真把自己当成老板了!"我就后悔,我干吗要口口声声喊他老板呀,喊来喊去,他真觉得自己成我的老板了。

院子里响起了汽车的马达声,车灯移了过来,我只好披上衣服撑起拐,拉开大院的铁栅门。

那个叫叶芙根尼娅的女人仍坐在副驾驶位置上,她那漆黑的嘴唇中间正夹着一支细细的香烟,没点燃。妈的,下山买个方便面也要比翼齐飞。

我一直等着他们什么时候再回来,我好拉开院子的铁栅门,可是一直等到天色大亮,也不见他们的人影。

十一

天气预报说第二场雪将于三天后到来。宝崽一直没有送食物上山,我的储备已不多,维尼正在长身体,我可不能苦了它。

我心急如焚地给宝崽打电话。宝崽接到我的电话,还是气哼哼的,他说:"老孙头,你谱儿多大啊,你吃啥喝啥还得有人伺候着咋的?我正忙着呢,别动不动给我打电话,你给何贵打电话吧!"

我只好给何贵打电话。何贵的爸爸是俄罗斯人,何贵长得也是深目高鼻的,不过他的头发是黑色的,没有把他爸爸一头金黄的头发继承下来。何贵说:"有财呀,我哪里走得开呢!你站在我的角度想想吧,这会儿你就把自己当成何贵,你婆娘陪儿子在城里上学……"

"我没有婆娘!"我立刻分辩。

何贵笑了:"我知道你没有婆娘,我的意思是说我何贵的婆娘不在身边,陪儿子在城里上学呢!我一个人又进货又卖货,这么大的一个超市,又没个帮手,你还要我给你送货,你说我该给你送呢,还是不该给你送呢?"

我想了想,觉得何贵的确是不该给我送,只好说:"何贵,那我就下趟山吧。"

何贵说:"老孙头,这就对了嘛!"何贵岁数比我还大呢,他咋也叫起了我"老孙头"?我照了照镜子,我才三十六岁,我脸上一道皱纹都没有,只是头发确实有点长——我有好几个月没下山理发了。

我得下山理理发了,我还想和徐永鸿视频呢!没准我这个模样会吓到她,如果吓到了她,我就别做娶她的美梦了。

山道不好走,一个撑着拐的残疾人还要从山下背一兜食物上山,这是个重大的决定。

我毫无例外地把这个重大的决定告诉了徐永鸿。

徐永鸿说:"你就再等两天嘛,光下山就要半个小时,毕竟你的腿脚不方便……"

嗬!徐永鸿还挺心疼人的。我是一个容易感动的人,听了徐永鸿这样的安慰都会感动。我说:"永鸿啊,第二场雪一下,寒流就跟着来了,然后雪就一场接着一场没完没了地下,这山上不像你们城里,山被大雪封了,车就根本进不来。维尼的胃口一天比一天大了,要是没了食物,你说可咋办呢!"

徐永鸿柔声说:"你少背点东西上来!"

我"嗯"了一声,心里头愈加暖乎乎的。

我拿了一只很大的布袋子,我想至少要装十棵大白菜、二十斤羊棒骨上山。再买一些方便面也好,我也是好久没尝过方便面的味道了。我在墙角寻找布袋子时,维尼蹲在火炉旁好奇地瞅着我。

我一手提着布袋子,一手挂着拐杖,说:"维尼,我不方便带你下山啦,你就在屋里好好待着吧,万一还有狼来,你就冲着窗户吼一嗓子。我下山给你买好吃的,这回我也让你尝尝方便面的滋味。"

维尼眨巴眨巴眼睛,它见我打开了门,抢在我前头噌地一下蹿到了门外,把我挤了一个趔趄。我喊:"维尼,回来!"以往我这么一喊,它准会转身回来,顶多磨磨蹭蹭一会儿。

这回,它不听我的话,迈着内八字步在奇云山庄的院子里走来走去。把它留在院子里也不失为一个好办法,反正白天也没有人来。我拉开了院子的铁栅门,谁知维尼又一下子从我的脚边蹿了出去。

我生气地喊:"维尼,给我回来!你给我回来!"

维尼蹿到了外面,它似乎没有听见我的话。不知是不是因为它的出现,一只灰鼠惊走了,从山道上一闪而过。维尼一见,撒开四掌,身子一耸一耸地追了上去。我真是急了:"维尼,你再不听话,看我不打折你的腿!"

维尼犹豫了几秒,回头嗷哟冲我叫了一声。灰鼠已经蹿进了山林,山林的颜色也是灰扑扑的,一时间不见了灰鼠的踪影。

维尼无视我的态度,也一头扎进了山林。我只好撑着拐敲打着山道拐到了山林的近前,看见维尼的短小的尾巴朝前一纵一纵的。我气得用拐杖敲打了一下山林的枯草,说:"维尼,快点给我回来!"

维尼这回是铁了心地要背叛我了,它见我近前,又一下子蹿出去好远。我无法钻进山林追赶它,只好用拐杖飞快地敲打着盘旋的山道往山下赶。等我将要绕到它先前所在山林的下部时,它又蹿到了山道更下面的山林。我好不容易赶到更下面的山林边,山林静悄悄的,只有山风掀起几片落叶,哪里还有维尼的踪影?

我在山道上坐了足足有两个小时,我期盼着出现奇迹,可是奇迹永远没有出现。我明白了——我喂养了一季的维尼就这么走了,它逃回属于它的山林了,它走时连一声招呼都没有和我打。

虽然是晴天,但山上的气温很低,我下山是为了背些食品上山,所以身上的衣服穿得不够厚,静坐了一会儿,山风吹过来,寒冷彻骨。

维尼走了,我一时也不想下山了,拐杖一声一声地敲打着山道,带着万分沮丧的我回到了东山头。

火炉旁,维尼的小食盆还在,那块当作它的眠床的褥子还在,可是计划里陪我一个冬季的维尼却再也不会回来了。

这个重大的变故,我不能不向徐永鸿诉说。我向她发起了语音通话邀请,她接了。我十分沮丧地说:"畜生毕竟是畜生呀,养不亲的,维尼跑了——"

徐永鸿一听,就像丢失了她自己饲养的维尼,责怪起来:"孙有财,你咋那么不小心呢?你连一只熊崽都看不住?你还能干点啥呀?"她又不甘心地问我,"你也不出去找找?"

我懊恼地说:"这山连着山、森林连着森林的,上哪里找?找是没法找了,乌苏里江就要结冰了,过两天它跑到对岸都有可能!你咋找呀?"

徐永鸿比我还懊恼:"孙有财,你呀你,你咋就让它跑了呢?你白养了好几个月,你要是早卖了还能挣一笔钱,你呀你!"

我想得开,反而安慰起徐永鸿:"跑了也好,跑了还省下了我一季的食物,它吃得比我还多,我哪里养得起呀!再说黑熊是国家二级保护动物,谁敢卖呀!"

徐永鸿唉声叹气地说:"小囡囡再也看不到维尼的成长视频了。"

突然铁栅门被谁推得哐哐直响,我探脑袋一瞧,嘿!是维尼!它居然回来了,它认识回来的路,它还记得回到我的身边来,正用长长的嘴拱着铁栅门呢!

我放下手机,忘了拄拐,趔趄着打开了铁栅门。维尼冲我扑过来,一下子顶得我坐到了地上,我一把抱住了维尼,它把嘴拱到我的胸前,像一个会撒娇的婴儿。

十二

那天晚上又刮起了风。风狂躁不安,它嗷的一嗓子从西大沟旋过来,呼的一声旋到东山头,把一棵棵白桦、柞树和云杉都旋成了舞者。风的目的是想把整个东山头都旋起来,可是它做不到,反而被山石的锐角割伤了身体,便又恼又羞地在天地之间撒着泼。

祁小英给我打来电话,又说了一遍她堂妹小琴的事,然后语重心长地劝我:"有财,我惦记着我好歹做过你的嫂子呢,你现在又可怜见的,你能理解我的一片苦心吗?我堂妹小琴那人品,虽然离婚了,可追求她的男人有的是……"

我冷冷地说:"那就让追求她的男人和她一起开蛋糕店呗!"

祁小英生气地说:"孙有财,你又发彪了,你咋和你哥一个德行呢!我可告诉你,你如果总是把好心当成驴肝肺,这就是我最后一次给你打电话了,过了这个村可就没有这个店了!到时候你后悔都来不及!"

我嬉笑了一声,说:"到了下个村还有下个店呢!"

祁小英骂了我一句:"孙有财,你活该在荒山野岭做孤魂野鬼!"她挂了电话。

祁小英的最后一句话刺痛了我。

风卷过来一根树枝,哪的一声砸到铁栅门上,又向我的窗户扫过来。维尼警觉地竖起耳朵。过了一会儿不见异常,它就凑到我的身边,在我的脚边蹭来蹭去。

风在外面无休无止地闹,闹得我心里发慌。

我给我哥打电话:"哥,咱家那三十亩地,咱爹给你和我各留下十五亩对不?"

我哥被我问得没头没脑的,纳闷地说:"是啊,你那十五亩不还在那儿吗?我又没有卖掉,又带不走的。有财你是咋的了?你的十五亩地,那些年哥替你种,不都是说好的吗?"

我坐在椅子上打电话,维尼摇摆着过来,把脑袋挤进我的双腿间。我弯下腰,一只手拿着手机,一只手抚摸着维尼像缎子一样的毛发。

我向我哥解释:"哥,我没有别的意思。我只是问这三十亩地你明年还种不?"

我哥的语气一下子松弛了,说:"有财,我不是在大连打工吗?打工比种地挣的钱多。你咋问起这个呢?你当门卫当得好好的,咋惦记起这地了?"

我说:"哥,我想种这三十亩地。"

我哥吃惊地说:"你?有财你咋想起要种地呢?种地又不挣钱。"

我记得我哥向我借钱的事,就撒谎说:"门卫是当得好好的,可工地就撂在这儿,撂好久了,陈老板见不到一分钱哪。"

我哥说:"工地撂在那儿,哪怕天天往里烧钱也是人家大老板的事,他雇你做门卫,你操那份闲心干啥?他不能少了你一分钱啊。"

我说:"我的钱是一分没少,不过陈老板一直没有兑现呢,说我的钱先攒在他那儿。"

我哥义愤填膺起来,骂起了陈老板:"妈的,打白条啊!这年头,谁还要白条呀?打白条谁伺候他呀!"我哥猛然想了起来,"只是有财,那三十亩地你种不了呀,我租给咱村的吴大国了,一亩田他一年付我们两百元租金。"

我从来就没见过这两百元的租金,我哥这事办的。我急了,我急不是因为我哥贪污了属于我的租金,我急的是来年我这地要不回来,我的种药材的计划就泡汤了。"哥,你把地租给吴大国,你也没跟我吱一声呀。"我生气地说,"你和人家吴大国签了多长时间的合同?"

我哥自觉理亏,嗫嚅道:"也没签多长时间,都是一个村的,口头约定的,反正明年的租金大国都付了。"

我冲我哥喊:"我的十五亩地不租给他,要租你租你的十五亩地。我那十五亩地的租金你退给他!"

我哥就恼了:"有财你犯啥浑呀?你一个瘸子,你去种十五亩地度日?先别说你能不能下地干活,就是能下地干活,一年下来,能赔个底朝天,你去吃屁屙风吧。"

我反问:"那大国咋就没有吃屁屙风,还给你租金呢?"

我哥说:"人家大国是种药材,种林下参,一下子种了上百亩。"

我说:"我也是种药材啊,我也是种林下参。"

我哥冲我吼:"有财,你一个瘸子咋下地呀?你别彪了。"

我说:"哥,我早就谋划好了。反正我那十五亩地我要自己种!你跟大国说,你那十五亩地也别租给他了,一亩田一年我付给你三百元租金。"

我哥心动了,说:"有财,你说的可是真的?四千五百元现在就得打给我啊。"

我说:"我下山就打给你!"

我哥找着了我话的漏洞:"你不是说陈老板没给你钱吗?"

我说:"我现在就打电话找他要!"

我哥也不是好东西,不然祁小英也不会和他离婚。俗话说得好,"一个巴掌拍不响"。

十三

我不知道陈老板是怎么知道我养了一只熊的。他从南方给我打来电话:"孙有财,你咋养起了熊呢?你啥时候养的熊?你说你把自己照顾好就算不错了,你还养熊干啥玩意儿啊?你这可不对,你在奇云山庄养起了熊咋不告诉我一声呢?"

陈老板说得句句在理,我听得内心生起了愧疚。是啊,我给人家当门卫,养啥都该告诉人家一句。但我孙有财嘴硬,我说:"老板,你可从来没问过我呀!"

陈老板在电话里啐了我一口,说:"孙有财,啥事都要等着我问你吗?我要你当门卫干啥呀?你赶紧的,赶紧把那个畜生从我的奇云山庄赶出去!"

我倚在架子床头打电话。维尼见手机那头的声音让我脸色阴沉,就跳上床,冲着我的手机发出一声低吼,窗玻璃又哗啦哗啦地响起来,我的耳膜都要被震破。

陈老板"妈呀"叫了一声,过了足足有半分钟才说:"孙有财,是那畜生吗?那畜生竟敢冲我发威呢!"

我揉揉耳朵,有些歉意地说:"老板,它又不知道你是老板。"

陈老板是真生气了:"赶紧让它滚蛋!要不你俩一起滚蛋!"

陈老板这是咋说话呢?滚蛋就滚蛋,我说:"老板,你话撂在这儿,就不要怪我了啊,我早就不想在这山上待了,我一个人实在是受不了哇……"

陈老板急了:"别!别!孙有财,你咋还长脾气了呢?你可不能马上就滚蛋,你……让我再想想……"陈老板挂断了电话。

"鸿雁,天空上,对对排成行……"我的手机又响了,这回不是陈老板,是宝崽打来的。

"老板,有啥事吗?"我心想,这么快陈老板就和他通好气了?我就等着他安排呗。

宝崽在电话里阴笑:"行啊,老孙头,还真看不出啊。"

我说:"有啥看不出的?不就是养了一只熊吗?我是把它当成狗来养的!"

宝崽嘿嘿了两声,说:"老孙头,你藏得深啊,你养了熊,我咋一点都不知道呢!"

我讥讽道:"老板,你啥时候对我都是不屑一顾嘛!"

宝崽打起了哈哈:"老孙头,这回你是出门踩到狗屎——交上狗屎运了,你发财的机会到了。"

我咋能交上狗屎运呢?我种药材的事八字还没一撇呢!我说:"老板,我咋越听越晕乎呢?"

宝崽还在绕圈子:"老孙头,大凯哥,你总该知道他的大名吧?"

我真有些晕头转向地问:"哪个大凯哥?"

宝崽鄙夷地说:"咱这方圆几座山头,还有几个大凯哥?老孙头,你总不会连大凯哥都不知道吧?"

夏天的时候,宝崽领着大凯来过一次东山头。大凯见了我也是笑眯眯的,但我觉得他只是出于礼貌,我们只在我哥的婚礼上见过面,这么多年过去了,他应该早就忘掉我了。

大凯接过了宝崽的手机,说话果然比宝崽和善多了,他说:"孙师傅,好久不见啦,大雪马上要封山了,我这两天倒不出工夫来,没空上山去看你,抱歉得很。"

我拿着手机没吭声。大凯似乎不在乎我的失礼,他轻声细语地说:"听宝崽说你养了一只熊崽?孙师傅,你啥时候开始养的呀?"

我跟他说了那个夏末的早晨,刚下过一场雨,我强调:"刚发现时只有一只狗崽那么大,如果我见死不救,它早就饿死了。"

大凯赞叹道:"孙师傅,你是一个积德行善的人,积德行善的人会有好报。"大凯像在讲故事,"孙师傅你想不到吧,宝崽跟我说时我还不信,我说世上哪有这么巧的事?可你看看,世上真就有这么巧的事。"

我不知道大凯葫芦里究竟卖的什么药。

大凯继续温温和和地往下讲:"孙师傅,你看,咱俩好歹还论过亲戚,我就不跟你兜圈子啦,我养的那只熊是属于我的……"

我心底腾地蹿出一股火来,我活了三十六年,见过脸皮厚的,还没见过比大凯脸皮更厚的:"我养的熊,咋就成了你的呢?"

"孙师傅,你也觉得奇怪,对吧?"大凯说,"我跟宝崽说过,你救助熊崽的头两天,我用捕兽夹夹住了一只大黑熊。我下捕兽夹不是要夹黑熊的,谁敢夹黑熊呀?谁不怕黑熊呀?我本意是想夹一只野猪,可世上的事,常常是有心栽花花不开,无心插柳柳成荫,就这么误打误撞上了一只熊瞎子,还是只母的。孙师傅,你没见到啊,当时那只母熊自己被夹住了,还在给两只熊崽喂奶呢,哎哟哟,这母爱,真伟大呀……孙师傅,你在听着吧?"

我"嗯"了一声。

大凯的声音愈加和悦了:"孙师傅,你可能还奇怪,那么大的熊瞎子咋就能轻易让我抓走,是不是?那谁敢上前抓啊?捕兽夹只夹住了它的一条腿,没有夹住四条腿啊,谁敢上前惹恼它,它抡起一巴掌都能把谁的脑浆砸出来。我是给它打了麻醉枪,两只熊崽都没打麻醉枪。逮的时候,逮住了一只熊崽,跑掉了另一只。我当时还想,那一只能跑到哪里去呢?搜寻了两座山林都没寻到,没想到被你好心养起来了。孙师傅,你说咱俩咋这么有缘呢?"

"大凯,你究竟是啥意思?"一丝不祥的云笼在我的心头。

大凯笑了起来:"孙师傅,我能有啥意思?我的意思是让你说个价,我想把它买下来,我是想让它们母子团聚。"

"母子团聚?"我机械地问。

宝崽接过电话,不耐烦地对我说:"老孙头,你一个大男人咋这么啰里啰唆呢?你让大凯哥费了这么多的口舌。大凯哥为了取熊胆汁,才想起养黑熊。大凯哥还说要给你钱,就是不给你钱,你也得高高兴兴地拿出来。是不是啊,大凯哥?"

我听到大凯在一旁批评宝崽:"你要好好地跟孙师傅说话。"

大凯要我的维尼是为了取熊胆汁?维尼在一旁用一双像婴儿一般天真无邪的眼睛凝视着我,我现在已成了它的天,有谁在电话里让我的脸色难看,它都要冲着电话发出一声怒吼。此刻,我觉得它的双眼比乌苏里江的水还要澄澈,比东山头静夜的星星还要晶莹,我能让它落入大凯的手中?

一个完整的秋季过去了,维尼的睫毛已经长得很长了。见到我注视着它,它有些害羞似的忽闪着双眼,那一瞬间,它长长的睫毛就遮挡住了那双既澄澈又晶莹的眼睛。

我怒气冲冲地告诉宝崽:"告诉你的大凯哥,休想夺走我的维尼!给我多少钱我都不卖!"

宝崽愣了数秒,怒喝起来:"老孙头,我看你是活腻歪了!你说什么?你敢再说一遍?!"

"我不卖!我不卖!我不卖!"我一口气说了三遍,"宝崽,我是活腻歪了,我就等着你和你的大凯哥来收拾我呢!"

"你、你……"宝崽语不成句,我能想象到他在电话那头惊愕万分的样子。我挂了电话,禁不住放声大笑起来。

一直观察着我的脸色的维尼似乎松了一口气,它跳下了架子床,兴奋地抱起了我的另一只棉鞋,它把棉鞋当成皮球玩耍起来。

十四

我向徐永鸿发起语音通话邀请,徐永鸿接了。我向她讲述了大凯的事,我设想了得罪大凯后的种种可能,最可怕的一种就是我从这个世间消失了。我仿佛感到了死神的临近,死神也许就隐身在风中,它可以轻易地折断一根树枝敲碎我的脑袋,可以轻易地把我裹挟着砸到山崖上,砸得尸骨无存,甚至可以裹挟着我抛到在阴沉的天空下变成墨蓝色的江水里喂鱼……我悲伤地说:"永鸿,也许有一天,我不再回复你的信息,不再接受你的聊天邀请,你一定要知道,我一定不是故意的……谢谢你在孤寂岁月里,给我带来许多的安慰和温暖,我……我爱你和小囡囡……"我动情地流出泪来。

可徐永鸿却轻描淡写地说:"孙有财,你至于吗?"

这个善良的女人,她是不知道黑道的险恶,那条道儿上的人个个心肠歹毒、手段毒辣,他们常常干一些让守法的、善良的人闻所未闻的事。我该怎样向她表述呢?我叹了一口气。

徐永鸿说:"孙有财,既然大凯惹不起,你就把维尼让给他嘛,他又不是白要你的维尼。"徐永鸿的声音变得十分柔,"他要给你一万块钱呢,你想想看,一万块钱能顶你五个月的工资了!"

大凯的确说过要付给我钱,但没说过具体数目呀,徐永鸿是怎么知道的呢?一瞬间,我内心的疑惑波起云涌。

我坐到椅子上,维尼跳到了我的腿上,它圆圆的脑袋在我胸前拱来拱去的,拱出了我一腔的柔情。

我的语调也充满了柔情,我说:"永鸿,也许我会接受你的建议,也许我仍然坚守我的决定,此刻,我只想看到你,啥都别说了,啥都不能阻挡。"我说,"也许我很快就不在这个世上了,希望你这次不会拒绝我的请求……"

徐永鸿迟疑了一下,下了很大决心似的说:"好吧!"

我向她发起了微信视频通话邀请,徐永鸿接了。我看到了一张属于祁小琴的脸。

十五

这天之后,我和我哥通了电话,我问我哥是否还在和祁小英联系。我哥愚昧地说:"是呀,咋的了?离婚就不能联系了?"

我一下子明白过来,挂了我哥的电话,然后拨通了110。接线员小姐的声音很甜美,可我不敢骚扰她,我向她举报了大凯。

在拨打110之前,我就彻底地删除了祁小琴的所有联系方式。但我并没有删除对生活的希望,我相信未来的生活中一定会有一个觉得我走路的姿势像跳舞的女子,走进我的世界。

我是在第二场雪停的时候下山的。第二场雪是个绵绵的性子,不像第一场雪那样暴躁的脾气。第二场雪怂恿着风也绵绵地吹,它有着足够的耐心,一口气下了三天三夜。到第四天的早晨,雪停了,东山头和目力所及的山川都成了一片晶莹的世界。雪原从乌苏里江上蔓延而过,消散了对岸和此岸的区别。白桦、柞树、红松和云杉的枝头也盛开起一朵一朵银白的冰花。

我沿着盘山公路往山下走,雪地上深深的七个坑一路追随着我们,四个是属于维尼的,三个是属于我的。

（原载于《福建文学》2021年第10期）

我要当连长

一整天,福来都是闷闷不乐的。

吃罢晚饭,也不洗漱,福来双手抱着脑袋一动不动地躺在床上,那模样活像一条在烈日下晒蔫了的泥鳅。

爷爷没见过孙子这样,咧着掉落了门牙的嘴吩咐奶奶:"赶紧去呀,你看看福来,今天是怎么了?"

奶奶听了有些心慌,走近前弯着腰仔细地瞧,只见一张小泥脸上,两粒黑葡萄似的眼珠正在对着她滴溜溜地转,奶奶又伸手摸了摸孙子的额头,放心了,笑着骂:"小促狭鬼,装神弄鬼吓唬你爷爷奶奶,过两天你爸你妈回来,我不告诉他们才怪呢,他们不把你的屁股打成四瓣才怪呢。"奶奶说着就往起拉福来的手,"起来给我洗洗去。"

福来一骨碌下了床。天还没有黑透,月亮像被水洗过似的,清凌凌地弯在深蓝色的天空中。门前的槐树底下有一个盖着木盖的水缸,月光从槐树细碎的叶子间洒下来。福来赤着脚站在缸前,掀开缸盖,舀了几瓢水从头顶浇下去,那条晒蔫了的"泥鳅"就活泼泼地蹦跶进水中,浑身的皮肤顿时变成了绸缎一般,闪着淡糖色的光泽。

屋子里不能开灯,开了灯就不能开门。如果开灯又开了门,屋外的蚊虫就迎着门缝一股脑儿地往灯光里挤。爷爷和奶奶早早地关了门,也关了灯。

福来重新躺回床上。隔壁的爷爷和奶奶也躺在床上休息了。屋外树上的知了还在嘶鸣,池塘和稻田里的青蛙仿佛和知了斗气似的赛起嗓门来。有流萤从窗前飞过。

爷爷吸完了一根烟说:"没准福来还是有什么心思。"

奶奶说:"疯玩一天累的,八九岁的小娃能有什么心思呢!"

爷爷想了想,下定了决心似的说:"那就是疯玩一天累的。"

奶奶说:"可不就是嘛。"

爷爷和奶奶劳作了一天,说着说着就睡着了,做起了各自的梦。

爷爷和奶奶做梦都不会想到福来今天是真的闷闷不乐,福来今天是真的有心思了。

谢家庄有二十六户人家,和散落在田野中的周家庄、吴家庄、陶家庄等九个庄子组成一个行政村,谢大伟的爷爷是村主任。

谢大伟是谢家庄的孩子王。学校刚放暑假,三年级的小学生谢大伟就在谢家庄拉起了一支队伍。队伍的成员都是谢家庄的已经上了学和即将上学的少年,清一色的男娃。团长是这支队伍中最大的"官",大伟当仁不让地任命自己做了团长。团里没有政委,团长的下面没有副团长,团的下面也没有营,只有三个连,所以这支队伍的建制有些奇怪。团长大伟任命二年级小学生谢凯做了一连连长,任命一年级小学生唐志勇做了二连连长,任命一年级小学生谢小刚做了三连连长。连里没有指导员,连长的下面也没有副连长,甚至也没有排长、班长,三个连长一人领着一个小兵。一年级小学生福来就做了三连连长谢小刚的小兵。

漫长的暑假刚开了个头。团长指挥着连长,连长指挥着小兵,团长带领着连长,连长带领着小兵,在谢家庄游行、围捕大白鹅、追逐女娃……狼奔豕突。被三连连长谢小刚指挥或带领着的福来,心里十分憋屈。

凭啥谢小刚做我的连长呀?论学习,谢小刚还不如我,论掰手腕,谢小刚也未必是我的对手,凭啥我做他的小兵啊?福来愤愤不平地想。

所以,在首场围捕大白鹅的行动中,三连连长谢小刚让福来往东,福来偏往西,让福来往南,福来偏偏往北。福来打定了主意,一点也不听从连长谢小刚的指挥。那只大白鹅最终从福来缺位的围堵中,嘎的一声蹿入了碧波荡漾的池塘。大伟团长指挥的首场战斗就这么在大白鹅嘲弄的嘎嘎声中失败了。

首场战斗的总结会在打谷场上召开。打谷场前两天刚被石磙碾压过,现在平整得简直光洁如镜。田野里一片金黄,打谷场即将派上大用场。大伟团长双手叉腰,一只脚踏在那只功勋卓著的石磙上,辞色俱厉地说:"谢福来,你为什么不听连长的指挥,一个人行动!"

福来的脸涨得通红,他梗着脖子说:"凭啥我就要听谢小刚的呀?"

"凭啥!凭啥!"怒气使得大伟团长的脸色有些发青,他撸了一把鼻子,"凭我的任命啊,如果你不愿意听从我的任命,你可以离开,我们这支队伍不欢迎你!"

谢小刚帮腔:"你可以离开,我们这支队伍不欢迎你!"

福来既气愤又委屈,扭着脸往打谷场那边看。远处,爷爷牵着一头老黄牛在缓缓地走。近处,彩英和丽霞两个女娃挎着小竹篮在田沟里摸螺蛳。流水声潺潺,知了的叫声声嘶力竭。福来是男娃,不想整日和女娃一起玩。

他咬了咬嘴唇,低下了头。团长大伟最终没有把他开除出队伍,不过这一天福来都闷闷不乐的。在接下来的游行中,他当着呼啸而来呼啸而去的队伍的尾巴,怎么也开心不起来。

隔壁传来了爷爷均匀的鼾声,奶奶在睡梦中似乎呢喃了一句什么。知了不再嘶鸣,池塘中的青蛙在和稻田中的青蛙赛着嗓音。星光从敞开的窗户中射进来,射到福来的眼睛上,让福来的两颗黑漆漆的眼珠都熠熠生辉起来。

我要当连长,福来固执地想。可是如何才能当上连长呢?那就必须得到团长大伟的任命。现在如何才能得到团长大伟的任命呢?唉!如果在任命之前和团长大伟沟通一下就好了。福来一个激灵,没准儿谢小刚就是提前和团长大伟沟通好的呢。要不然凭啥呀?昨天爬树,我都站到树杈上去了,谢小刚还没爬到树杈的地方就滑下去了;这学期,我的数学考了93分,谢小刚才考了86分。凭啥呀?可是谢小刚已经是连长了,现在如何让团长大伟改变他的任命呢?福来想了半宿都没有想明白。

第二天都日上三竿了,福来才爬起来。爷爷已经到田野里去劳作了。奶奶等他吃了早饭,就坐到槐树下的水缸旁择水芹菜。福来也走出门来。阳光明晃晃的,像水一样铺在门前的场地上。

奶奶瞅了他一眼,说:"一早上小刚来叫你,被你爷爷吆喝走了。昨天你们这些小促狭鬼把丽霞家的大白鹅吓得鹅蛋都下到池塘里去了,再不要那样疯玩了。"

福来虽然还有点闷闷不乐,但听说爷爷吆喝走了三连连长谢小刚,福来的心里涌出了一丝快意。奶奶又瞅了他一眼,说:"你爸你妈明天就回来了。"福来的脸上就漾出了笑意。奶奶把择好的水芹菜放进笸箩里,起身说:"别净想着玩呀,福来,你看人家彩英和丽霞,昨天都摸了半筐螺蛳。吃了这些螺蛳,彩英家的十只大麻鸭,一宿下了九个蛋,丽霞家的十二只大麻鸭,一宿也下了九个蛋。"

福来问:"怎么丽霞家的十二只大麻鸭,也只下九个蛋呢?"

奶奶笑了:"那谁知道呀?那得问丽霞家的大麻鸭去。"

"看,彩英出门了,今儿你也跟她一起摸螺蛳去。"奶奶递给福来一只竹筐。

福来有些不情愿,往门前的田野里瞭了瞭,没看见团长大伟的队伍,耳朵里也没有传来队伍在庄子里操练或者战斗的声音。

福来想了想,接过了奶奶递来的竹筐,两条小短腿交替得像旋转的风车,很快就追上了走在田埂上的彩英。福来和彩英都是一年级小学生,但他们不在一个班,过了这个暑假,他们都将升入小学二年级。

"丽霞呢?"福来问。

"她妈回来了,今天要带她进城买东西。"彩英有些羡慕。

"你妈什么时候回来呀?"

"也快了吧,我奶奶说就在这一两天。"彩英喜滋滋地说。

走过了一道田埂,彩英拐上了另外一道田埂,这道田埂不通向昨天的小田沟。彩英说:"今天我们去枫杨树那边的小河沟,小河沟里的螺蛳更多。"

福来点点头:"反正今天你去哪我去哪,我就跟着你。"

"你们男娃为什么不愿意和女娃一起玩呢?"彩英突然问。

"没有吧。"福来摸了摸自己的小脑袋,"我也不知道。"

田埂很窄,两个人不能并肩同行,彩英走在福来的前面。彩英没吭声,福来也看不到她的表情,福来又想了想说:"也许是你们女娃更顾家吧,譬如你和丽霞,知道摸螺蛳喂自己家的大麻鸭,而我们男娃只知道疯玩。"

彩英嘻嘻笑了一下。

枫杨树的荚果有两只薄翅,荚果像苍蝇发现了什么甜头似的密密麻麻地聚成一长串一长串,垂挂在枝叶间,长的一串能有一尺长。小河沟的这边种植着枫杨树,小河沟的那边也种植着枫杨树,都长在堤坝上。小河沟的水今天不知道遇见了什么欢快的事,像少年的笑语似的哗啦啦地往前奔跑着。

彩英说:"因为前面的湖就是它的妈妈嘛,哪个孩子不想扑到自己妈妈的怀抱?"

福来说:"前面的湖才不是它的妈妈呢,因为湖还要流到江里去,江还要流到海里去,海才是它的母亲,湖顶多算是它的姐姐。"

彩英笑了,说:"你说是姐姐就姐姐吧,来这里摸到螺蛳才是正经。"

彩英赤着脚,裤腿挽到了膝盖以上。福来穿着大短裤,不用卷裤腿。他们把各自的竹筐放在岸边的草堤上。小河沟的水还没有漫过他们的膝盖，水底的沙子细软，像一只只温柔的手在抚摸着他们的脚掌。水流虽然不大，但清凌凌的水翻着身子往前流淌。一只只螺蛳紧紧地趴在岸边的水草丛中，仿佛害怕被水流带走似的，或者是渴望爬到草堤上来晒太阳似的。顺着水草摸，一摸一大把，不一会儿，小竹筐的底就被螺蛳填满了。来到了岸上的它们，一张一合着青黑色的小盖，不知道是因为兴奋还是因为惊慌。

忽然，枫杨树那边传来一阵"冲啊——杀啊——"的喊声，是大伟团长的部队在行动。福来呼的一声蹿上草堤，水滴从大短裤的下摆不停地往下流。他猫着腰，藏在一棵粗壮的枫杨树后往前侦察。队伍却没有往枫杨树这边来，大伟团长他们握着一根根细长的竹棍威武雄壮地消失在金黄稻田的那一头。

福来突然就泄了气，一屁股坐到草堤上，一把一把地揪起身边的草。

"福来，大伟他们不过是在玩游戏。"彩英见到了昨天打谷场的一幕，"玩游戏就是要开心，如果你觉得自己不开心，那么就不要和他们玩这样的游戏。"

福来不说话，拿起一片草叶放到口中嚼着。

彩英上了岸，坐到他的身旁说："如果你想和他们一起玩这样的游戏，你就不要不开心。"

"呸！呸！"福来吐出口中嚼烂的那片草叶，说，"其实问题的关键不是想不想一起玩，而是我要当连长！"

彩英笑了："你为什么想当连长呢？"

福来噘着嘴说："我就是要当连长。"

彩英笑盈盈的："当连长和不当连长有什么差别呢？不就是大伟搞的游戏吗？"

"话不能这么说，"福来严肃地望着彩英，"暑假才开始，我可不想离开大伟的队伍，再说，我也离不开大伟的队伍。"

"那你就找大伟谈一谈，让他任命你一个连长不就完了吗！"彩英说。

"可是，三个连长都定了。"福来怏怏地说。

彩英说："大伟自己是团长，不是还缺一个副团长吗？不当连长，你可以争取当这个副团长嘛！"

福来觉得这是一个馊主意："我现在连一个连长都不是，还想当副团长？即使队伍里有副团长，副团长还不得从连长中产生？"

彩英说："三个连长中产生出一个副团长，不就空出一个连长的位置了？你的机会不就有了？"

福来的目光黯淡了一下，说："还没有看到大伟团长有设副团长的打算。"

彩英又有了一个好主意："你让大伟设四个连，你当四连连长不就解决了吗?"

福来的目光一亮,接着又黯淡下去:"设四个连,就得有四个小兵,到哪里去找四个小兵呀?"

彩英也没了好主意,说:"想得我脑壳子疼,还是下河摸螺蛳吧,等我有了好主意再告诉你。"

爸爸和妈妈早回了一天。福来刚拐上门前的田埂,就看到了在竹林边踮着脚四处张望的妈妈。

"妈妈——妈妈——"福来的两条短腿交替得又像飞速转动的风车。一块土疙瘩绊了他一下,福来一个趔趄,小竹筐里的螺蛳撒了大半,他也顾不得捡拾,一下子扑到了妈妈的怀里。

"福来,福来,我的好儿子——"妈妈紧紧地抱住了他。

福来只觉得脖颈上有一滴一滴的水珠滑下来,这一滴一滴的水珠像小河沟的水,带着阳光的温度,一点都没有凉丝丝的感觉。

爸爸和爷爷、奶奶在堂屋里聊着天。爸爸见福来有些怯生生地进来,笑盈盈地递过来一支礼盒装的金笔和一个福来期末拿回来的一张奖状那么大的软皮笔记本。

爸爸说:"福来,这是英雄牌金笔,真正的金笔,笔尖是14K金做的,奖励你取得了好成绩。"

爷爷咧着嘴,笑呵呵地看着福来。

奶奶心里高兴,但脸上平静如水似的说:"好家伙,连笔都是金子做的,这得值多少钱?"

爸爸笑着摇了摇头,又点了点头。

福来不懂得14K金是什么玩意,福来只知道这支笔金贵。

爸爸和妈妈从城里回来,是要回来"双抢"——抢着把田里已经熟透了的早稻割下来,再抢着把晚稻秧栽到田里去。

搞完"双抢",爸爸和妈妈还要回到城里去。谢家庄小伙伴们的爸爸妈妈都在城里打工,只是有的城离家近些,有的城离家远些。福来不愿意爸爸和妈妈再回到城里去。

妈妈在城里的菜市场卖菜,爸爸在城里给菜市场跑运输。爸爸想把村西口的鱼塘承包下来,到时候再把长大了的鱼运到城里去销售,爸爸觉得这比他和妈妈在城里打工来钱要快一些。

这些,是晚上睡觉前,福来听爸爸向爷爷说的。

爷爷一贯支持爸爸的打算,咧着豁了门牙的嘴说:"要承包的话,现在也来不及了,'双抢'后你们还是得回城里。我和你妈的身体结实着呢,这个家我们再帮你们扛两年,没事的。"

爸爸点点头,说:"如果今年能把鱼塘承包下来,春节后就不进城打工了。"

爷爷沉吟了一下说:"回头你找大伟爷,你把给我买的酒拎给他,我不喝这么好的酒。"

爸爸没吭声。

夜里，福来就梦见了一池活蹦乱跳的鱼。有一条大草鱼，蹦出水面一丈高，把身子绷出了像弯弯月亮的模样。福来嗖的一声就蹿到了鱼背上，鱼的鳞片也没有滑腻腻的感觉，坐在上面跟骑在爷爷牵的那头老黄牛的背上差不多。鱼在水面扶摇，简直要飞起来了。这时候，连长谢小刚出现了，他站在岸边，威风凛凛地喊："福来，我是你的连长，我现在命令你下来，让我上去。"福来不肯，喊："我也要当连长，我也要当连长。"那条鱼不耐烦了，身子倾斜起来，大脑袋朝下猛地扎进水里……福来一头汗水地醒来，窗口又恰好闪现出昨晚的那颗星星。

福来瞪着两颗熠熠生辉的黑眼珠看了一会儿房梁，房梁上的瓦缝里也有星光一闪一闪地进来。

后来福来下了床，在床头边的木箱子上摸到了爸爸送他的金笔。他没有开灯，拧开笔帽的笔尖，在星光下闪着蓝幽幽的光。

福来是在第二天黄昏时在打谷场找到团长大伟的。团长大伟刚对队伍训完话，很有权威地一挥手，说："稍息！解散！"三连连长谢小刚看着走近了的福来，一脸警惕地待在大伟团长的身旁不肯走。

团长大伟对他强调了一遍："你也解散吧。"

谢小刚不情愿地挪开了脚步，走前，怒气冲冲地朝福来瞪了一眼。

福来看见了,没和他计较。

团长大伟说:"福来,你已经脱离队伍两天了啊,像你这样眼里没有组织、没有纪律的战士是不合格的。我们正在考虑要不要把你开除出队伍。"

福来有些羞涩地说:"我爸爸和妈妈回来了。"

"谁的爸爸和妈妈都要回来的,"团长大伟的爸爸和妈妈这两天也要从城里回来,"这不能成为眼里没有组织、没有纪律的理由。"团长大伟严肃地强调。

"我要当连长!"福来突然硬邦邦地说。

"凭啥?"团长大伟惊讶地问。

"凭这个!"福来一咬牙,递上了那支新到手的金笔。

"怎么,妄图用一支笔就收买我?"团长大伟鄙夷地说,他的一只脚踏在石磙上,一只手叉腰,一只手接过福来递来的笔。团长大伟面朝夕阳,嘴唇周围一圈细细密密的绒毛都变成了一根根拳曲的金丝。

"笔尖是14K金做的!"福来不动声色地提醒。

团长大伟好奇地拧开笔帽,把笔尖举到眼前端详,笔尖在夕阳中闪耀着梦一般的金光。

"只是,三个连长都任命了呀,你怎么不早说呢?"团长大伟埋怨道,他小心地拧上笔帽,把金笔紧紧地攥在手中,沉吟了一下说,"或者你做我的司号员怎么样?'司号员鼓鼓嘴,千军万马跑断腿。'做司号员比当连长还威风。"

"我要当连长。"福来固执地说。

"那好吧,可你也得给我两天的时间吧,"团长大伟说,"我还得找到罢免一个连长的理由。"

"我等得及!"福来沉着地说。

福来回到家中,妈妈大声问:"福来,你的笔呢?"福来走时,妈妈看见他攥着那支笔,妈妈以为他是要拿给小伙伴们炫耀的。

福来低着头,不吭声。

爸爸从屋外走进来,威严的目光像探照灯似的聚焦在福来身上。福来抬了一下头,又马上低了下去。

妈妈顿时明白了:"说,你把你爸新买的笔送给谁了?"妈妈虽然有些恼,但语气中还是带着笑的,"没想到你还是个小败家子啊,福来!"

爸爸面色严峻,语气倒也还温和,他弯下腰,摸了摸福来的小脑袋说:"是不是有哪个坏孩子欺负我们家福来呀?"

福来摇了摇头,咽下两口唾沫,下定决心似的抬起头来说:"我送给了团长大伟,我要当连长,大伟也答应了让我当连长!"

奶奶在一旁叫了起来:"什么乱七八糟的,什么团长连长的。大伟那孩子,那么大了,还欺负我们家福来,我去找他爷理论理论去。"

爸爸拦住了奶奶,蹲下身来:"福来,到底是怎么一回事?你慢慢给我说清楚。"

吃罢晚饭,爸爸和妈妈出现在团长大伟的家中。

团长大伟乖巧得很,忙从自己的卧室里捧出了笔:"是福来偏要送给我的,我原本就不想要,我原本打算明天就还给福来的。"

"既然是福来送你的,你就收下嘛。"爸爸笑呵呵地说。

"福来只想当连长。"妈妈笑着补充,她的手中拎着两瓶原本是要孝敬爷爷的酒。

大伟爷边剔着牙边问完情况,哈哈地笑起来,说:"什么团长连长的,那都是小孩子闹着玩的,小孩子闹着玩的,你们还当真?"

爸爸笑呵呵地说:"游戏都有规则,有规则就得当真嘛!"

妈妈把两瓶酒递到爸爸的手中,爸爸又把它们递给大伟爷:"叔,这是我孝敬您的竹叶青。听说这酒里面兑入了砂仁、紫檀、当归、陈皮等,叔喝了更加延年益寿。"

大伟爷又哈哈笑起来:"怎么,你们俩也要找我封个连长?"

"叔啊,我当然不是要当连长,我是想把村西口的鱼塘承包下来。"爸爸开门见山地说。

大伟爷把眉头皱起来:"今年怎么了? 怎么都看好村西口的鱼塘?"说着又哈哈笑起来,"我们这是个穷村,村里也只有几口鱼塘吸引人。"

大伟奶给客人端来了两杯茶,笑着骂大伟:"去! 别在一旁丢人现眼的。"团长大伟听了奶奶的话,一眨眼就不见了踪影。

妈妈客客气气地从大伟奶手中接过茶杯,瞅了爸爸一眼,眼神中写满了忐忑。爸爸小心翼翼地问:"叔啊,都有谁想承包来着?"

大伟爷端起茶杯喝了一口茶,说:"二军也找我来着。"

爸爸就舒了一口气,说:"叔啊,二军是做裁缝的,怎么能承包鱼塘呢? 隔行如隔山啊。我是给菜市场跑运输的,我懂行情啊。再说,二军是您侄儿,我也是您侄儿呀,二军能孝敬您老,侄儿我不也一样能孝敬您老吗?"

大伟爷沉思了一会儿,说:"你们不是要到'双抢'后才回城吗?"

爸爸和妈妈一起点头。

大伟爷说:"你们先回吧,'双抢'结束前,你们再来我这里听准信儿。"

从大伟家出来,一群群流萤在田野中曼舞,远远看去,让人疑心是挤得密密麻麻的星星一颗一颗地从天空掉了下来。奇怪的是这个黄昏也没有知了的叫声,池塘中、稻田里的青蛙却一起声嘶力竭地唱和着,仿佛要把一个夏天的知了都羞惭得不再出声才肯罢休。

堂屋的门敞开着,蚊虫在光晕中跌跌撞撞地飞舞。一家人都在灯光下等待着他们的归来。

门关上后,奶奶有些不放心地问儿子:"这事,能成?"

爷爷老谋深算地替儿子做了回答:"放心,只要肯收下酒,这事就成了。"

福来在一旁松了一口气,轻声笑了。

(原载于《雨花》2022年第1期)

逃 离

一

"既然平哥如此放下身段,征求我的意见,那我就建议今晚还去小敏鱼馆吃烤鱼吧。她家烤鱼的味道,啧啧,不能提,一提起来,你看看,我就流哈喇子了!"李松笑着朝刘益平吐了吐舌头,他的一双乌黑的眼珠在浓眉下熠熠生辉,每一个眸子里都有昨晚小敏鱼馆的炭火在跳动。

"哈哈,我知道你流哈喇子了,但让你流哈喇子的一定不是那烤鱼的味道……"刘益平诡谲地冲李松眨眨眼,两个人心照不宣地哈哈笑起来。李松三十七岁,刘益平三十九岁,两个人是好朋友,也是生意上的伙伴,一起从哈尔滨来到乌苏里江边。此行的目的是和江边的几家米业公司洽谈业务,顺便领略一下乌苏里江边的美景、美食,自然还有美人。

小敏鱼馆就开在乌苏里江边,他俩住的宾馆也在乌苏里江边。宾馆建在江边的一处高坡上,小敏鱼馆就在这处高坡下面,鱼馆门前是一条半边街,一边是稀稀落落的几栋房子,一边是沙滩和波光粼粼的江水。那处高坡应该是一座山的余脉,因为坡脚长着一片茂盛的油松,再加上视觉上有个剪刀差,所以从两个好朋友房间的窗口向外望,并不能看到坡下的小敏鱼馆,只能看到沙滩、江水、对岸的森林和远处的群山。

昨晚,他俩在小敏鱼馆要了份醉炉烤鱼。婉婉穿着黄绸缎无袖衬衫,两只纤巧秀美、玉一样闪着温润光泽的手臂让他俩眼花缭乱,那份美比醉炉烤鱼的滋味还要诱人三分。小敏鱼馆只有两个服务员,婉婉是其中一位,但不是客人的专职服务员。好在昨晚的客人不多,他俩提出愿意多付服务费,老板小敏就同意婉婉临时成为他俩的专职服务员。

"看婉婉的模样,顶多二十五岁,平哥,你说呢?"李松沉浸在昨晚的点滴中,寻找话头似的说,"平哥,你说她真的叫婉婉吗?"

"嗐,这谁知道呢?咱又没有权力查人家的身份证,她说她叫婉婉就叫婉婉呗。"刘益平认真地盯着李松,"你是真的要把她带到哈尔滨?我是担心纸里包不住火,弟妹将来饶不了你!"

"嗐!"李松不以为然地说,"平哥你太瞧不起我了,你以为我想金屋藏娇?错了,我那是路见不平一声吼,不想看见一朵花过早地凋零。"

"哟哟,把自己说得好高尚似的。"

"难道我卑鄙吗,平哥?"

昨晚,他们都留意到婉婉的左手腕处有三个疤痕,一块光滑白净的"美玉"上突然凭空出现三个紫黑色的圆圆的点,突兀、不寻常,令人触目惊心,问婉婉,才知道是被烟头烫的。

"为啥要烫三个疤痕呢?"昨晚还是刘益平先开口问的,当时的李松倒没有像后来那么主动。婉婉不想回答,垂下了眼帘,长长的睫毛微微颤动着,神态如空谷幽花,愈加楚楚动人。还是小敏过来替婉婉回答的。小敏的说法就是"男怕入错行,女怕嫁错郎"。嫁错郎的婉婉不但被男人用烟头烫了手腕,挨打都成了家常便饭,要不是有她小敏罩着,婉婉还不知要悲惨到几层地狱里去。

"为啥呀?"他俩几乎异口同声地问。婉婉还是不肯回答,小敏的说法是"我这个妹妹命苦呗"。

他俩顿时起了英雄救美之心:"都什么年代了?既然婚姻生活不幸,婉婉可以选择离婚,为什么要在一棵树上吊死呢?"

小敏就叹了一口气:"离婚哪是一句话的事呢!"

"为啥呀?"这回是李松迫不及待地问,"因为孩子?"

"也许就是因为没有孩子,我这个妹妹才这么受苦。"小敏说。

昨晚的后来,李松就提出可以把婉婉介绍到哈尔滨的大酒店,先带她脱离苦海,离婚的事可以慢慢再说。

"你说,婉婉真能离婚吗,平哥?"想起昨晚自己的好主意,李松压抑不住自己的兴奋。

"你真想娶她?"

"又来了,平哥,我实在是看不下去如此美人如此受苦。我们可以把她当成自己的妹妹呀。"

他俩各自住了一个单间,但此刻一个人来到另一个人的房间里。今天上午去了一家米业公司,预定计划已经完成。现在是午后四点多,阳光依然明晃晃的。窗外,空气像水一般反射着太阳的光,两棵树干粗大的油松,阴影向坡下延伸,松针的颜色深绿中夹杂着嫩绿,枝叶缝隙中的江水像一匹深蓝色的缎带在微风中伸展。

据说对岸是一片原始森林,没有人的足迹。森林那边的远山叫锡霍特山脉,一朵又一朵的云从山脉的那边缓缓地向我们这边飘过来,仿佛锡霍特山脉是云生长的地方。

二

这一段的江边算不得成熟景区,因为交通不便利,所以游人稀少。半边街上其实只有四家规模都不大的鱼馆,小敏鱼馆在最东头,利用民宅简单地改造而成,毫无特色。鱼馆的大厅不过二十平方米左右。大厅两边各摆着三张桌子,都是散座,中间成了自然的过道,过道的尽头是吧台兼做收银台。老板小敏通常就坐在吧台后面,小敏有时候也兼做服务员,小敏的身后散乱地摆放着一些酒柜。吧台左右两边各有一个门洞,每个门洞里各有一个包间。夏天客人喜欢面临江水就餐,小敏就在店门外面摆了几张圆桌。

店老板小敏长得圆鼓鼓的,脸是圆鼓鼓的,身子也是圆鼓鼓的,貌不惊人,就像她的门脸一样,但小敏在鱼的各种口味上下了功夫。昨天李松和刘益平来到江边散步,小敏鱼馆飘出来的气息就像两条无形的线,牵着两个人的胃,拉带着两个人的脚就不知不觉地迈了进来。

昨天的后来,李松也琢磨,究竟是小敏鱼馆的香气唤醒了自己胃里馋虫的记忆,还是婉婉的一缕幽香牵动了自己的胃?婉婉沏茶、端菜,弯着一只纤巧秀美、晶莹光泽、散发着青春气息的胳膊,把插着烤鱼的竹签子的一端递给他们,十根纤纤巧巧的手指拿拿捏捏着,咋就一下子拨动了他们的心弦?

小敏不时地来到他们身边,她是这么介绍婉婉的:"这是我的妹妹哦,我的亲妹妹呢。"

两个好朋友都笑了:"真是妹妹的话也不会是亲妹妹。"

小敏不恼,圆鼓鼓的脸上映着炭火的光,红彤彤的:"平哥、松哥,我是生孩子后身材才走样的嘛,年轻时也像我妹妹一样俊呢。"小敏不光脸和身材圆鼓鼓的,五官也是圆鼓鼓地挤在一起。而婉婉的脸多俊秀呀,白净的瓜子脸,端正的鼻梁,仿佛藏有万万句情话的眼睛,像古画上弹古筝的仕女,婉婉怎么可能是小敏的亲妹妹呢?

小敏转身回店内时,两个好朋友一问,婉婉果然不是小敏的亲妹妹,也不是堂妹,她俩之间没有一丝血缘关系。不过婉婉强调:"小敏姐待我挺好的,比亲姐姐还亲呢。"

天还没有黑透,江水像一匹抖动的灰黑缎子,在江边能听到江水冲刷沙滩的沙沙声,还有没有归巢的水鸟在江面上发出的嘎的一声啼叫。

今晚,小敏鱼馆里的客人也不多,散座只坐了两桌,包间空空如也。但买卖的场子拉开了,乌苏里江盛产的鳌花、鳊花、白鱼在炭火上烤得吱吱地响,鱼香、蒜香、姜香、花椒香还有秘制的酱香在大厅里霸道地回旋,扑得刚进门的李松和刘益平打了个趔趄。

"哥来啦。"婉婉真像邻家小妹似的,脸上露出欣喜的神色,迎了过来,"哥是去包间,还是在江边?"

"还是在江边吧,平哥说呢?"刘益平已退在了门外,李松又笑着对小敏说,"今晚的婉婉还是属于我们啊,和昨晚一样,不会让你吃亏的。"

小敏笑得脸上流光溢彩,她摆着手,像一只皮球似的从吧台那边滚过来:"我的妹妹,你们可不许胡来哟。"

李松反问:"我们啥时候胡来过?"

婉婉笑起来,娇羞地拍了一下小敏肉鼓鼓的胳膊。

今晚的婉婉换了一件绿绸无袖衬衫,黑发在脑后绾成了髻,有少许蓬松的发不服管束,调皮地从髻上落下来,若有若无的,像处子的毫毛,爱抚着婉婉修长细腻、白瓷一样闪着光泽的脖子。

今晚,两个好朋友点了份大马哈鱼,不算加工费,鱼的成本就有七百元。小敏喜滋滋地对婉婉说:"妹妹呀,松哥、平哥就像你的亲哥哥一样,有啥苦水你就向他俩倒倒,你松哥、平哥准会心疼你,姐看人是不会错的。"不知是不是小敏暗中亲昵地抚摸了婉婉,婉婉窃窃地笑了几声。

徐徐的江风送过来,江水已经变成了一条镶嵌着珍珠的黑缎子——明月和星星在空中闪烁。江水里有白天太阳的气息,有丝丝缕缕江鱼的气息,也有对岸原始森林里熊的气息——也许真有熊。熊瞎子爱吃鱼,也许这会儿正在江里捕鱼。"嗷哟——"似乎真有熊的叫声,两个好朋友侧耳谛听,又没有了,只传来江水缓缓冲刷沙滩的声音和水中鱼的呢喃。此刻的哈尔滨——他们的家乡在远方,他们坐在界江边,坐在原始森林的旁边,不由得生出今夕何夕的感觉。

"他常打你?怎么能下得了手呢?"李松盯着婉婉的手腕,

怜惜地问。那三个紫黑色的疤,一样大小,排列整齐,可它们排列得不是地方。

婉婉悲伤地垂下了眼帘,那藏有万万句情话的门就关上了。李松感到一阵心疼。

"哎呀,我的妹妹呀,命可真苦,"小敏又走了过来,"找了那么一个男人——大吴,不上班,不挣钱,就靠打自己的老婆耍威风……"

婉婉低下了头,裸露的双肩开始抖动起来。

"松哥、平哥,我也不怕告诉你们,要不是大吴还惧怕我三分,我妹妹的日子都没法往下过了……"小敏喋喋不休地说。

"那就别过呗,他常打你妹妹,你还要你妹妹和他过下去?"李松盯着小敏问。

小敏瞅瞅低着头的婉婉,又瞅瞅两位好朋友,叹了口气:"咋离婚呀?又不是过家家。我们这小地方,离了婚的女人谁肯再娶呀?哪像你们生活在大城市呀……"店内新来了两位客人,小敏要进店去招呼客人,就拉了拉婉婉说,"妹妹啊,姐也知道你难受。好在有松哥和平哥在这儿,你的苦水就往出倒倒,可别憋在心里,憋在心里的滋味不好受,妹妹啊……"小敏又像一只皮球似的往室内滚去了。

婉婉抽噎着"嗯嗯"两声,她抬起脸,满是泪痕的俏脸愈加楚楚动人。

李松抽出纸巾递给她,婉婉感激地接过来,有些羞涩地说:"松哥、平哥,对不起,我有点失态了……"

月亮升在江天,江边沙滩上的沙子都泛起银白的光。另一家店内传来一个男人暴跳如雷的怒吼和一个女人尖锐的哭喊,又传来另一个男人呵斥和另一个女人劝解的声音。他们不再说话,侧耳倾听,直到喧嚣声渐渐平息。

刘益平望着婉婉说:"昨晚,你松哥说的话,我觉得也是一个好办法,你不妨认真考虑一下。"

婉婉不肯相信似的问:"松哥、平哥,你们是认真的吗?"

李松真诚地说:"我们为啥要骗你呀?我和你平哥是真的想帮你一把,我和你平哥都是心肠极软的人。"李松看了刘益平一眼,刘益平一脸端庄。

婉婉浅笑了起来,说:"松哥、平哥,你们是两个好人。"婉婉为她的松哥和平哥斟满了酒。

李松端起了酒杯说:"婉婉,我没有让你离婚的意思哦。我和你平哥都有家室,所以你也不用担心我俩会打你的主意。我俩真是见不了你被摧残,像你这样的一朵鲜花,养花的人要倍加珍惜才是。"

婉婉的脸上泛起了红晕。

刘益平也端着酒杯说:"婉婉你先离开他身边一段时间,你不在他身边的时候,他也许就知道珍惜了。到时你再看看他能否浪子回头,如果浪子回头了,你们就一起好好过日子。哈尔滨的大酒店,老总不会不给你松哥和我面子。你长得这么漂亮,又有饭店从业经验,收入一定不低。我说得对吧,李松兄弟?"

李松频频点头。

"妹妹先谢谢两位哥哥了。"婉婉举杯一饮而尽。看婉婉饮酒时的那份洒脱劲儿,她怎么会是家庭中受气的对象呢?可是家事哪是外人能剖析得清楚的呢?

饮完酒的婉婉,脸上浮起了桃花,她忽闪着那双藏有万万句情话的眼睛说:"松哥、平哥,妹妹咋报答两位哥哥才好呢?"

"婉婉,从现在起,你就是我俩的亲妹妹,一家人不说两家话,以后可不准再说这种见外的话了。"两个好朋友喝了酒,身上更是生出了英雄救美、舍我其谁的豪情。

三

"李松兄弟,哥总觉得,那个婉婉是个有故事的人……"第二天早上,两个好朋友坐在出租车里闲聊。按照预定的行程,他们今天要去两家米业公司洽谈。乌苏里江很长,两家米业公司相距近一百公里。他们计划上午先去一家洽谈,下午再去另一家洽谈。

太阳已经升得老高,边疆公路又长又直,路上车辆稀少,路两边的油松、白杨和白桦绿得蓬蓬勃勃,连片的庄稼地随着公路起伏,望不到尽头。

李松嬉皮笑脸的:"咱又不打算娶她,别管她的前世,只管她的今生。人家眼前有难,咱总不能见死不救吧。"

刘益平唉了一声,随即笑嘻嘻地说:"这世上美的事物总让人心碎,美的事物遭到摧残更让人心碎。婉婉的事,咱就那么定了吧。再说,也是为了我的李松兄弟……"

李松故作生气地擂了刘益平一拳。

同米业公司的洽谈很顺利,二人在上午洽谈的那家用了午餐。下午洽谈的那家诚恳地邀请他们共进晚餐,但婉婉的短信来了:"松哥、平哥,你们晚上一定要过来哟,今晚有新上的狗鱼。"

米业公司的老总说:"狗鱼有啥稀奇的?晚上我还准备了大马哈鱼,是上午刚从江里捞出来的。"

两个好朋友还是拒绝了米业公司的宴请,说:"我俩在江边还有个妹妹呢,我俩的亲妹妹发来的邀请,不能不回去!"

两个人的姓都不一样,怎么会有一个共同的亲妹妹呢?哦,哦……米业公司的老总是个老江湖,哈哈地笑,笑得既兴奋又暧昧,他恍然大悟似的对他俩晚餐一定要到小敏鱼馆去吃,表示十二分的理解。

婉婉见到他俩,眸子里流泻出来的都是惊喜。刘益平今晚来小敏鱼馆的意愿并没有李松那么强烈,他拒绝米业公司的晚宴也含有不好拂了好兄弟兴头的意思,所以见了婉婉,他的语气里就带有一丝责怪的意味:"婉婉,你家的鱼好是好,可天天净吃鱼的话,只怕哈出来的气都带有鱼腥味了。"

小敏走过来抢话道:"平哥、松哥,我这是烤鱼,不会有鱼腥味的。天天晚上吃鱼才好呢,不但延年益寿,而且……"

刘益平不想在这个话题上纠缠,他打着哈哈说:"你说得非常对,可是我们也只能来你这里三个晚上了,三天后我们就要回哈尔滨了。"

小敏笑嘻嘻地说:"那你们在回哈尔滨之前,天天晚上都要过来哟,你们就把这里当成自己的家。这里当然就是你们的家哟,婉婉就是你们的亲妹妹嘛,婉婉照顾好两个哥哥哦。"说完又滚回了店内。

婉婉的眼波里有了不舍,她轻声说:"松哥、平哥,咋这么快就要走呢?"

刘益平开心地说:"这回来的时间够长了,许多业务上的事等着回去处理呢。"

婉婉垂下了睫毛,很伤感的样子。婉婉今天穿的是一件黑绸无袖衬衫,越发显得肤如凝脂。

李松安慰她说:"婉婉,你也做好准备,三天后我们就可以一起走了呀。"

"我咋觉得这么快呢,松哥?"婉婉的睫毛张开了。

李松没有探究她说的是什么快,他只按照自己的思路说:"时间哪能不快呢?人这一辈子都很快。工作的事我已经帮你联系好啦,你把心放得妥妥的。"他指着刘益平说,"到了哈尔滨,有啥事,平哥也可以帮助你。"

刘益平真诚地说:"是呀,在哈尔滨有啥事你就吱一声。那家大酒店条件也很好,有宿舍有食堂,你去了都不用考虑租房的问题。"

"好哇,你们走就算了,还要把我妹妹带走。"小敏走过来时带过来一阵风,弄得烤炉中的炭火毕剥作响。

见小敏怒气冲冲的样子,两个好朋友愣在那里,对啦,领着婉婉走,怎么能不告诉小敏呢?

"姐,"婉婉急忙站起来,"松哥和平哥就是在和我开玩笑呢。"

小敏绷着的脸松弛了,她咧开圆鼓鼓的嘴大声笑了起来,笑得上气不接下气:"好哇,婉婉你现在是胳膊肘向外拐了,也是,婉婉遇见了松哥、平哥,就是遇见了一生的贵人。婉婉,我的好妹妹,姐知道你受的苦,姐难道不希望你早日脱离苦海?姐是和你开玩笑呢。"小敏双手合十,冲李松鞠躬,又冲刘益平鞠躬。

婉婉的泪吧嗒吧嗒地流了下来,在江边的月光下,一颗一颗的,如晶莹的珍珠。

后来,三个人仔细商量了婉婉出行的细节。为了避免不必要的麻烦,婉婉去哈尔滨的事先不要告诉大吴,为了避免大吴起疑心,行李也不用带,到哈尔滨都能买到。但身份证必须带,没有身份证,别说到了哈尔滨寸步难行,就是到县城坐火车也坐不上。至于出发的时间,为了避免大吴起疑心,还是选择下午四点左右——和平时婉婉到小敏鱼馆上班的时间一致。到那天,会有一辆车准时来到小敏鱼馆前,他们仨一起乘车出发。坐上火车后,再给大吴打一个电话,说自己要到哈尔滨工作一段时间。

"谁让他经常打你,就是要让他后悔莫及。"李松说。

婉婉仿佛看到了大吴后悔莫及的样子,微笑起来,眸子里闪着幸福的光芒。

"大吴会不会来找小敏的麻烦呢?"刘益平想到了这个问题,"因为婉婉毕竟是从小敏鱼馆走的。"

婉婉摇了摇头,十分自信地说:"应该不会,大吴怕小敏姐……"

"为啥?"两个好朋友好奇地问。

"姐夫是交警队的,"婉婉说,"大吴出过车祸,如果不是姐夫帮忙,要坐好几年牢的。"

"婉婉,你真的叫婉婉吗?"李松突然问。

"我叫韩小晚。"婉婉老老实实地回答。

江水突然发出哗的一声,像是有头怪兽破水而出。三个人不约而同地看向江面,可是什么异常都没有看见。一弧弯月高挂在江天,天空澄澈又幽深。江水像镶嵌着一枚枚宝石的灰黑缎子,轻轻地冲刷着沙滩,声音柔柔的,像婉婉一样。

四

婉婉的确是叫韩小晚。韩小晚左手腕上的疤是自己烫的。两年前,有个从牡丹江来的客人迷上了在小敏鱼馆工作的婉婉,发誓又要给她买房,又要和她结婚。两年前婉婉的丈夫大吴因为醉驾出了车祸被吊销了驾驶证,人也被关了进去。小敏的丈夫帮忙,大吴在里面只待了两个月。出来后,大吴就不能跑出租了,学会了炒股,像魔怔了似的,炒股赚了心情大好就去喝酒,赔了心情郁闷就把火气往韩小晚头上撒。对大吴渐渐失望了的韩小晚,真就跟那个客人去了牡丹江。那个人只是为她租了一套房子,有了家室的他根本没有和韩小晚结婚的打算,在牡丹江生活了三个月的韩小晚只好打道回府。谁知回来后,大吴执意要和她离婚。过去的三个月成了幻影,眼前的大吴才是活生生的真实。幻影破灭了,韩小晚不能再失去真实,她抓起大吴的烟头,把过去的三个月浓缩成左手腕上的三个疤痕——一个月一个,她这么做是为了向大吴表明惩罚自己的不辞而别。大吴压根儿不知道在那三个月里,她的身上还有另外一个男人的故事。

此刻是下午两点四十分，屋子里一台电风扇摇晃着大脑袋吹过来又吹过去。大吴光着膀子，左胳膊上是一条青龙的刺青，右胳膊上是一只白虎的刺青。大吴穿着一条黑色的大裤衩盘腿坐在炕上，不错眼珠地盯着面前的一台笔记本电脑，两条眉使劲地往一起挤、往一起挤，眉心似乎卧起了一只蚕。大吴哭丧着一张圆脸，眼看泪就要落下来了，眉心却渐渐舒展开来，脸上浮起喜气，用肥厚的手掌拍了一下自己的大腿。

靠近炕头的位置有一个半新的立柜，立柜还是二人结婚的时候韩小晚添置的。立柜有三扇门，中间那扇门上嵌着一面长长的穿衣镜。韩小晚正把脑后的头发往上绾，听见啪的一声脆响，她打了个激灵——大吴并不曾对她动过一根指头，那个激灵是对异常声响的自然反应。她偏过脸，无奈又有些怜悯地对大吴说："听小敏说，散户永远都是'韭菜'。大吴，你不如去学个厨师呢。一个夏天，在江边的馆子里做个厨师，都不少挣。"

"嗯。"大吴心不在焉地嗯着。"嗯"字在大吴的字典里并非表示应允或肯定的意思，只是有个回应罢了。

绾好髻，她扭着屁股瞧瞧镜子中纤细又光洁的脖子，往脖子上套一串珍珠项链。这串项链的珍珠是珍珠粉做成的——小敏应该不知道，她也没告诉小敏。小敏像行家一样地说婉婉的珍珠项链是肉色的，肉色的价值一般。珍珠项链最好的是紫色的，其次是粉色的，小敏自己就有一条紫色的珍珠项链。她什么时候才能戴上一条真正的珍珠项链呢?甭说紫色的了,就是肉色的也好呀。韩小晚瞅瞅镜子中的大吴,有些哀怨地想。

"干吗还瞪我一眼?韩小晚,你就是瞅我没挣着钱吧?"大吴感觉到她的不满,连头都不抬,气哼哼地吼道。

你就吼吧,有劲你再吼得响亮些,没有出息的男人,光声音大有啥用?韩小晚愤怒地想,等我哪天不高兴了就离开你,叫你天天去炒股,不出去挣钱。好话歹话我都说尽了,你可从来不听一句。让你不知道珍惜我。

韩小晚的心里涌起一种幸灾乐祸的舒坦感,她想象着没有她的日子时大吴慌乱的模样。你倒霉,你活该呢,大吴。

"妈的!"大吴骂了一句,韩小晚吓了一跳,大吴窥破了她内心的秘密?她惊慌地转过头,却见大吴合上了笔记本电脑,原来是一天的股市交易时间结束了。大吴又骂了一句:"妈的!明天还是今天这个势头,咱就解套了。"

"大吴,你还是去学个厨师吧。一个夏天,在江边的馆子里不少挣。"她又说了一遍。

"韩小晚,你一天天胡咧咧的,你知道个啥?"大吴呛了她一句,"就是你的一张乌鸦嘴,让我发不了财。"

"啊!你没发财赖上我了是吧?"韩小晚生气了。

"你别以为我大吴没有发财的那一天。"大吴嘟哝着,"人家二宝咋在县城买了楼房?"

二宝是大吴的发小,韩小晚也认得的。

"二宝咋发财了?"

"炒股炒的呗,一下子挣了三四十万。"大吴兴奋地说。

"那是人家二宝,等你发财,我就老了。"韩小晚忧伤地说。

大吴怔了一下,下了炕,从后面紧紧地抱住了她:"不会的,老婆,照今天的势头下去,我也会很快在县城给你买套楼房的,我还给你买……你要啥我就给你买啥……"她感觉到了大吴的欲望,那欲望抵在她的后腰上。

"大吴,大白天的……"

"你是我老婆,就是在光天化日之下又怕啥?"大吴理直气壮地说。

"大吴,我……"她想说时间不早了,她得马上去小敏那里,但大吴蛮横地扳过她的头,舌头不由分说地撬开了她的嘴。她的身子软软地倒在了炕上。

呻吟声和喘息声多像乌苏里江的潮呀,一波一波的浪像钟摆一般规律。浪亲吻着沙滩,每次都会卷走一些沙子,然后每次又把这些沙子送回到沙滩上来。沙滩上的沙子不断翻滚着,原先在上面的滚到了下面,原先在下面的翻到了上面,原先在左边的滚到了右边,原先在右边的翻到了左边。浪冲刷沙滩的滋味,销魂一般美妙……其实大吴也不错,只要他能挣到钱,只要他再对自己好一些。他为什么就不能挣到钱? 他为什么就不能再对自己好一些呢?

"你可要对我好一些,真的,大吴……"她突然说。

"我对你咋不好了?"大吴欠起身,青龙和白虎张牙舞爪地望着她,"韩小晚,你不要以为炒股就不能发财,除了二宝,炒股发财的多的是。我很快就要发财了,你等着瞧吧……"

"大吴,你总是不肯听我的劝。二宝是二宝,你是你,你那一点钱都被套半年了,你能解套就算不错了,你就别再做梦了吧。"韩小晚的眼里涌出委屈的泪花,"大吴,你要再这样固执己见,有一天我不在了,你可别怨我。有人还要带我去哈尔滨呢。"韩小晚竟然把这样的话说了出来,说出来后,她自己都大吃一惊。她捂住了嘴,似乎能把说出来的话捂回去似的。她知道,捂不回去了,她不安地瞧了瞧大吴。

"韩小晚,你说的是真的?"大吴问。

韩小晚慌乱地摇了摇头,又点了点头,眼泪像凋零的梨花,纷纷地往下落:"大吴,你就听听我的劝吧……"

大吴"哦"了一声,从炕头的烟盒里掏出了一根烟。烟雾飘起来,一团紧撵着另一团,往上盘旋、扩散,大吴的眼神在烟雾中也变得迷离起来。

五

下午五点钟的太阳仍然明晃晃的,半边街的房屋以及树木的阴影已经越过了门前的街道,高坡上宾馆尖顶的阴影更是漫过了沙滩,又细又长地投射进江水里,想把江水刺破,却已是强弩之末。江面上只有一艘游艇,在江心游弋了一圈,正驶回简易的码头。

小敏鱼馆前,一对打扮入时的男女驻足在一只塑料大水箱前。水箱里有条一米长的大鳇鱼正在发着脾气,它想:我是生活在江里的啊,你们凭什么把我抓起来关到这个水笼子里?它怒气冲冲地鼓着鳃,瞪着发红的眼睛,尾巴高高地卷出了水面,又啪的一声击打到水面上。水花溅到女游客的脸上、胸前,她惊叫一声,转而一张脸又笑成一朵花,急慌慌地从随身的小坤包里掏出纸巾。

小敏从店里出来,笑着骂这条大鳇鱼:"你就可劲儿地耍威风吧,老娘看你还能耍多久,一会儿就用铁锅炖了你吃。"

"哎哟,这鱼要是用铁锅炖了吃,那该多么鲜美呀!"女游客娇滴滴地说。她看起来三十岁的模样,脸上的水珠擦干净了,胸前还有一片湿漉漉的水印:"亲爱的,咱俩一会儿就来这家饭店吧,你看怎么样?"

她的"亲爱的"鬓角已经花白,年龄看起来在五十岁左右。他抬头看看饭店的招牌,用心记住的样子:"亲爱的,待会儿我们就来小敏鱼馆吃掉它,为你报一'尾'之仇!"

说完话,女人就吊着男人的胳膊,男人搂着女人的腰,像两个醉酒的人相互搀扶着,越过门前的街道,跟跟跄跄地往江边走了。

"姐——"婉婉喊了小敏一声,兴奋却压低了声音问,"这两个人是夫妻吗?"

小敏朝婉婉扬了扬手:"管那么多干啥?来了就是客。"笑在小敏的脸上洋溢着,"晚上松哥、平哥他们一共有八个人来,我是特意为他们整来了这条大鳇鱼。现在能弄到这么大的鳇鱼,姐可是费了老大的劲呢。"小敏又说,"婉婉,这回你为姐立了大功啦,姐要给你高回扣的,姐一言九鼎。"

婉婉不解地问:"这条鱼不是被刚才那两人预订了吗?"婉婉侧脸往江边看,走在沙滩上的两个人,不知女人是鞋里进了沙子,还是就想在沙滩上打赤脚,她正弯腰把一只鞋往下脱,另一只胳膊吊在男人的臂弯里,拽得男人的身子也往一边倾斜。

假如去了哈尔滨,会不会有一天她也像沙滩上的女人那样吊住李松的胳膊?婉婉这么想着,心里吃了一惊。

小敏甩着两条圆滚滚的胳膊往店内走:"预订啥呀,就算他俩真能来,凭他俩,能吃掉这么一条大鱼呀?"

"那松哥、平哥他们咋有八个人呢?"婉婉傻傻地问了一句。

"跑业务的,能少了朋友啊?"小敏停住了脚步,笑嘻嘻地望着婉婉说,"我有一个这么漂亮的妹妹,还怕勾不住他们的魂?"

"我哪有那么大的魅力?都是姐的秘制鱼汤做得好!"婉婉

说,脸上却不知不觉地飞上了红晕。

江天挂着那牙洗涤过的弯月,天空中闪烁的繁星简直比江边悬挂的那些灯还要明亮。

李松、刘益平和其他六个人围坐在一口大铁锅前,木柴火舔着移动灶台的锅底,舔得兴奋的时候,火苗就疯了一般地发出一阵狂啸。

铁锅里有小敏鱼馆的秘制汤汁,浅咖啡色的汤汁鼓动着一段一段的鳇鱼肉、蒜瓣、葱花,伴随着浓香一直在咕嘟咕嘟地跳动。

酒兴正酣,推杯换盏的八个人聊起了共同的熟人。原来他们都有这么强大的人脉,他们一个个简直都是天地的王,天底下就没有他们办不成的事。

婉婉在一旁却显得有些心神不定。

"满上,满上,婉婉也满上!"有人发现婉婉没有喝酒,把酒在她的面前倒上了。婉婉受惊似的站了起来,说:"我不会喝酒。"

几个人就兴奋地喊:"撒谎!撒谎!乌苏里江边的女人哪有不会喝酒的?"

婉婉今晚不想喝酒,她把求救的目光投向李松,为难似的说:"松哥,我是真的不会喝酒。"

咦?你咋不会喝酒呢?李松刚想说出来,但听婉婉这么说,他就对劝酒的朋友说："婉婉是真的不会喝酒,咱们就别勉强她了吧。"

那几个男人就起哄："好个怜香惜玉的李总。"

"婉婉,也不让你多喝,你就喝一杯,你和李总喝个交杯酒,李总还要把你带回哈尔滨呢。"

李松一副来者不拒的样子,那脸上的表情分明在说:"喝杯交杯酒有啥了不起的?喝就喝嘛。"

婉婉还在后悔,怎么什么话都告诉大吴呢?大吴会不会撵到小敏鱼馆里来?今天晚上的婉婉是心神不宁的。李松口中的哈尔滨真能成为自己的天堂吗?也许成为地狱呢?就像当年的牡丹江一样。婉婉不禁叹了一口气。

她抬起头,吓了一跳:"大吴,你……你咋来了?"

大吴依旧穿着那条黑色大裤衩,但上身已经套了件白色的跨栏背心,露出光胳膊上的青龙和白虎。青龙和白虎迟疑地来到江边,一点都没有生龙活虎的样子,仿佛两条死皮赖脸的虫。

几个男人惊奇的目光盯住了他,移动灶台里的柴火又发出呼的一声狂啸。

大吴温顺地对婉婉说:"我是来瞧瞧,是谁要把你带到哈尔滨的。"

没有人回答大吴。

李松看看刘益平,刘益平的目光里只有惊讶。李松再看婉婉,婉婉的目光却躲闪着他们。

大吴变得凶狠起来,他挥舞着双手,青龙和白虎兴奋起来,跃跃欲试地往前扑。"啊,是谁想拐走我老婆?有种的你站起来,看我不撕了你!"大吴吼起来。

李松腾地要起身,但被刘益平制止住了。

"大吴,你在胡说什么!"婉婉又羞又恼地制止着大吴。

小敏像一只皮球似的射出来:"谁拐你老婆啦!谁肯拐你老婆啦!谁愿意拐你老婆啦!你老婆在我这儿不是好好的吗?大吴,你是成心来搅我的局,是吧?"

"姐啊,我……我……"青龙和白虎又变得蔫头耷脑起来,"我只是一时气恨不过……"

"你还气恨不过?我还气恨不过呢!你快快地给我滚回家!"小敏叉着腰,威风凛凛地说。

青龙和白虎成了两只死皮赖脸的虫,大吴像说给自己听似的小声哼哼说:"我只是想知道是谁要带我老婆去哈尔滨,我也想去哈尔滨……"大吴的声音大起来,"我也想去哈尔滨!"

婉婉一屁股坐到凳子上,掩面啜泣起来。

六

"哥,昨晚实在是对不住,妹妹糗大了。"是婉婉发来的微信。昨晚的后来,李松喝得有点多,是被刘益平架回宾馆的,都没有洗漱就倒在了床上。第二天日上三竿他才醒过来,口腔里还是醉酒后的苦涩味道。刘益平来看他的时候,他把婉婉发来的信息递给好朋友看。

"给她回个话,千万不要让她起疑心。"刘益平对李松说。此行的业务已经谈妥,刘益平决定今天就回哈尔滨,他找关联单位要了一辆车,现在车还没有到。

"马上就走?平哥,咱是不是有点草木皆兵了?大吴,一个烂人而已,那个熊样,咱还怕他?"李松还想在乌苏里江边盘桓两天。婉婉怎么能把那个秘密告诉大吴呢?李松也想问问清楚。

"兄弟,不是怕不怕的问题,是'宁与智者打一架,不跟烂人说句话',咱忙着呢,也犯不着。"刘益平用老江湖的口吻说。早晨,他想看日出,四点半钟就起了床,结果发现还是起得晚了,太阳早已升在江天,江面上波光粼粼的,每一颗水珠里都藏着一个太阳。小敏鱼馆还在梦乡中,半边街几家稀疏的店铺、人家都在梦中。回宾馆的途中,刘益平看见了一个穿着白色跨栏背心、黑色大裤衩的男子在宾馆门前探头探脑的,他满腹疑惑地走上前,那个男子却转身离他而去。虽然没看清,但他顿时就猜到了是婉婉的丈夫大吴。

"应该是婉婉把一切都告诉她的丈夫了,一日夫妻百日恩嘛。也许婉婉诉说的不幸都是谎言,目的嘛,很简单,为了博得我们的同情,天天到小敏鱼馆来吃鱼。"刘益平深思熟虑地说。

"妈的!"李松愤怒地骂了一句,他拿起手机,脸上浮起了冷笑。"婉婉,我们今天要和米业公司签协议,晚上见。"他编了一条这样的短信。

婉婉回复了一个笑脸和两个拥抱的表情。

车到了,两个好朋友下了楼,司机殷勤地把他们的行李放进后备厢。车出宾馆大门的时候,那个穿着白色跨栏背心、黑色大裤衩的男子急匆匆地往这边走来,果然是大吴。大吴朝司机挥了挥手,但司机没理他,车像一条灵巧的鱼,轻快地滑向宾馆门前的路。

大吴怎么知道车里坐着的就是他们?大吴想知道还是容易的,江边的宾馆一共没有几位旅客,大吴又是本地人。大吴拦车想干什么?他有什么话要对他们说?此刻追究这些问题已经毫无意义了。

"兄弟,没打着狐狸,反而惹了一身臊吧。"两个好朋友坐在车后座上,刘益平像个老江湖似的瞧着李松说,"有时候,好人是做不得的。"

"平哥,你还说我,上回在长春,你不是也惹了一身臊吗?我当时就说嘛,如果那个女人不美,你肯那么大度地帮助她?"

"如果婉婉真的到了哈尔滨,也许你也做不到毫无私心吧?"

婉婉的形象就笑盈盈地在李松的眼前闪现出来,自己真的就没有一点私心杂念吗?也许这私心杂念都露出了端倪,不然婉婉怎么能把去哈尔滨的话告诉大吴呢?

既然端倪已经被婉婉的丈夫抓着了,那么他现在的出行就是从私心杂念的一次逃离。

"松哥,今晚你可得早点过来,昨晚大吴一闹,婉婉好伤心呢,眼睛哭得跟两个大桃子似的。"是小敏发来的信息。下午四点钟的时候,两个好朋友坐在火车上,李松收到了小敏的信息,嘴角浮起了冷笑。在这出戏中,小敏扮演了一个"心机婊"的角色,也许这就是她的生存之道,也许这是她的一种惯性,就像婉婉习惯打"悲情牌"一样。

"平哥,今天妹子又费老大的劲儿从船老大那里抢来一条大鳇鱼,比昨天的那条还大。真是抢来的,我不抢,就被别家抢走了。当然是付钱的,呵呵……"小敏又给刘益平发了一条信息。

"妹子,我们已出发,下次再见!"李松没有回复她,刘益平回复了她。

小敏发来一连串惊讶的表情,刘益平没有再理她。

高铁正在兴建,听说很快就会通车。绿皮火车在时光的深处慢悠悠地行驶着,那慢悠悠的速度就像一位垂暮的老人对眼下时光的每一分每一秒都恋恋不舍。车窗外的天空瓦蓝瓦蓝的,太阳已经西斜,云朵灰白相间。一朵云在奔跑,另一朵云在它的后面追——假如云有生命,那天上的两朵可不就是一朵在跑,一朵在追?

一朵云为什么要追赶另一朵?另一朵云急匆匆地逃离,是因为恐惧还是因为嬉戏?也许它们的追赶和逃离都只是一种惯性,云的世界,谁能知道呢?望着窗外的李松,目光迷离,渐渐打起盹儿来。

(原载于《红豆》2022年第1期)

莱　卡

"莱卡……莱卡……"这是我的父亲王向林留在人世间的最后两声呢喃,就像两声轻微的叹息,眨眼间就消散在秋日的晨曦中,连一丝踪迹都找寻不到。

在后来的三十年时光里,母亲总是对我的述说表示怀疑,她不止一次地盘问我:"你爸念叨的咋是莱卡呢?德海啊,你一定听错了,你一定听错了吧,你确定自己没有听错?"在这三十年的时光里,我的人生里程虽然从二十多岁走到了五十多岁,但我依然耳聪目明,依然没有步入老年的行列,所以我一次次异常清晰、不容置疑地向母亲保证:"我爸最后念叨的就是莱卡,的确是莱卡,这是没有办法的事!"

那天早晨,母亲出去买早点了,我守在父亲的床前,我看见他从昏迷中醒来,往日那布满血丝且发黄浑浊的眼睛此时变得异常清澈,那浊黄和血丝都不知道退隐到什么地方去了。就像出现了奇迹,父亲用异常清澈的眼睛看着我,嘴角浮上来一丝微笑,脸上的表情也带着一种羞涩,好像是因为自己在病床上躺得太久——父亲是一个不愿意给别人带来麻烦的人,这个"别人"包括母亲和我。那一刻,我心里异常高兴,忙问他还疼不疼,是否想坐起来。我感觉到我的话在父亲的大脑里穿越了一次千山万水,许久,至少有五分钟吧,才看见他微微地点了点头。我拽过来另外一个枕头,双手抄进他的两只臂弯,把他瘦骨嶙峋的身子往床头位置挪了挪,再把他那已经衰弱得脱了形的脑袋搁在垫高了的枕头上。这时,我看见父亲的嘴唇动了动,发出游丝一般的气息,急忙侧耳过去,听见了那两声呢喃,千真万确是"莱卡"!

母亲常常失望地说:"咋会是莱卡呢?"莱卡是我们家的一只狗,早在那年夏天就死了,埋在乌苏里江边东山的密林里。有一次,母亲又盘问我一遍,我"幽"了她一"默":"妈,我的耳朵不会欺骗我!"这是在父亲去世五年后,失父之痛已经渐渐远去,而我在哈尔滨刚和赵婕结了婚。夏天,我第一次带着赵婕回乡探亲,我觉得心里和空气里流动的都是蜜糖的味道,所以母亲那样问我,我才"幽"了她一"默"。但我的幽默没有达到预期的效果,母亲没有理我,眼睛空茫地望向窗外,我知道母亲陷入了对往事的追忆中。

我嘿嘿笑了一下,没有把母亲的状态放在心上,拉着赵婕的手走出院子。围墙的木栅年头已久,根根都成了灰黑的颜色。木栅外面,深蓝、鹅黄、淡紫色的鸢尾花正沿着我家门前的一片缓坡恣意绽放。走上缓坡的坡顶,朝东看,一曲江水像白色的绸布,隔开了两岸的森林。对岸的森林中依然矗立着一座漆成深绿颜色的哨卡,哨卡高出林梢,突兀得像原本好好的树冠上长出了一个又大又怪的瘤。

赵婕松开了我的手,撩了撩被微风吹到嘴角的一缕头发,一本正经地望着我说:"王德海,你的父亲……"她顿了一下,显然是在思考。"咱爸,"她终于下定了决心似的说,"咱爸在那边真有女人?"她用纤细的手指往哨卡那边指了指。

"哪有,那都是咱妈的臆想,没影子的事!"我要维护父亲的尊严,又强调了一遍,"压根儿是没影子的事!"

"你说的是真的? 那个叶琳娜不是……你没有骗我?"赵婕看着我的眼睛问。

"她是咱爸的同事,当年都在哈尔滨。"

"这个我知道,"赵婕说,"后来她回到了那边,咱爸不是一直对她念念不忘吗?"

"没影子的事,咱爸忠于自己的家庭。"赵婕的眼睛在我的眼睛里幻化成两朵最美的鸢尾花。

"你没有骗我?"

我点头。

"你永远不会骗我?"赵婕撒娇似的紧追不舍。

"永远不会骗你!"我迟疑了一下,回答得不是底气十足。

但这时有三只白天鹅从江那边飞过来,两只大的领着一只小的,三对洁白的翅膀在空中优雅地起伏着,就像三股起伏的浪涛,眨眼间就飞临我们的头顶。赵婕心情大悦,忽略了我刚才回答她问话的语气。

其实,从赵婕一开始追问,我就欺骗了她,我们的爱情就这样埋下了一枚不洁的种子。

我的父亲王向林在河的对岸,的确有一个念念不忘的女人,那是一个他至死都在挂念的女人。那个叫叶琳娜的女人,母亲知道她存在,我也知道。

父亲有着辉煌的前半生。他1931年出生在河北平山,毛主席来到西柏坡的时候,读过几年书的父亲加入了人民军队,后来成为东北野战军的一名战士。哈尔滨解放后,父亲进入哈尔滨工业大学学习,毕业后被分配到哈尔滨122厂当技术员。1956年迟到的春天刚来到哈尔滨,122厂柳树上的柳条才吐出一粒粒鹅黄嫩绿的芽,一天早晨,一位叫叶琳娜的苏联援华专家迎着王向林走来。她有着一双碧蓝的大眼睛,几丝金黄的头发顽皮地从棉帽里钻出来,撩拨着她的前额,棉袍掩盖不了她高挑而轻盈的身姿。这天早晨,她简直是用舞蹈般的脚步旋转到王向林跟前,从棉袍兜内掏出一条灰色的围巾:"喜欢吗,王向林?是我亲手为你织的哦!"然后不由分说地就把围巾套到了我二十五岁的父亲脖子上。父亲就看到了那双蓝色的大眼睛,那眼睛像一湾碧波浸到了他的心田里,在他的心尖上一波一波地荡漾着。柳树的叶子从发芽到凋零,它在一年一年的轮回中见证了我的父亲与叶琳娜是如何从相识到相知再到相爱的……可是,父亲和叶琳娜的恋情进展得并不顺利,他们的恋情遭到了厂领导的阻挠,爱情的花朵只能秘密地开放。到了1960年8月,中苏关系恶化,叶琳娜被迫回到苏联,父亲也情断哈尔滨。

1960年8月是父亲人生的一个分水岭,它开启了父亲灰色的后半生。王向林辜负了党和人民的培养,叶琳娜的离去,让他再也无法胜任原来驾轻就熟的工作,甚至错误频出。三年后,他主动提出要到边疆洗心革面、建功立业,一条叫大壮的狗和一只硕大的皮箱陪伴着他离开了哈尔滨。他一路向东,最终在中苏界河乌苏里江边落了户,从发动机技术员转身为一家林场的技术员,今天的人们把脑壳想疼也想不明白他为什么会走这样的路。

1964年,我的母亲韩秀英十九岁,还是一个不知道忧愁的女青年。她是一位种田能手,连续两年在大队组织的插秧比赛中获得冠军。韩秀英虽然只读了半年书,会写自己的名字,文化程度低一些,但她根正苗红、劳动积极、思想健康,那会儿已经是生产小队的妇女队长。那时候的村叫生产大队,我姥姥李铁梅是生产大队的妇女队长。大队书记刘长锁当着我姥爷韩万才的面夸我姥姥:"要不是李铁梅进了你的门,你家能出两个妇女队长?"我姥爷是个憨厚人,只会咧着嘴呵呵地笑。

这天,刘长锁又来到我姥爷家,告诉我姥姥李铁梅:"林场的书记找我了,要给他们那个技术员王向林娶个媳妇。你是妇女队长,这事,你看咋整?"

我姥姥李铁梅不解地问:"林场咋还找大队呢?他们不能自己解决?"

刘长锁反问:"能解决还会找咱?"我姥姥想想是这个理儿,没吭声。刘长锁说:"林场级别比咱们高多了,林场书记找咱,是信任咱,咱得当政治任务来完成啊。"

"那个王向林我也见过,长得挺标致的小伙子,咋听说是犯了错误呢!犯了啥错误啊?"我姥姥一边说着话,一边在脑子里一个个地"过滤"着全大队的未婚女青年。

我姥爷不吭声,低头装烟袋锅,装好了,递给刘长锁。刘长锁吸了一口,说:"啥错误啊?是人家主动要来支持边疆建设的,大学生呢!林场书记说,王向林那小子总收到苏联那边的信。"

我姥姥一惊:"咋总收到苏联那边的信呢?"

刘长锁又吸了一口烟袋锅,用手挥挥眼前的烟雾说:"林场书记说,那信都是经过检查的,没啥问题。只是王向林总爱往江边溜达,不能让他有偷渡的心思,得找个政治上可靠的姑娘,得拴住他,国家培养一个大学生不容易!"

我姥姥又在脑子里"过滤"政治上可靠的未婚女青年。

刘长锁一拍大腿说:"别寻思了,我看你家的秀英最合适!"

"我家的秀英?"我姥姥一愣,她一个个地在脑子里思索着全大队的未婚女青年,就是没想到自己的女儿韩秀英。

刘长锁放下烟袋锅,做我姥姥的思想工作:"人家王向林好歹是国家干部,还是大学生呢,又是从大城市过来的人。十年寒窗苦,腰里揣着三十二块五毛钱。每个月都能拿工资,每个月都能领粮票、布票、肉票……"刘长锁怕我姥姥不同意,净把王向林的优越条件一个劲地摆出。"关键是你家秀英政治上可靠啊。"刘长锁又强调了一遍。

"那……那也好!"我姥姥犹豫了一下,觉得刘长锁口中的王向林的确不错。这时候,平时石磙也碾不出一个屁的韩万才说话了:"那也得问问我姑娘吧,现在都是新……新社会了。"

我母亲韩秀英就是这么认识了整整比她大十二岁的我的父亲。

我六岁的时候,有一天突然问起母亲是怎么看上父亲的,母亲赌气说:"咋看上的? 眼瞎呗!"再问,母亲就叹口气,"唉,咱没念啥书,就稀罕个文化人,当时哪能想到他是这种人呀!"

我不服:"俺爸咋的了? 俺爸还是林场的技术员呢,老有文化了。"

母亲却伸出布满老茧的巴掌拍了我的屁股一下:"小兔崽

子,这么小就和你爸一个鼻孔出气了,快点去江边瞅瞅你爸去!"我转身就跑,母亲又在背后喊,"告诉你爸,别总在江边做春秋大梦了,直勾勾地盯着对岸,小心吃对岸的枪子儿。"

我飞快地爬过了门前的缓坡,走上了村道。我姥爷韩万才牵着一头牛从对面走过来,问我:"德海呀,寻你爸去吗?"牛也冲我哞地叫了一声,我没有理睬它,只对着我姥爷"嗯"了一声。我姥爷对我的行踪一清二楚。我连蹦带跳地跑到江边,爬上了东山的密林,看见了父亲孤傲的背影。此时,我早把母亲的嘱咐甩到脑后远远的。

从我记事时起,父亲就爱在乌苏里江边溜达。我很小的时候,父亲牵着我的手,他的身边跟着从哈尔滨带来的忠犬大壮。那时候,江边除了巡逻的士兵,就是渔业队的渔民或者生产大队的其他农民,不像现在一拨一拨的游客拥来。渔民或者农民,见到父亲,有的要打趣:"王向林,又来江边遛娃呢!"或者说:"王向林,又来江边遛狗呢!"

父亲从鼻孔里发出不屑的"嗯"声,目光高傲地越过他们的头顶,算是回答了他们。父亲牵着我的手,心事重重地从江边走过。我们的目的地是江边东山山顶。登上山顶,能看见乌苏里江闪着碧蓝的光波从天际逶迤而来。它在天际的时候,只是像一条丝一样闪着微光,这条丝渐渐变粗,渐渐变成了一条波澜壮阔的江,硬生生地把一片有着白桦、白杨和红松的森林分割挤到了两岸,而对岸的山峦连绵起伏得也和我们这边没有区别。

父亲坐在山顶的一块石头上,目光阴沉如水,他长时间地盯着对岸一动不动,让我想起了那个古人练射箭看虱子如同车轮的故事。而大壮蹲在他的身旁,两条前腿直立,凝视对岸的模样和父亲一模一样。父亲和大壮也是要练习射箭吗?我问过父亲,他并没有回答,只是叹了一口气,而后伸出一只手摸了摸我的脑袋。父亲的手有股烟草味,但柔软,不像母亲的手布满老茧。

我长大后想,母亲当时选择对父亲隐忍,大概是因为父亲有一份丰厚的工资,而且父亲也并非无所事事,他带着很小的我到江边也使母亲减轻了一分操劳。

一年之内,乌苏里江差不多有五个月的封江时间。封江季节,天地间一片白茫茫,江面都可以行驶坦克。除了巡逻的士兵,江边寂然无人,这个季节,父亲自然不会来到江边。父亲到江边遛狗或遛娃,只选择在乌苏里江开江和寒潮到来之前这么个时段。

那天,母亲让我去江边提醒父亲,别直勾勾地盯着对岸,小心挨枪子儿。母亲的担心并不是没有道理,对岸的士兵的确向这边放过枪,不过多是为了警告渔船。但现在是乌苏里江即将开江的时刻,渔船还没有出江。昨天,我跟父亲在江边走,江上不时传来咔嚓咔嚓裂帛一样的声音,父亲有些焦虑地自语:"马上开江了啊,早在前几天,冰层就已经由'横茬冰'变成了'竖茬冰'。"这话不像是说给我听的,更像是说给大壮听的。听完父亲的话,大壮迈步子就变得心神不宁起来。

我轻松地爬上了东山的山顶,父亲和大壮坐在那里,父亲在抽着卷烟,右手的食指和中指已经被卷烟烤得焦黄,我从他们一次次引颈张望的举动里看出了他们内心的焦虑和不安。江边的柳树已经露出一粒粒米一样大的芽苞,东山上的白桦依然垂头丧气的样子,可鸟儿已经在枝丫间啼鸣。阳光白花花地照在父亲的身上。照在大壮的身上,照在我的身上,我身上穿的还是冬天的棉袄,我只觉得阳光像只小火炉在对着我的身体烤。

大壮坐在父亲的左边,我看见它的耳朵扯动了一下,它歪头看了看我,龇着牙朝我一笑,又目视前方。父亲伸出一只手,把我拉到他的右边,让我蹲在他右脚边的石头上。父亲的脚边是一地燃尽的烟灰。

我很奇怪地顺着他们的目光望过去,结果一点异常的景象都没有发现。那天,天空格外澄碧,就像一江的水倒映在了空中。一朵洁白的云从那边的山峦间飘起来,向我们这边飘过来。它慢悠悠地飘着,不紧不慢地飘着,像父亲和大壮守在东山上需要那么好的耐心。这朵云飘过了对岸的森林、岗亭、沙滩、军舰、结了冰的江面,我不知道它究竟飘了多长时间,似乎飘满了我的童年。后来,它终于飘到了我的头顶,遮住了照耀我的白花花的阳光,也遮住了照耀父亲和大壮的白花花的阳光。父亲和大壮都愣了片刻,他们像一对兄弟一般同时抬起头看了看头顶的白云。这朵白云被父亲和大壮的目光一照,惊慌失措地飘走了,我觉得它是去找我姥爷和他的那头牛了。

白花花的阳光照射在冰封的江面上,雾气升腾起来,丝丝缕缕地向东山上的我们飘来,雾的气味有一丝甜,还有一丝腥。

从冰面传来的咔嚓声越来越响,越来越频繁。对岸,有一队背着钢枪的士兵从东边的树林里钻出,我数了数,一共是九个人。他们目视前方,沿着已经没有白雪覆盖的沙滩往西走,他们完全藐视我们的存在,走了十几分钟,就消失在西边的树林里。

"莱卡不会来了!"父亲叹息了一声,悲伤地说。大壮呜咽了一声,它的两只前爪不安分地抓挠起来,父亲摸摸它的脑袋,它也没有安分下来。父亲把它抱在了怀里,把我丢在一旁。

突然,天崩地裂一声,我眼前一直静止的冰面像醒过来的怪兽似的,它一扭身子,冰面咔咔地裂成无数块浮冰,江水哗的一声从浮冰的缝隙中蹿出来,顷刻间激荡得浮冰砰砰地相撞,溅起的冰末像漫天的雪花一样飘舞。浮冰开始随着江水缓缓地移动。

父亲站了起来。大壮也站了起来,两只耳朵直立,兴奋地冲着前方汪汪直叫。我看见,有一只浅黄色的狗像一支离弦的箭一般,从对岸的森林中钻出来,它一路轻巧地跳过了沙滩,然后嗖的一声跃上了冰面。

它就是莱卡,我关于它的记忆开始复苏。原来我们家有两条狗,一条叫大壮,是雄狗,一条就叫莱卡,是雌狗。它们常常在冰封的季节消失几天,有时是一条不见,有时是两条都不见。漫长的冬季,它们交替出没于我家。这个结冰的季节,莱卡给我们家叼来三只松鸡,还有一只黑貂。可是我的母亲不喜欢它。有一次,莱卡消失几天后回到我们家,父亲一只手抱着它,一只手一遍一遍地捋着它的毛发。

母亲阴沉着脸:"王向林,你早晚有一天会蹲笆篱子的。"

父亲一点也不恼,带着胜利者的微笑说:"韩秀英,要不你在莱卡身上搜索一遍?我说过,它身上什么都没有!"

母亲的脸更阴沉了,她不再说什么,抱着一把柴火进了灶屋,把锅铲在灶上弄得噼里啪啦地响。

现在,我的眼前,莱卡在冰面上跳跃,它从一块浮冰跃上另一块浮冰,身影快速得像电花。忽然又是天崩地裂的一声,一块硕大的冰排从上游撞下来,它不但把自己撞了个粉身碎骨,也把其他的浮冰撞得更碎更小。蹿出来的江水,兴奋地把这一块块碎小的浮冰往自己的身子下面压,一块块浮冰又挣扎着不甘心地浮上来,把江水从自己的身子上抖落下去。

靠近我们一侧的几块浮冰之间的距离越来越大,眼看就要被江水卷走。父亲踮着脚伸长了脖子,站在我的身边一动不动。

他紧张的气息也感染了我,我的心提到了嗓子眼,我绝望地想,正在江心奔跑的莱卡是既过不来又回不去了。大壮的叫声呜咽而凄惨,像是提前为莱卡唱起了挽歌,它的两只前爪更是在东山的山顶刨个不停。

莱卡东一头西一头地在浮冰上跳跃,它的身影越来越近,但我们眼前两块浮冰之间的距离也成了一道不可逾越的鸿沟。就在这时,我看见莱卡跳跃了起来,它白色的肚皮在阳光下闪着耀眼的光芒,它像一道闪电一般飞跃了不可逾越的鸿沟。

大壮抢在我们的前头,像箭一般向江边射了过去。

傍晚,莱卡和大壮正在院子里撒欢,它们一会儿嗅嗅对方的嘴,一会儿嗅嗅对方的尾巴,亲热地在院子里跳来跳去,让觅食的鸡不得安宁。大队书记刘长锁在院门外咳嗽了一声,然后神色凝重地进了院子。莱卡和大壮立刻安静下来,朝他摇了摇尾巴,像是惧怕他的权威似的,一前一后悄无声息地溜出了院门。

我看见母亲朝刘长锁摇了摇头,刘长锁凝重的脸色松弛了下来。父亲从炕屋里迎了出来,把刘长锁迎到了炕上。父亲给刘长锁点着了一根卷烟——没有过滤嘴的那种。刘长锁接过来吸了一口,想了想,掏出别在腰上的烟袋锅,把卷烟小心地旋到烟袋锅原来放烟草的孔里,贪婪地吸了几口,然后说:"依俺说,这卷烟的味道好是好,就是没劲儿。"

父亲笑了笑,他是从大城市过来的知识分子,他笑笑就算做了回答。

刘长锁不计较,又猛吸了几口卷烟,说:"向林啊,你的狗要管好呢,别惊动了驻军,千万千万不能出啥幺蛾子呀。"

父亲笑着问:"狗能出啥幺蛾子?"父亲瞅了母亲一眼,又问刘长锁,"妇女队长家的狗能出啥幺蛾子?"母亲浑身不自在起来,向刘长锁投来求救的目光,刘长锁却没接母亲的目光。母亲只好捧起一只正在纳的鞋底,嗞嗞啦啦地抽起麻线来。

刘长锁低着头闷闷地吸烟,一支卷烟很快就烧到了根部。刘长锁在鞋底上磕掉了烟火,骂了一句:"啥玩意,这烟就是没劲儿。"

父亲又递上一根烟,刘长锁却没有拒绝,接过来别到耳朵上,下了炕,进了院里。母亲送他出来,他低声嘱咐了母亲一句什么。母亲虔诚地说了一句:"我都听书记的。"

这一年的夏天来得比较早,我家院门外的鸢尾花开满了山坡,像一只只五彩缤纷的蝴蝶飞到了青青的草地上。尤其是微风拂动青草的时候,无数朵鸢尾花更像是蝴蝶在蹁跹起舞。

可这年的夏天并没有走进母亲的心里,她的心湖上仍然是不能融化的坚冰,母亲的心里没有一朵美丽的鸢尾花在绽放。就是这年夏天,我从母亲的口中知道了那个和我父亲有关的、叫叶琳娜的阿姨的名字。那天父亲不在家,莱卡和大壮也不在家。

我姥姥李铁梅和姥爷韩万才在我家里。

我从外面的草地上抓蚱蜢回来,看见母亲的眼睛红红的,他们已经聊了很久。

我姥姥无奈地说:"闺女啊,你说咋整?他王向林好歹算个全乎人,你总比守着一个智力残疾的人强吧,我和你爸这么多年不就这么过来的?"

我姥爷慢吞吞地说:"好话歹话,我还能听得出来呀,你说说我哪里傻呀?"

我姥姥横了他一眼说:"闺女正闹心呢,你一边歇着吧。"又对我母亲说,"兴许那两条狗并没有往那边跑呢!闺女啊,凡事就得往宽处想,他王向林又不和你交心,你咋能知道人家心里究竟有没有谁呢?"

见我进来,我姥姥朝我招手说:"德海呀,到姥姥身边来。"我跑到姥姥身边,闻到了一股汗水混合着泥土的气味。姥姥摸着我的脑袋,小声但严肃地问:"德海呀,姥姥给你糖吃,告诉姥姥实话啊,大壮或莱卡从那边过来时,身上有没有夹带啥东西?"

姥姥并没有从兜里掏出糖,我懵懂地眨起了眼睛。

姥姥循循善诱地问:"比如,有没有什么小布条、小纸片之类的东西啦?"

我摇了摇头,我姥姥舒了一口气。

这一年,我姥姥还是生产大队的妇女队长。那天,她还想和我母亲聊一些什么,有一个中年妇女跑来拍我家的院门了:"李队长在不在? 李队长在不在?"

我姥姥跑出来问:"啥事?"

"刘支书通知你去大队部开会!"中年妇女精明地眨着眼睛说,"我先去你家,一看铁将军把门,我就猜你到秀英家来了,哎呀,我果然一猜就猜到了。"

我姥姥就领着我姥爷走了。我姥爷的家离我们家不远,都在一个村里住着。

我姥姥走后,母亲问我:"德海呀,你知道那只狗为啥叫莱卡吗?"

我说:"它就是叫莱卡呀。"

母亲生气了:"你傻呀,王德海,你就没想过那条狗为啥叫莱卡吗? 莱卡是咱中国狗的名字吗?"

我果然傻傻地问:"它为啥叫莱卡呀?"

母亲咬牙切齿地说:"是对岸那个女人给它取的名字,早在哈尔滨时,大壮和它就是一对狗夫妻了。"

我依然傻傻地问:"对岸哪个女人呀?"

母亲就唉唉几声,把我拽过来搂进她的怀里:"也不能怪你呀,王德海,妈就是傻呀,妈要是不傻也不会……"

我梗着脖子说:"妈不傻,妈还是妇女队长呢! 哪有妇女队长傻的呀?"

母亲终于轻轻地笑了一声。

那年夏天,我问过父亲:"叶琳娜阿姨是谁?妈说你来到乌苏里江边就是为了那个阿姨,是真的吗?"

父亲的脸上立刻堆满了乌云。

我又问:"妈说你从哈尔滨带来的皮箱底下,还有叶琳娜阿姨的一束头发,是真的吗?哈尔滨在哪里呀?哈尔滨是个什么地方?"

乌云在父亲的脸上越堆越厚,但到最后也没有一场暴雨降临。父亲只是一声不吭,盘腿坐在炕上吸他的卷烟,他是我们家的霸主,可以既不理母亲也不理我。

第二天,父亲离开家的时候,母亲拍了两下我的屁股:"记住啦,王德海,去找你爸吧,只是别在他的面前提啥叶琳娜阿姨,那是他的伤疤,不能揭,一揭就疼。你昨晚睡得呼呼的,你哪里知道你爸昨晚在炕上烙了一宿的大饼。"

"烙的大饼呢?"我有些嘴馋。

"啥大饼呀,傻孩子,说的是一宿没睡。"母亲的眼帘垂了下来。

我转身往外跑,院子里没有大壮和莱卡,我知道在哪里寻找父亲。我飞快地越过了缓坡,走上了村道,来到了江边,等我气喘吁吁地跑到东山的山顶,我果然看见三个如泥塑木雕一般的身影,坐在中间的那个是父亲,大壮坐在父亲的左边,右边的莱卡在原来我的位置上。

我有些不满地站到了父亲的面前,他的脚下有一堆燃尽了的烟灰。我仰起头,却没了质问的勇气,我看到这个瘦高男人的眸子里的忧伤,像脚下的江水一样绵长。我转而看大壮、莱卡,它们眼里的忧伤也是像江水一样绵长。

父亲和它们常常在这个江边的山顶守望,究竟是在寻觅什么?难道是为了叶琳娜阿姨?我睁大眼睛,对岸除了江边灰色的军舰和不定时出现的巡逻士兵,一个女人的影子都没有。

十四年后,我长成了一个大小伙子,我逆着父亲的人生步伐远行,成了哈尔滨工业大学的一名学生,在那里我爱上了一个叫赵婕的哈尔滨姑娘。

我在船舶系,她在外语系。星期六的晚上,我送她回家。她不想让她的父母过早地认识我,只让我送到她家的楼前。我们约定,我站在她家楼前的一棵油松下,等回到家的她打开窗户,从窗口朝我挥挥手,我才可以转身离开。赵婕的家在五楼,通常等待不会超过十分钟,但在一个深秋的夜晚,她跟我搞起了恶作剧,让我在楼下等待了三十五分钟才在窗口出现。在焦急而又心甘情愿的等待中,我突然理解了十四年前父亲在乌苏里江东山山顶等待的意义。

我六岁那年,10 月中旬就下了第一场雪,紧接着气温又回升了几天,迎来了第二场雪,乌苏里江到了 11 月中旬就开始封江。可是这一年的莱卡和大壮却再也不能跨过乌苏里江了。

夏天将要远去的早晨,母亲一打开房门,被风激得打了一个喷嚏,母亲就觉出了这天的不同寻常。院子一角的狗舍旁,大壮蹲在那里,见母亲出来,发出一阵低沉的呜呜咽咽的声音,像是在哀鸣。母亲往它的身后看,就看见莱卡一动不动地俯卧在那里。母亲上前用手一摸,莱卡的尸体已经有些僵硬了。

母亲和父亲已经很少交流,他们像一对陌生人生活在同一个屋檐下。但莱卡的死让母亲不能再和父亲陌生,她冲着屋子喊:"王向林,快点出来看看你的莱卡,它……它死啦!"

父亲从炕上翻身而下,他套上褂子,连纽扣都没有来得及扣上一个,敞着干瘪的胸脯扑到了狗舍。他伸手摸了摸莱卡的鼻子,随即脸被愤怒涨得通红,冲着母亲吼:"韩秀英,你连一只可怜的畜生都不肯放过吗?你到底还是对它下毒手了,一只无辜的畜生都成了你的肉中刺、眼中钉!"父亲的目光里喷出的是火焰。

母亲从慌乱中镇定下来,她是能顶一片天的妇女队长,她对父亲已经够忍让了,但她岂能容忍父亲如此对她?她气冲冲地反问:"王向林,你是亲眼看见我对它下毒手了?你这么大的一个知识分子,咋说出连俺一个农民都不如的话来呢?"母亲的语调还是软了下来,她委屈地说,"这么多年,王向林,你没看出我是咋样对你的,咋样对它的吗?"

父亲的目光里现在只剩下了绝望和空茫,他自言自语似的说:"那它咋突然就死了呢?昨晚你都给它吃啥了啊?"

"我昨晚喂它吃啥了?啊,王向林,你昨晚吃啥了,我就喂它啥了!"母亲的声调又抬高了,她义愤填膺地说。

父亲瞅了母亲一眼,无语地蹲下来,他在这个夏日将要远行的早晨抱起了脑袋。大壮在他的脚前,又发出一阵呜呜咽咽的哀鸣,它对父亲的哭诉,也许只有父亲能够听懂。

母亲看着绝望的父亲,叹了一口气,语调又软了下来,目光也变得柔和了:"老死的吧,你算算,"母亲掰着手指头,"大壮和莱卡还是你和叶琳娜在哈尔滨养的,现在德海都六岁了,你从哈尔滨来俺这旮旯又过去多少年了?狗的寿命也就在十五年左右,你要是真的不相信我的话,你就把莱卡抱到派出所去尸检……"母亲突然声嘶力竭起来,"你就把莱卡抱到派出所去尸检吧!"

父亲没有搭腔。我从屋里走出来,看见他的十根手指交叉着搅动在如衰草一般乱蓬蓬的头发里。

到了上午,风就躲藏了起来,天空澄澈得没有一丝云彩。中午时分,不怀好意的阳光奸险地笑了起来,它要显出自己的余威,把它的那份毒辣全部倾泻下来。我们出了院门,越过了门前的缓坡,走在前头扛着莱卡的父亲身上已被汗水浸透。父亲一会儿把莱卡扛到他的左肩头,一会儿又把莱卡换到他的右肩头,渐渐地,汗水顺着他已经由白色变成浅灰色的背心底角往下滴。我扛着一把铁锹,气喘吁吁地跟在大壮的身后。跟在父亲身后的是大壮,它像父亲一样迈着悲壮而沉重的步伐,它只关注着父亲肩头的莱卡,不肯回头看我一眼。我们像巡逻的士兵一样排成一列,走在村道上。远远地,我看见我的姥爷韩万才拄着长长的锹把向我们张望,但他没有招呼我,我也没有招呼他。我们走到乌苏里江边,对岸一艘灰色的军舰正在游弋,激荡起来的浪一波一波地吞吐着岸边的沙滩。我们这边的军舰也威武雄壮地鸣起了汽笛,迎着浪涛昂首起航。父亲对这些视而不见,我们走进了东山上的密林。父亲把莱卡放了下来,从我手中接过了铁锹。我记得那天,他挖了一个很大的深坑,然后脱下了自己身上的背心,把它垫在坑底。父亲把莱卡放进坑里时,大壮也纵身跳了下去,挖坑已经累得精疲力竭的父亲又喘着粗气把大壮推了上去。我帮着父亲填满埋藏莱卡尸体的坑洞时,大壮一直在呜呜咽咽地抓挠着坑边的新土。我抬头看见了它眼里流下的泪,这是我第一次看见狗流泪。

莱卡的头冲着呜咽的江水,冲着它永远也回不去的对岸。它的坟前有两棵碗口一样粗的油松,两棵树的高矮也差不多,树干相距不到一尺,就像是从同一个树根上蹿出来的姊妹树。那天埋完莱卡,我好奇地从姊妹树的树干之间向对岸看去,正好看见了对岸森林中那座高出树梢的哨亭,一个背着长枪的士兵正在哨亭中晃动。

十四年后,我来到父亲曾经生活的城市,我不由自主地告诉了热恋中的赵婕一些关于莱卡的记忆。那天,赵婕激动地流下了泪水,她说:"王德海呀王德海,莱卡就是你父亲和叶琳娜阿姨之间的鸿雁啊,就是鱼传尺素中的那条鲤鱼啊。"

"可是我并没有看到莱卡的身上携带过一块小布条或者一张小纸片呀。"我想起了十四年前我姥姥盘问我的话。

"你傻嘛!"赵婕用目光剜了我一眼,嘻地笑了一声说,"王德海,我喜欢你傻傻的样子,你知不知道?"

我喜欢赵婕摄人魂魄的眼神,我愿意在她的眼里傻傻地生活下去,我装作茫然地点了点头。

赵婕把脑袋往我的臂弯里靠,她说:"莱卡的故事好感人啊,王德海,你要带我到乌苏里江边看看它!"

"明年暑假,我就带你去乌苏里江边。"我信誓旦旦地说,"我不但带你去看莱卡,我还要带你去吃乌苏里江的鱼,乌苏里江的鱼可好吃了……"

赵婕笑嘻嘻地说:"大马哈鱼!"

我说:"不只是大马哈鱼,还有鲟鱼、鳜鱼、白鱼,这些鱼又肥又嫩,肉质更是细腻紧实。哎呀,想起这些鱼,我就想起我的家乡了。"

赵婕没有被我的鱼蛊惑住,她说:"呀,还是说说你的大壮吧。"

大壮是这年初秋走的。

埋完莱卡十天后,大壮也不见了踪影。初秋的那天黄昏,母亲从生产队里劳作回来,无意间朝狗窝里一瞧,一群苍蝇在早上她放进狗舍里的食物上起舞。母亲气愤地轰走了苍蝇,发现大壮几乎没动那些食物,母亲就起了疑心。那个黄昏,我一心想成为一名昆虫学家,在门前的缓坡上捉了一只蚱蜢。蚱蜢长了一张马一样的脸,两只绿色的前腿交替着向前屈伸,如果不是交替,让它做到能够同时向前屈伸,就有点作揖求饶的意思了,我在训练它向我作揖求饶。

母亲对着院门外喊了一嗓子:"德海呀,大壮去哪里了?"

我也冲着院门内的母亲喊了一嗓子:"我又不是大壮的弟弟,我哪里知道它去了哪里?"

母亲气乐了,骂道:"你不是大壮的弟弟,我是大壮的妈妈,王德海呀王德海,我咋看你越来越像你爸了呢。"

父亲恰好从缓坡后露出了头,他的脸色阴沉沉的。进入秋天后,他的脸色越来越阴沉,愁云密布。我疑心父亲的脸色是江风和东山山顶毒日头的战果。

父亲顺着缓坡走了下来,他不紧不慢地问母亲:"像他爸咋的了?"

母亲不想和父亲斗嘴,在我童年的记忆里,母亲在斗嘴方面,永远不是父亲的对手。母亲的撒手锏是冷战,她可以一连几天不和父亲说话。但母亲这天没有使出撒手锏,她完全看清了父亲的身后,没有了那只和他一样迈着沉重而悲壮的步伐的大壮,母亲惊呼起来:"大壮呢?"

我手上的蚱蜢挣断了后腿,噌地蹿入草丛中。我跟着惊呼:"大壮呢?"我猛然记起,我这一天都没有见到大壮了。

父亲立刻转身,母亲朝我使了一个眼色,我从草坡上爬起来就跟上了父亲。我们走上了村道,来到了江边,暮归的渔船正往江边停泊,渔业队长葛长山朝父亲喊:"王向林,你咋走得那么快呢?是有鬼撵着你吗?"跟在父亲后面的是我,我听得懂好歹,就怒气冲天地朝葛长山瞪了一眼。水鬼样的葛长山哈哈地笑起来,越笑越厉害,以至于笑得弯下腰来,哎哟哎哟地叫唤着。

我顾不得和葛长山计较,跟着父亲像旋风一样扑进东山埋有莱卡的那片密林。

暮色四布,但天色并没有完全黑下来,被江水洗过的月亮又升起来了,亮晶晶地照在树林的上空。我和父亲几乎同时喊出了大壮的名字,我们家的大壮,它正伏在莱卡的坟上。我们跨上前一摸,它的身子早已僵硬了。

"是把它和莱卡埋在一起了吗?"听完我的讲述,赵婕噙着泪问我。

"当然了,它们是夫妻嘛。"那天的后来,我们取来了铁锹。

埋完了大壮,夜风从江上吹来,凉气袭人,但父亲不肯立刻回家,他摘下一枚白杨的叶子,卷成了叶笛,在东山的山顶咿咿呀呀地吹了好久。

十四年后,我和赵婕的恋情发展得不顺利。

赵婕望着我的眼神使我想起了十四年前父亲吹叶笛的那个夜晚,我看见银白色的月亮在墨绿色的江心不断地沉下去又浮上来。第二年的暑假,赵婕对去不去乌苏里江边仍然举棋不定,她咬了咬嘴唇说:"王德海呀王德海,要是你的父亲一直在哈尔滨多好呀!他为啥要离开哈尔滨呀?"我已经知道了赵婕的母亲不希望自己的女儿将来嫁给一个有着乡下家庭背景的人。

"假如他一直在哈尔滨,也许就不会有我了。"我嘟囔着。其实,我是多么渴望当年的父亲能够一直生活在哈尔滨这样的大城市啊,生活在大城市的人在我这样的人面前,常常有一种天然的优越感,天然的就是与生俱来的,这是没有办法改变的事。赵婕母亲对我们恋情的阻碍,让我想到了叶琳娜的祖国对她和我父亲恋情的阻碍。我对父亲有了惺惺相惜的感觉。

离开了哈尔滨的父亲再回到这座城市是在1986年,这一年距离他离开这座城市已经过去了二十三年。这一年,我大学毕业,没有做船舶行业技术员,而是成了省外贸公司的一名业务员。父亲被人送回了自己曾经生活的城市,这时他已是肝癌晚期,住进了哈尔滨医科大学一院的病房里,身上插满了各种各样的管子。

这是一个深秋的早晨,风卷起一片白桦的叶子贴到窗玻璃上又嗖的一声飞走,仿佛不忍目睹病房内的情景似的。母亲愁苦地看着我说:"德海呀,你说说,这得花多少钱呀?你还没有成家呢,你说你爸咋就得这种病呢?妈要愁死了……"

我安慰母亲:"妈,不愁,我爸还有单位呢,单位不会见死不救的。我爸躺下了,你再愁坏了咋整?你到医院门口去吃点早点吧,再给我带些过来。"

母亲叹了一口气,怯生生地望了躺在病床上紧闭着双眼的父亲一眼,怯生生地出了病房。时光改变了一切,时光让我的母亲已经没有了自己的父亲和母亲,时光也让母亲早已不是生产小队的妇女队长,时光就让母亲在这个早晨这样怯生生地走在深秋的这座城市里。

我看见父亲睁开了眼睛,他那平日里布满血丝且浑黄的眼睛变得异常清澈,那份浊黄和血丝都不知道退隐到了什么地方。我关切地问他:"爸,你还疼不疼?"父亲的嘴唇动了动,后来我就听到了那游丝一般的气息:"莱卡……莱卡……"

赵婕终于跟着我来到乌苏里江边,是在 1991 年,也就是父亲去世五年之后。我们终于冲破了人为的阻碍,走到了一起。那天,我和赵婕追逐着鸢尾花,一直追逐到江边。我们坐在江边的堤坝上,眺望着江心江水形成的一道天然分界线。虽然是夏季,但江上的风是凉爽的。清凉的风从对岸吹过来,吹得江水春心荡漾,它们趁我不留神,涌上堤坝捧住赵婕纤美的脚趾就亲吻一口,我一留神,它们就立刻溜走,一会儿又涌上来,一会儿又悄悄溜走。赵婕兴奋地嬉笑起来,让我更加醋酸得不行,于是我说:"你不是一直惦记着莱卡和大壮吗?我带你去看看它们的坟吧。"

"着啥急嘛,你这个人真扫兴。"赵婕白了我一眼,继续着她与江水的调情。

我站了起来,往东山的方向走了几步,赵婕只好悻悻地起了身。我带着她往东山的密林爬,林子中的蚊子、苍蝇、吸血蠓等像子弹一般朝我们射过来,赵婕吓得尖叫起来,转身就逃。后来,我就很奇怪,在我童年的记忆里,怎么就缺失了东山密林中蚊子、苍蝇和吸血蠓这一页?

赵婕最终还是没有走到大壮和莱卡的坟前。在后来的夫妻生活中,我们却不止一次地谈起了莱卡和大壮,谈起了父亲和叶琳娜。一天,赵婕突然问起莱卡和大壮怎么会没有狗崽子。我大吃一惊,是啊,莱卡和大壮,怎么就没有给我们留下一只狗崽呢?

"也许,莱卡把狗崽留在了对岸吧。"我觉得也不是没有这种可能。

赵婕扑哧一笑,她不相信这种可能性。

"也许,莱卡不想要狗崽吧,它想……"我盯着赵婕的眼睛说,"它想永远地保持自己苗条的身材。"

赵婕踢了我一脚,说:"王德海,你坏死了! 我就是不想要小宝宝,我怕疼呀,我连打针都怕疼,你又不是不知道!"赵婕望着我,叹了一口气,"王德海,你是不是很后悔? 我妈说了,乡下人传宗接代的思想很严重,你要是后悔我们就离婚啊。"她拍拍我的脸。

"我咋还是乡下人呢? 户口本上的我,正宗的哈尔滨市人。"我有些不高兴地说。

赵婕说:"你没有传宗接代的思想?"

我纠正她:"生娃,并不只是为了传宗接代,还是为了国家呀,是为了让我们再一次体验成长的乐趣呀……"

"这么说,你还是后悔了?"赵婕气恼地说。

"我哪里后悔了?"我言不由衷地说。

赵婕不甘心地向我求证:"你真的没有骗我?"

我点头,我知道我又欺骗了赵婕一次。

我和赵婕的婚姻只维持了五年,后来,我就一直单着。我知道生娃的意义,但就是没有找到和我一起生娃的合适对象。我在哈尔滨寻找到当年父亲的同事。我知道了父亲和叶琳娜阿姨在哈尔滨的一些故事。但这个故事是残缺的,它只有上半页,下半页还是一个谜团。

我生于1964年,我在岁数超过父亲在世年龄时想,父亲当年在乌苏里江边一次次守望,叶琳娜阿姨在对岸可曾知晓?父亲既然念念不忘的是叶琳娜阿姨,为何又要娶我的母亲,让我的母亲守望了一生缺少爱情,或者说这种被水稀释了的婚姻?这些都隐藏在父亲下半页的谜团中。

父亲去世后,母亲一直一个人生活,她的身体状况还不错,生活尚能自理。我在一年当中最热的几天休了年假,回到乌苏里江边看母亲。

母亲已经白发苍苍,她见到我,打开的话匣子里全是我小时候的事,莱卡便从她的嘴中蹦出来,母亲的话头便跳到了父亲离世前的那一刻:"你爸咋念叨的是莱卡呢?"母亲沉思了起来。

我说:"那你觉得我爸最应该念叨的是啥呢?"

母亲认真地说:"即使不是我韩秀英,也该是叶琳娜呀!"

我知道母亲也有一个心结,就说:"妈,咱找个机会,一起去对岸看看?"

母亲愣了片刻,仔细地瞅了瞅我的脸色,见我不像是在说假话,就认真地说:"我看电视上说,虎林早就开通了到对岸的旅游班车。你打电话问问,看看这个班车现在还有没有。伊曼城离我们又不远,只隔着一条江嘛。"

我给旅游部门打电话,果然像母亲说的,虎林对俄旅游班车早在2015年7月28日就开通了,但是属于不定时的班车,下一次出行时间无法确定。

知道结果的母亲失望地"哦"了一声。我安慰她:"旅游班车应该经常有的,等下一次时间确定后,我就从哈尔滨赶回来,陪你一起去。"

母亲笑了起来,说:"我也就那么一个念想,你说你爸都走这么多年了,我还惦记他、惦记对岸干啥呢? 我不吃醋,年轻那会儿我就不吃醋! 要不然和自己过不去,哪能活到现在呢!"母亲沉思了片刻,"只是,不知道她到底是个啥样的人,现在还在不在世呢。"

"我爸没留下她的照片,还有书信啥的? 听说还有叶琳娜阿姨的头发呢。"

母亲摇了摇头:"你爸都处理得干干净净的了。"

"哦。"我遗憾地回应了一声。

我知道母亲还是想到对岸去看一看,我更是迫不及待地要去对岸看一看,我也想解开自己的心结。回到哈尔滨后,公司有一笔去符拉迪沃斯托克的业务,派我前往。对方是与我合作多年的外贸伙伴,业务自然洽谈得比较顺利。之后,我向集团公司请示要到距此不远的伊曼市去看看——那是一座让我父亲魂牵梦绕的城市,虽然我的父亲已离世好多年了,但我母亲的心结还在,我自己也想去看看那个我父亲生命中最重要的女人还健在不健在。如果还健在的话,她知不知道我的父亲后来的命运?

领导爽快地给了我两天假,并允许我享受合作伙伴提供的便利。

合作伙伴给我派了一辆丰田牌汽车,司机是老朋友伊万。说是老朋友,其实也就是每次到符拉迪沃斯托克,都由他来接送我。伊万的身材高挑而瘦削,一个通红的硕大的鼻子几乎占据了面庞的三分之一。伊万的岁数比我小了整整十岁,但他脖颈的皮肤已经松弛,下垂得像挂着一圈布,头发花白稀疏,看起来比我还要苍老。我坐在副驾驶的位置上,听伊万又一次讲述他家族的故事,伊万的爷爷原来是白俄罗斯的贵族,年轻时还在哈尔滨生活过几年。只是伊万没有去过哈尔滨,他只去过中国的绥芬河。我问伊万:"想不想到哈尔滨看看?"

伊万认真地说:"当然想啦,那是我爷爷曾经生活的城市,那座城市里也有我的根。"我和伊万一下子默契起来。和祖先有关的地方都是埋根的地方,我来伊曼难道就不是为了寻找父亲延伸到这座城市的一个根须吗?

伊万一边驾车,一边给我唱起了《在森林的那一边》《伏尔加河涌春潮》《田野静悄悄》……让我讶异的是,那么浑厚而优美的歌声竟是来自一个瘦削的胸膛。歌声在车内久久盘旋,我摁下了车窗,歌声就打着转儿飘到了窗外。窗外是一望无际的白桦林和白杨林,蔚蓝的天空中排列着整整齐齐、大小都差不多的絮状白云,大自然的鬼斧神工让人赞叹不已。风裹着道旁林间草木的清香和刚翻开的腐殖土的气息扑进来,让人心旷神怡。

不知是因为汽车行驶的声音还是因为伊万的嘹亮歌声,一只惊慌的狍子从林间跳出,它的后腿挑起了一片纷纷扬扬洒落的泥土和一片片如蝴蝶般翻飞的落叶。

一路车辆稀少,也很少看见农田。俄罗斯的远东地区,植被丰富,人烟稀少,自然环境像欧洲一般优美。车行间,渐渐看见竖立着十字架的墓地、带着尖顶的俄式民居,房屋多了起来,伊曼城——现在叫达利涅戈尔斯克市——到了。

市区不大,路上的车辆和行人也很稀少。伊万把车停在一幢三层的红砖楼前。楼的侧墙上有灰色的整个顶楼那么高的"1900"字样的水泥字,这应该是这幢楼的建成年代吧,那么它到今天也就有了一百多年的历史,这个年纪比我的爷爷岁数还要大。我的爷爷早就不在人间了,它却还在为我们提供服务——我们将下榻在这里。伊万停好了车,快活地说:"王经理,到了目的地,我就要喝他个一醉方休啦。明天下午我在这里等你,咱们一起回符拉迪沃斯托克,保证不会误你的事。"我朝他点点头。我俄语好,就是独身来到伊曼城也不会担心什么。

伊曼城只有五千左右的常住人口,市区的规模更是比不上我们黑龙江省虎林市的市区,这为我寻找叶琳娜阿姨提供了胜算。另外,我也做好了无功而返的打算,第一次来到这座城市,看看这座城市也好。当然,如果能找到叶琳娜阿姨或者有了她的一些线索,那都是最好不过的事了。

种种迹象表明，1960 年 8 月，二十七岁的空气发动机工程师叶琳娜被迫离开中国哈尔滨。年轻的工程师没有回到莫斯科，也没有回到她的故乡塞瓦斯托波尔，而是在与我的父亲王向林有一江之隔的达利涅戈尔斯克生活。人为的天堑阻碍了他们的来往，但有一对狗在一年当中的五个月充当起他们情感交流的使者。这种浪漫而传奇的方式于 1970 年戛然而止，莱卡和大壮再也不能跨越乌苏里江两岸，它们长眠在乌苏里江边东山上的密林里。

叶琳娜阿姨生于 1933 年，那么，到今年也不过才八十八岁，这个年纪的她完全有可能健在，并且就生活在这座城市里，我和她现在正呼吸着同一片空气。没有我的父亲王向林的岁月里，她是如何打发寂寞而漫长的时光的？这么想着，我的心就不由得激动起来。

我向旅馆的服务员打听，她四十岁左右，身材已经显出臃肿的态势来，她告诉我可以称呼她为"卡佳"。卡佳高傲地昂着脑袋微笑着听我描述叶琳娜阿姨，然后微笑着摇头。我没有失望，这都在我的意料之中。

我上了楼，进了房间，拉开厚厚的窗帘，窗外是一片落叶松和白桦混交林，夕晖透过窗玻璃的一角折射到床前的地板上，形成了一个雷电一般的光影标记。原木地板，房间的墙面也是木板装饰的。我把有些疲倦的身躯安顿到床上，脑子却没有休息，我幻想着自己来到了童话中的森林木屋,童话的世界总是充满着奇遇。

恍惚中,我似乎看见了父亲,此刻他正站在对岸的东山上,清澈如水的目光穿过那片落叶松和白桦混交林向我的窗口扑来。我翻身跳下床,扑到窗前,喊了一声"爸",父亲的影子瞬间消失不见。

我七岁那年的夏天,父亲异想天开,想当一名渔民,去乌苏里江捕鱼。大队渔业队只有八只小木船,虽然不像《乌苏里江船歌》里唱的,撒开的没有千张网,船儿也不能满江,但鱼儿满舱倒是常有的事。这年的夏天,对岸的军舰在江面上游弋得格外频繁,我们的渔船如果稍稍越到他们的一侧,军舰就开足马力过来驱赶,甚至发生过扣押我们渔民和渔船的事件,鸣枪示警更是家常便饭。所以,渔业队每次只派出四艘渔船出江捕鱼,在江上也尽量小心翼翼的,不越过江心。

渔业队的渔民有赫哲族的,也有汉族的。无论是赫哲族还是汉族的渔民,他们都说着一样的东北土话,穿着同样深蓝色的土布衣服。渔业队队长葛长山,就是赫哲族的。葛队长家几代人风里来雨里去,一只木船在手中玩得滴溜转。一个生产大队的,父亲和谁都熟,我至今搞不清他为啥要跟葛长山学驾船,他完全可以拜其他渔民为师。也许是父亲觉得,即使拜其他渔民为师,到真正驾船出江时,不通过渔业队队长葛长山能行吗?

父亲在林场无所事事,林场的干部职工对自暴自弃的他也是睁一只眼闭一只眼,所以,父亲有的是时间往乌苏里江边跑。他不学驾船时也总往江边跑,东山山顶的石头已经被他的屁股磨得光滑如镜。父亲跟着葛长山学怎样摇橹、掌舵,跟着葛长山学怎样掉头、转弯,跟着葛长山学怎样靠岸、套绳……一连好多天,父亲像着了魔似的,他对驾驶木船的兴趣超过了渔业队的每一个渔民,他一早上就匆匆出门,到天色昏暗时,才裹着一身汗水和江鱼的腥臭闯进家中。母亲的态度也和林场的干部职工一样,对父亲的所作所为不闻不问,母亲想问也问不出来。我七岁那年,他们之间的冷战持续而频繁。母亲只是在乎家里多了这么一个喘气的活人,和他每个月领回家的工资、粮票、肉票还有油票。母亲偶尔也会从我口中打听父亲的所作所为。有时我能在江边看见父亲,我就把我看见的一五一十地告诉母亲;有时渔业队的渔船往上游或下游驶出老远,我也就对母亲说不出个所以然来。

有一天早晨,我还在睡梦中,突然被母亲的悲愤声惊醒:"王向林,你偷渡到那边,不是挨枪子儿就是蹲笆篱子,你可以不为我着想,可你也不为你儿子着想吗?虎毒还不食子呢,你连你儿子都不管不顾了?"

"笑话,我驾船是为了捕捞江中的鱼,和虎毒不食子有啥关系?"他们之间的这一次冷战结束了,变成了正面的"热"战。

我趿拉着鞋,循着声音走到门口,只见母亲横着一把锄,堵在院子门口。父亲用手拨拉着锄把,妄图越过母亲的阻碍,去江边寻找葛长山。

母亲瞅了我一眼,面对着父亲,像一头狂怒的狮子:"王向林,你是想当渔民吗?你学划船,眼睛只盯着对岸,你不是琢磨着偷渡是琢磨着啥?你偷渡过去试试?!我告诉你,不是挨枪子儿,就是蹲笆篱子!"

父亲不服地说:"啥挨枪子儿、蹲笆篱子的,学划船呢,眼睛不盯着对岸,难道要盯着身后?"

母亲意识到自己斗嘴不是父亲的对手,她扬起锄,猛地一下砸到父亲的脚前,母亲嚣张的气势吓得父亲的脚往后缩了一步。而母亲的话更像一把把铁锄似的劈头盖脸地砸向父亲:"王向林,甭再做你的春秋大梦了。从这一刻起,你就甭想再踏上渔业队的渔船一步了。"

父亲恼火地问:"你规定的?"

母亲说:"你们林场昨天晚上正式通知渔业队了,谁再让你上船,出了问题谁负责?"

"我们林场是咋知道的?"父亲问得有些心虚。

"葛长山呗!"母亲嘲讽地瞅着父亲,"葛长山把你的一切都向林场的书记汇报了,你们林场的书记嘱咐我要好好看住你。"

父亲听完一声不吭,掉转头,钻进屋内,他仰面抱着头在炕上躺了一上午。之后的日子,他再也不提"渔船"这个词。

我意识到那天父亲躺在炕上的姿势就是我刚才安顿疲倦身躯的姿势,我忽然想,那时候的父亲,是真的要划着小木船到伊曼城来吗?

我休息到晚餐时分,夕晖离开了我的房间,消失在树林的尽头,暮色像轻纱一般弥漫开来。我感觉到有些饿了,就顺着楼梯从三楼往下走,我走到服务台前,竟意外地发现伊万和卡佳聊得正欢。伊万不是说他要去喝酒吗?

伊万没有注意到我,卡佳向他做了个手势,他扭头看见我,夸张地大叫起来:"嘿,王经理,你知道我刚才完成了一件什么壮举吗?你压根儿也猜不出来吧。"伊万没有吊我的胃口,"我找到你的叶琳娜阿姨啦!"

"真的吗?"我简直不敢相信自己的耳朵。

"那还有假?"伊万兴奋得脸通红。卡佳则在一旁笑吟吟地看着我。

"啊,亲爱的伊万,你真是我的好哥们儿,和你在一起,我收获了意外的惊喜,那么,请你现在就带我去!"我热情洋溢地说。

"不!"伊万毫不客气地拒绝了我,"王经理,我的确打听到了你的叶琳娜阿姨的线索,不过你现在就去找她可不方便,她和你的父亲一样进了天堂。"

伊万!我的眼神扑地一下灰暗起来。

"不过,王经理,我有了她的女儿苏珊娜,一个单身美人儿的线索。怎么样?晚上,你得请我们吃饭吧。"伊万指了指自己,又指了指卡佳。

我一口答应。卡佳灿烂地笑起来,此刻她那胖乎乎的模样倒有几分妩媚。但卡佳说她不能参加我们的晚宴,她解释并不是工作岗位的原因,是因为她要回家给家人准备晚餐。伊万略显失望地随我进了旅馆的餐厅。

餐厅里卖的无非就是烤肉肠、面包之类,但我特意为伊万点了一瓶艾达龙伏特加。伊万喜欢这个品牌,他一个人就喝干了一瓶伏特加,然后趔趔着回房间休息了。

我却睡不着,我打开微信和母亲视频。叶琳娜是哪一年去世的,伊万也不知道,他通过当地的朋友不太费劲地就打听到了苏珊娜的下落,父亲人生下半页的谜团要等见到苏珊娜才有可能见分晓。

母亲语调平静地说了一个"好"字,想了想又说:"德海呀,明天你站在对岸朝妈这边看看,妈就想知道,都能看到啥。"

我说:"妈,你放心吧,我啥都明白,看到啥我都告诉你。"

母亲说:"好,好……"我感觉这次视频的结尾,母亲有些激动。

早晨,我在鸟雀的啼鸣声中醒来,推开窗扇,深深地吸了一口这座森林小城的空气,看着朝晖像金色的江水一般,一点一点地向林梢浸染。苏珊娜今年多大了？她听说过我的父亲王向林吗？她的母亲叶琳娜是什么时候结婚的？当年我的父亲知不知道她已经结婚了？对叶琳娜阿姨念念不忘的父亲为什么要建立起另外一个家庭？我想了一早上，脑子里仍然理不清一丝头绪。

伊万叫我一起到楼下的餐厅用早餐，然后他驾车带着我出了旅馆。车是往西走，我看见了道旁的树林中有一个高鼻深目、持枪仰视苍穹的苏军士兵铜像，那苏军士兵枪上的刺刀在晨光中仿佛还在闪烁着寒光。接着，车驶过一幢三层的红砖小楼，楼顶上飘扬着俄罗斯的三色旗。伊万介绍说，这就是达利涅戈尔斯克市的市政府。越过市政府，又往西驶了五六分钟，在一幢两层的红砖楼前停住，这是达利涅戈尔斯克市的图书馆，叶琳娜阿姨的女儿苏珊娜在这里工作。

我们下了车，伊万领着我往楼里走。一个保安模样的人走出来，伊万跟他说我们要找苏珊娜。保安示意我们在门旁一侧的长椅上等，他抓起了电话……

我的一颗心激动起来，因为马上就要见到苏珊娜了，她是叶琳娜阿姨的女儿，因为我的父亲，我在情感上也就把她当成了自己的同胞。我突然后悔起来，我这么仓促地来，没有给初次见面的苏珊娜备点礼物，是不是不太合适？

不大一会儿，一个头发金黄、身材高挑的女人威严地走到我们面前:"你们要找我?"

伊万诡谲地朝我一指:"美丽的苏珊娜女士,不是我们要找你,是他要找你。他叫王德海,来自中国。"

苏珊娜的目光向我扫来,寒冷得像冬季乌苏里江的坚冰。我立刻后悔自己为什么要在父亲离世多年后来到这里,有些时候,存个念想比见到现实要更加美丽。无情的事实告诉我,站在我面前的并不是我的同胞,我们有着不一样的肤色、不一样的眼睛,但我已经来了,我只得友好地向苏珊娜伸出手来:"我叫王德海,家乡就在对岸,直线距离与这里不过五公里远。当年,我的父亲王向林与你的母亲叶琳娜是一对恋人……"

"王向林,王德海,啊,我的上帝啊!"苏珊娜没有握我伸出来的手,她尖叫起来,"你终于来了!"她的目光一下子变得柔和起来,"我的上帝啊,王德海,你就是当年那个小男孩王德海?"

"我就是王德海,我小时候叫王德海,长大了叫王德海,现在还叫王德海!"我幽默地说。

伊万快活地挥舞着双手:"嘿! 苏珊娜,这样站着说话可不是一个好主意,图书馆可不是大声喧哗的地方,不如我们找个酒吧,边喝边畅谈往事吧。"

"伊万,找个酒吧也不是一个好主意。"我观察着苏珊娜的脸色说,"等我详细地知道叶琳娜阿姨的情况,等我们回到符拉迪沃斯托克,我让你醉得两天都起不来。"

"醉两天也不是一个好事情。"伊万朝我诡谲地一笑。

"王德海，"苏珊娜向我邀请，"我们去格拉夫斯基吧，那里有我母亲的房子。"

苏珊娜没有开自己的车，她坐到伊万的副驾驶位置。我们往达利涅戈尔斯克市的郊区格拉夫斯基驶去，马利诺夫卡河在一旁时隐时现。伊万的车从一片森林驶入另一片森林，在苏珊娜的指点下，停在一幢木头房子旁边。条石筑成的地基，原木砌成的墙面，房顶铺的是浅蓝色的彩钢板，上面有三个气窗。房子的后面是一处高坡，高坡上长满了白桦。

"从中国回来后，我的叶琳娜妈妈就来到了这里，她成了一名军械师，生活总体上还算不错。"苏珊娜一边说着，一边打开了木屋的门。屋子不小，有客厅、两间起居室和一间储藏室，房间里一尘不染，让人疑心叶琳娜阿姨并未远去，至今还生活在这里。

客厅的墙上挂着一张中年女人的照片，她一头金发，欧式的眉眼，深蓝的眼睛像乌苏里江的水一般澄澈。我通过这张照片能想象出她芳华岁月里的美丽，不用猜，她一定是令父亲魂牵梦绕的叶琳娜阿姨了。我注视着她，她似乎也在朝我微笑。

"这就是叶琳娜阿姨吧？"我还是不放心地问了一句。

苏珊娜点点头。我发现，照片上的叶琳娜阿姨鼻尖微微向上翘起，显得俏皮又有些桀骜不驯，苏珊娜的鼻尖长得可不像她。

见我的目光在照片和她的鼻尖间闪烁,苏珊娜坦然地说:"王德海,我能猜出你的疑问。其实,叶琳娜妈妈并不是我的亲生母亲,我是她的养女。我的父亲在一场战争中没了,后来我的母亲也没了,不是因为战争。"苏珊娜耸耸肩,微笑着说,"就是这样,我就成了叶琳娜妈妈的养女。"

"你现在还常常来这里?"我转换了话题,"叶琳娜阿姨是哪一年走的?"

"1987年。"苏珊娜蹙着眉头,两只思索的眼睛像鹰隼一般地严肃,"1986年的秋天,她再也没有收到王向林的消息,写给中国的信也没有回音,第二年春天她就去了一趟中国的哈尔滨。那时候,你知道的,王德海,我们两国的关系虽然没有像现在这么融洽,但也缓和了。我的叶琳娜妈妈在哈尔滨得到了王向林去世的消息,就没有再谋划去乌苏里江边。她是春天回来的,这年的冬天我的叶琳娜妈妈就去世了。"

我默默地向叶琳娜阿姨的照片鞠了一躬。

"王德海,我的叶琳娜妈妈已经去了天堂。"苏珊娜望着我的眼睛说。

"我知道的,我的父亲王向林也去了那里。"我有好多的疑问迫不及待地需要解答,"苏珊娜,我的父亲王向林,当年也和你的叶琳娜妈妈通信吗?"

"当然啦,我的叶琳娜妈妈把它们都保存了起来。"

"这些书信现在还有没有?能不能让我看一眼?"我感觉自己有些呼吸困难似的,在我童年的记忆里,我从来就没有见过叶琳娜阿姨的书信,哪怕是一张小纸片。我猛然想起了父亲手中的卷烟,莱卡或大壮带回来的纸片莫非早就在东山的山顶化成了灰烬?那些正常的、经过检查的书信,也许父亲在病重前也托付给了一缕青烟吧。

苏珊娜看了我一眼,口气严肃地说:"王德海,我的叶琳娜妈妈珍藏了半个世纪的东西,你刚来就要看,这可不成。"

"那得到什么时候?"

"你们中国有个三顾茅庐的故事,你要想看到王向林的书信,最起码也得第三次来的时候吧!"苏珊娜用鹰隼一样的目光紧紧地盯着我。

我只好无奈地说了一声:"好吧。"

"你的母亲是个恶魔,不过她也是王向林能够在乌苏里江边待下来的理由。"苏珊娜的话题跳到了我的母亲身上。

"不!"我愠怒起来,"我的母亲是一位伟大的中国女性,她善良、坚忍,富有同情和爱心。"我望着苏珊娜,语气缓和下来,"你无法理解的,苏珊娜,就像我无法理解你为什么要选择单身一样。"

"哦!"苏珊娜摊开手,"王德海,那是我的自由,没有人可以干涉。"

伊万朝我诡谲地眨眨眼睛,他在壁橱上发现了一瓶伏特加,拿下来问:"美丽的苏珊娜女士,我可以尝尝它的滋味吗?"

苏珊娜朝他点了点头。伊万就大大咧咧地坐到客厅的桌子旁,毫不犹豫地打开了瓶塞,就像喝矿泉水一般对着瓶口喝起来。

"伊万,你不能饮酒,你一会儿还要开车呢!"我试图阻止他。

"一点问题都没有,王经理,我会掌控好自己。"伊万又美滋滋地啜了一口,"再说,王经理,你不是也会开车吗?"

"我还没有在俄罗斯开过车呢!"我恼怒地说。

"没关系,王德海,既然他是一个离不开酒的男人,那何不就让他喝个够呢?"苏珊娜说,她的目光又变得柔和起来,"王德海,你知道吗?我认识你小时候的样子。"

"可我从来没有见过你!"我喃喃地说。

"我相信你说的是事实。"苏珊娜打开了另一扇壁橱的门,从里面取出来一个笨重的苏联时期的军事望远镜,"跟我走,王德海,你心中的谜团马上就要解开了。"

我随着苏珊娜出了木屋,沿着石砌的台阶往屋后的坡上走,白桦的树上张开了一只只深情的大眼睛。我们走上了坡顶,乌苏里江就在眼前,波光粼粼,江水无声无息地流淌。

"那年我六岁,我亲眼看见莱卡跃过了浮冰,我的叶琳娜妈妈也看见了。那个夏天,它再也没有回来,它就埋在对岸的林子里,我看见了,我的叶琳娜妈妈也看见了。"苏珊娜说,往事像一股雾气,弥漫在她深蓝色的眼眸里。原来,她和我是同一年生人。

又有一个疑问迫不及待地从我胸中喷薄而出:"莱卡和大壮,它们没有留下后代吗?"

"你的父亲没有告诉你吗?"苏珊娜惊奇地望着我,"我的叶琳娜妈妈说,它们在哈尔滨时就做了绝育手术。"

父亲从来不告诉我他在哈尔滨时的故事。"那是为什么呀,苏珊娜?"我心中的一个谜团刚解,又生出了另一个谜团。

"那得问你的父亲王向林和我的叶琳娜妈妈。"苏珊娜意味深长地剜了我一眼,这眼神使我想起了赵婕,我一时无语。

"我的叶琳娜妈妈常常站在这里,有了这个望远镜,她觉得王向林和他的小男孩都生活在她的日子里……"上午的阳光照在苏珊娜的身上,她身上的香水气味似乎更加迷人了。

"王德海,你不想试试吗?"苏珊娜举着那个老式的军用望远镜说。

我朝她点点头,她把望远镜递给我。我举起来,用不着调焦距,对岸就在眼前,那个被我的父亲唤作东山的山顶就在眼前,那块被父亲的屁股磨得光滑的石头就在眼前,我泪眼模糊,仿佛父亲正坐在石头上,朝着我深情地凝望,他的一左一右蹲着大壮和莱卡,也有童年时的我。我睁大了眼睛使劲朝对岸看,父亲和大壮、莱卡以及童年的我都没有了踪影,东山那片树林似乎还是我童年时的样子,一点都没有改变。

突然,我看到一位老年妇女,她步履艰难地从树林中露出头来,她的身形一点一点地显现,后来她站到那块光滑的石头跟前,弯着腰喘了一会儿气,渐渐地直起腰来,那是我的母亲。她仿佛知道我正在凝视着她,脸上的皱纹渐次舒展开来,像一朵正在开放的雏菊。她抬起手,迟疑了片刻,终于挥了起来,她是在朝我挥手,也是在朝对岸挥手。我也朝母亲挥了挥手,我知道她看不到。我和她现在就像在隔着两个时空对话,我禁不住潸然泪下。

"哈哈,这可是一个谈情说爱的好地方……"醉鬼伊万摇摇晃晃地沿着石砌的台阶爬上来,他那硕大的鼻子像在舞蹈,"美丽的苏珊娜一直未婚,帅气的王经理也还单身,你们这是多么般配的一对啊……"

"别胡说,伊万,我和苏珊娜女士只是……只是兄妹!"我本想冲着伊万吆喝,从胸腔中发出来的声音却被林间的风吹得绵软。

"我们是兄妹吗,王德海?"苏珊娜盯着我的眼珠说。

我不知道怎么回答,我还没有问过她是几月份生人。

苏珊娜笑了,她望着我,碧蓝的眼波里,乌苏里江的水正在轻柔地漫出,它一下一下地拂动着我的童年、我心尖上小小的草,让我的一颗心瞬间也软化在这一片柔软的波中。

(原载于《大家》2022 年第 2 期)

卡 桑

晚饭后,我向汪珍妮请好假,邀请美慧姐到乌苏里江边的一家茶馆。

江天多云,半轮月亮在厚薄不匀的云层间沉浮,秋天的江水在窗外低沉地呜咽着,一声接着一声的,仿佛在回应我俩此刻的心境。

茶室小巧玲珑,我们隔着桌子相对而坐。她比我大三岁,脸上化着精致的妆容,满头乌发中影影绰绰地映射出几根银丝,年龄看起来和我们镇上四五十岁的女性差不多。单从相貌上判断,没有谁相信美慧姐的年龄已近六十岁。

隔着桌子,她的哀愁隐藏在礼节性的笑容里,习惯性地——对,就是习惯性地朝我鞠了一躬,示意我的讲述可以开始。

于是,我就说了起来:"伯父的阿尔茨海默病前兆应该是有的。现在回想,应该是在五年前,打从养那只山羊时就已经出现了。"

美慧姐不动声色地听着。上午,我们刚把周伯——她的父亲——送进了公墓。我看了她一眼,讲述在继续:"就是下午,你见到的那只羊,它长了一身细软又有些蓬松的白毛,犄角弯弯地向后,耳朵尖尖地朝前。你下午见到它时,它的犄角差不多完全是灰褐色的了。五年前,我刚看见它时,它的犄角还是粉红的颜色多一些,胡子也没有现在这么长……"

五年前的那天,我从吉林出差回来,给周伯捎了两袋当地产的松茸。自从十年前周伯的老伴儿李婶去世后,在日本定居的美慧姐就委托我平日里多照看一下她的父亲。

我家和周伯家是乌苏里江小镇上的邻居,我们两家共用一堵侧面的院墙。我们的父亲从小在一起光屁股长大。七年前,我的父亲与疾病抗争失败,离我们而去后,伤心至极的母亲住进了哈尔滨我姐姐家。我参加工作后,就一直住在县城里。所以,从我母亲到了哈尔滨后,我家的老宅子就渐渐荒芜了。夏天,充当院墙的木栅栏上都长出了一嘟噜一嘟噜白色的蘑菇,院子里也是杂草丛生,野兔们把这里当成了自己的乐园。

我记着美慧姐的嘱托,只要有时间,我就会从县城回老宅来看看。从县城开车回来,大约需要四十分钟。

五年前的那天,我第一次见到那只羊时,它正在周伯家的门前,也是我家门前的草坡上吃草。草坡平缓,站在我家或周伯家的院门前眺望,孩童的目光都可以越过坡顶看到一片白桦林的林梢,白桦林就生长在草坡那一边的坡底,那一边的草坡不像我们门前的这侧这么平缓。

那是6月的一天,蔚蓝的天空上飘荡着两三朵絮状的白云。草坡上的鸢尾花已经开出了东一簇西一丛的紫色花朵,通泉草的花是黄色的,草地一片芬芳。周伯像一个小孩子似的坐在那只羊的旁边,屁股底下垫着一顶白色的遮阳帽,像羊似的嘴里在有滋有味地咀嚼着一根草茎。

刹车声惊动了那只羊,它抬起头来,瞪了我一眼,方形的瞳孔让我一阵毛骨悚然。我是第一次注意到山羊长着一双方形的瞳孔,大白天的,让我有足够的勇气生出好奇,我往它跟前走了几步。它看见我逼近,四蹄不安地在周伯身边动起来。周伯从地上慢慢地站起来,一手抓起那顶皱巴巴、沾染了草汁和泥屑的白色遮阳帽,一手捏着还在嘴里咀嚼的那根草茎,疑惑而又怒气冲冲地朝我走过来。

我摘下了太阳镜,好奇地问:"周伯,你咋养上羊了呢?"

周伯听见我的声音,迟疑了一下,停住了脚步,他仔细瞅了瞅我的脸:"是大成啊!"他露出几分羞涩的表情说,"我呀,还不是闲得慌嘛!养只羊,好和它说说话。再说,我不是喝羊奶长大的吗?"

这个我知道,周伯是日本遗孤,他的父母是日本侵华时"开拓团"的成员。周伯至今还记得,日本投降大遣返时,他的母亲曾用山羊的奶喂过他。周伯的父亲池田次郎死在遣返的途中，母亲池田美子遣返后的信息至今不详。

"美慧姐不愿意回来，您又不愿意到她那地方常住，您说您去美慧姐那地方多好呀！当然条件方面是另一说了，关键是天天守着自己的女儿，那不就跟守着春天一样嘛！"

周伯委屈似的说："大成啊，连你都这么说。我不是不想守着美慧，可你美慧姐现在又要照顾丈夫又要照顾孩子的，她也不容易呀。再说，舞鹤那地方又潮湿又闷热，去一次就起一身痱子，语言又不通，去了感觉自己像个怪物似的。大成啊，哪儿好都不如自个儿的家好呀！"

我点头："也是，您说得对！微信视频会了吧？反正通过微信视频也能和美慧姐天天见！"

"会了，会了，可视频毕竟和在身边不一样啊。"周伯诚恳地说。

我笑着说："那您又不愿意去那地方常住。"话又绕了回来。

五年前，我的职务已经由县政府一个职能局的副局长提拔为局长了。工作比以前忙了许多，我只能偶尔回到乌苏里江小镇一次，如果一定要说频率，大概十天半个月总能回来一次吧。

"五年前，伯父还没有管它叫'卡桑'。管它叫'卡桑'是两年前的事，我亲耳听见伯父喊它'卡桑'，究竟是从哪一天开始喊的，我也说不清。我粗心得很，没有照顾好伯父，请美慧姐多多原谅。"

"大成,要说请求原谅的话,该是我才对。"美慧姐凄怆地笑了一下,"和我爸视频时,我也见过这只羊,只是我没有亲耳听见我爸管它叫'卡桑',我听护工孙姐说过几次……"

周伯的"卡桑"就是他的亲生母亲了,日本小孩管自己的母亲叫"卡桑",这个词留存在他的记忆里,一生都没有忘掉。"你在那边还是没有一点亲生奶奶的消息?"

美慧姐轻轻地摇了摇头:"我爸上次来寻亲,厚生省的工作人员对他说,要想找到自己的亲生母亲几乎是不可能了。即使奶奶还活着,即使就生活在日本,从行政手段到科学 DNA(脱氧核糖核酸)认定都有很多程序要走……"美慧姐难受起来,她低下了头,顺直的头发纷披下来,露出了一截细瘦、苍白的脖颈。

那个肤如凝脂、光洁的脖子闪着细瓷一般迷人光彩的十七岁的美慧姐,隔着四十一年的时光,浅浅地笑着向我走来。

1981 年,周伯的叔叔从京都府写信过来,欢迎周伯一家回日本定居。我的邻居周美慧,已经把自己的名字改成了池田美慧。

我听到这个消息时,一股寒气从心底升起来,惊得嘴巴半天都没合上。我的亲姐傅彩霞比我大五岁,是个书虫,不愿意带我玩。1981 年的时候,傅彩霞已经考进了哈尔滨工业大学。

我从小和美慧姐在一起玩。有一年,大概是我八岁的时候吧,应该是在美慧姐家的院子里,是个冬天,外面的雪下得足有两尺厚,屋子里的火炕烧得热乎乎的。我当时应该是和美慧姐在画年画儿玩,头顶着头的。我母亲和李婶盘着腿坐在炕头,一边纳着鞋底一边开着玩笑:"将来就让你家美慧嫁给我家大成,咱两家亲上加亲。"

我父亲和周伯听了都呵呵地乐。

美慧姐面红耳赤。我心里美滋滋的,嘴上却说:"美慧姐比我大三岁呢!"

李婶一本正经地板着脸对我说:"那不正好?女大三,抱金砖!"

美慧姐听了,羞得拉开屋门就往外跑。我也抽身跟着她往外跑,寒风裹着雪粒砸得脸生疼。

我母亲指着我笑弯了腰,上气不接下气地对李婶说:"完犊子了,有媳妇儿就不要娘了,现在就跟媳妇儿跑了。"

如果不是1981年,如果周伯一家没有接到叔叔的邀请信,没准我长大后,真就娶美慧姐为妻呢!

可是1981年的那个夏天,就把我年少时的心事变成了一个绮丽的梦。

1981年的周伯,的确有去日本定居的打算。他不仅把自己的名字"周正太"恢复成了"池田正太",还将自己的老伴儿李淑兰改名叫池田樱子。1981年的时候,我们乌苏里江小镇还没有成为"镇",叫村,李婶是村小学的老师,李婶的身上一点日本的血缘都没有。李婶舍不得离开乌苏里江边,舍不得离开乌苏里江边的孩子们。那个夏天,她不止一次来到我家,拉着我母亲的手,叹息着说:"我哪里愿意去呀,我是不忍心往正太的热乎劲儿上泼凉水啊。"

我母亲抓着李婶的手,像马上就要生离死别似的,眼泪汪汪地说:"可不是咋的,那是人家的祖国呀。他婶儿,你到了那边可记得给我写信呀!"

那时候,我们已经从电视里看到了日本的飞速发展,新干线时速达到二百一十公里,而我们县城开往牡丹江的绿皮火车时速只有四十公里。

美慧姐每天都是笑盈盈的,她的身体是轻盈盈的,走起路来都给我要飘上天空的感觉,新的天地让她欢呼雀跃。

我心里不舍地问:"美慧姐,你真的要去日本吗?"

美慧姐笑盈盈地纠正我的说法:"不是去,是回!大成,是回!"

我更加失落了:"那你回去就不回来了吗?"

美慧姐笑盈盈地看着我,说:"放心吧,大成,我会回来看你的。再说,你将来也可以去日本呀。"

我嘟哝道:"我去日本干啥?我爸又不是日本遗孤。"

美慧姐笑了起来,她拍了拍我的脸蛋。那年我十四岁,身高刚到一米六;十七岁的美慧姐的身高其实和我差不多,但马上就要去日本的她,穿上了我们乌苏里江边不曾见过的高跟鞋,她就比我高出一截。她拍我脸蛋时,略略弯着身子,一截像细瓷一样光洁的脖颈让我瞬间有了头晕目眩的感觉。我十四岁时,生理上已经成人了,美慧姐拍我的脸,我就顺势把脸埋进美慧姐软软的胸口,但美慧姐很快地、依然是笑盈盈地推开了我。

那个夏天,周伯一家三口坐着时速四十公里的火车到了牡丹江,然后从牡丹江换乘时速一百公里左右的火车到了辽宁大连,那里有座大连周水子机场,有航班直飞日本。

那个夏天异常短暂,现在回忆起来,一个夏季在我的脑海中只缩成了两个整天:一天是我顺势把脸埋进美慧姐软软的胸口,我闻到了一股香甜、迷人的气息,美慧姐很快笑盈盈地推开了我;一天是周伯一家从我们乌苏里江小村出发,我们一家人去村里的汽车站送行。乌苏里江小村后来变成了乌苏里江小镇,我们镇上到现在依然不通火车,要坐汽车到县城,县城才有通往哈尔滨和牡丹江的火车。送行时,我的父母对周伯一家说了些什么,周伯一家又对我的父母嘱咐了一些什么,我现在再怎么努力回忆,脑子里都是一片空白,打捞不到一丝残存的记忆。

我的记忆里,只有那天上了车的一张娇艳的、像春蕾一般绽放的脸,那张脸常常在我的脑海中翻卷,越翻卷越清晰:美慧姐穿着一件月白色底、开满粉红碎花的连衣裙,去县城新烫的一头蓬松卷曲、台湾明星邓丽君那样的发型,衬得她的面容比乌苏里江边最美的一朵花还要美上十分。

那天,上了车的美慧姐的心一定飞向了日本,她并没有什么话要嘱咐我,只是笑盈盈地贴着车窗玻璃向我招了招手。公共汽车启动了,车轮卷起一阵铺天盖地的尘土,向我兜头扑来,我闻着、品尝着尘土那苦涩而又咸腥的味道,懊恼地想,这么漂亮的美慧姐咋就那么心甘情愿地去呢?咋就再也不回来了呢?

我暗暗起誓,等我将来长大了,我一定要从日本娶回一个像美慧姐一样的美丽女子,我想我还要带着那个女子,去一趟日本找美慧姐,让美慧姐看一看。我长大后,偶尔回想起这一幕,为自己当时的心理大吃一惊,我当时为什么想着将来要带着那个美丽的女子去找美慧姐,让美慧姐看一看?我当时的心理,现在我也解释不清楚。

当然,我长大后,并没有娶回一个日本女子,我娶的老婆叫汪珍妮,土生土长的黑龙江人,我在哈尔滨上大学时认识的她。刚和汪珍妮谈恋爱那阵,有时我希望她也像美慧姐一样,是个日本遗孤的后代,那我将来也就算娶回一个日本女子了。但汪珍妮不是,她的父母和我的父母一样,都是土生土长的黑龙江人,一点日本人的血缘关系都没有。

那天,回到家中,我母亲和我开了一句玩笑:"完了,媳妇儿飞走了,看她那喜滋滋的样子,再也不会回来了!"

我黑着脸,一声不吭。

秋天了,我们开学了,这是我初中阶段的最后一个学年。如果来年考上高中,我就要远离乌苏里江小村,到城市——我们的县城去。那时候,到县城的公路是用石子简单铺就的,公共汽车沿途走走停停,去一趟县城,至少需要两个小时。

我猛然意识到,只有去县城读高中,才有机会去省城读大学;只有去省城读大学,将来才有机会去日本,才能在日本找到美慧姐——我情窦初开时的美慧姐。

这个学期,我的学习成绩突飞猛进。我的班主任老师大惑不解,他默默地观察了我好几个星期,得出的结论是我家有良好的遗传基因——我的姐姐就是一个学霸。我的班主任老师压根儿不明白,一种勤奋学习的内驱力像稗草一样在我的内心深处滋生、蔓延,没有人能清除得了。

那一年的秋天,留存在记忆中的也很短暂。记得庆祝完国庆后没两天,狂风就在一天半夜里刮了起来,刮得白杨、白桦还有野山楂树的叶子满天乱飞。早上,风小了些,我家的门前和周伯家的门前都堆满了枯枝败叶。我从家往学校走的时候,彤云密布的空中开始飘起雪花。早上的雪下得也不大。等到放学的时候,风又大了起来,风裹着雪花和树叶铺天盖地地曼舞。我在风雪中低着头,趔趄着身子,像逃兵似的从学校一路逃回了家。

"大成回来啦!"我闻声大吃一惊,咋是李婶的声音呢?可不是嘛,周伯和李婶都盘着腿坐在我家的炕上呢。我的父母也盘腿坐在炕上,他们正在热火朝天地聊天,屋子里弥漫着劣质烟草的气味。周伯和李婶不是到日本定居了吗?咋回来了呢?

两个多月没见,周伯和李婶脸上的皮肤都似乎白净了许多。周伯上身穿着一件土黄色的夹克衫,下身穿一件暗黄色的裤子;李婶上身穿一件双肩带一溜黑色暗花的驼色呢绒衫,下身也是穿着一件暗黄色的裤子。若干年后,周伯夫妇俩穿的裤子的布料才在我们乌苏里江小村流行起来,那是水洗布面料。

我乍一见从日本回来的周伯和李婶,感觉两人打扮得都很洋气。而我的父母,穿的都是我母亲自己裁剪缝制的中山装。我父亲穿的是一件蓝面的棉袄,下身一条黑色的棉裤;我母亲穿的是一件蓝底带碎花的棉袄,下身也是一条黑色的棉裤。假如周伯一家没去过日本,此刻的他们也一定是和我父母一样的装扮。

此刻他俩都慈祥地望着我笑,我居然没有向他们问好,脱口而出的竟然是:"我美慧姐呢?"

李婶平静地说:"你美慧姐就不打算回来了。"我从她的脸上看不出,对美慧姐不回来,她是高兴还是懊恼。

"那你俩咋回来了呢?"我傻愣愣地问。

我母亲又和我开了一句玩笑:"完了,大成,媳妇儿不回来了,你上日本去找她吧。"我母亲不合时宜地往我的伤口上撒盐,所以有那么几年,我一直怀疑我是不是她亲生的。因为我的周伯就不是我的袁奶奶亲生的。

李婶怜爱地掸掸我衣服上的雪花。恍惚间,李婶和我母亲在我这里进行了一种角色的置换。

周伯挠了挠头,展现出我很早就熟悉的羞涩表情说:"我俩,"他指指李婶,这指示很多余,"语言不通呀,到了那边啥都学不会,说好的工作吧,就是在木材厂当机械工,我俩一合计,还不如回来呢!"

我不依不饶地问:"那我美慧姐语言就通啊?你俩回来咋不把她领回来呢!"我气愤起来,也不管我母亲开玩笑不开玩笑的,眼里竟涌出了泪水。

李婶柔声说:"大成啊,好孩子!是你美慧姐自己不肯回来。她年轻,学啥都学得快,适应能力也比咱强。人家那边,毕竟比咱们发展得好嘛。"

我母亲大约是觉得自己不该跟我开那句玩笑,她换了安慰的语气说:"大成啊,你该为你美慧姐感到高兴才是,那里才是她的家乡啊。放下书包写作业去吧!"

我一点都高兴不起来。我一声不吭地钻进了后厨,那里炕火烧得正旺。我趴在我家的餐桌上认真学习,暗暗发誓,一定要通过自己的努力,在不久的将来,去日本,去找美慧姐,去把美慧姐接回来。

周伯夫妇俩从日本回来的这一次,我们村上的人把他俩在日本的情况作为谈资,翻来覆去地咀嚼,足足咀嚼了一个多月,一直咀嚼到 11 月末。11 月末的时候,乌苏里江的江面已经冻成了厚厚的冰。有一只不按常规冬眠的大黑熊趁着夜色从对岸大摇大摆地走过来,走到我们村子东头老孙家的院子里偷苞米。我们村子里的人,秋收后都喜欢把苞米棒子囤积到自家院子的一角,高高地囤积在一起,形成了苞米囤。苞米囤的顶部蒙着塑料薄膜,密不透风的,防止雨雪打湿。而苞米囤的四周则是用板条和木棍搭建的,四面通风,这样便于苞米自然风干,不会发霉变坏。来年春暖花开的季节,我们村上人就去粮食收购站卖掉干透了的苞米,换取新的一年春耕的物资。

这只胆大妄为的黑熊大模大样地走进老孙家的院子里。老孙家有院门,那时候,我们村里人家的院门也都是用板条钉起来的。黑熊只一掌就劈坏了院门,再一扯就把院门扯到了一边,直奔苞米囤,连啃带扔,弄得院子里噼啪直响。老孙没想到会是黑熊,拿着木棍怒冲冲地开门擒贼,见到是黑熊,自己先惊呼起来,想躲,黑熊已经一掌拍到老孙的脸上,老孙的半张脸立刻血肉模糊。黑熊落荒而逃。我们村子里的人说,如果黑熊不是做贼心虚,一巴掌下来,老孙的命都可能没有了。还说,那只黑熊没按常规冬眠,可能是没有储备过冬的食物,饿极了才铤而走险。11月末以后,黑熊拍了老孙的脸这事就成了我们村上人的谈资。

老孙的半张脸后来变得紫红紫红的。但我对老孙的脸不感兴趣,我把我父母在饭桌上的闲谈拼凑起来,渐渐拼凑出周伯夫妇在日本两个多月的生活情景。

周伯一家见到了他的叔叔,但是没能查找到他母亲的一点消息。他的叔叔也向相关部门和民间团体提出了寻找线索的申请。周伯觉得还有一种可能,他的母亲也许没能回到日本,而是像他父亲一样也死在归国的途中,这种可能性很大,但在遣返者死亡名录上找到了他父亲的名字,却没有他母亲的一点蛛丝马迹。寻找当年与他父母一起被遣返的人,询问他的母亲究竟去了哪里,得到的也总是似是而非的线索。

舞鹤市属于京都府,周伯的叔叔在那里经营着一家木材厂,日本那边管木材厂叫"木材株式会社"。周伯的叔叔把来到日本的周伯一家,安排在株式会社的"寮"里。"寮"就是宿舍,周伯的叔叔不知为啥不肯让周伯一家人住进自己的家里。

叔叔的意思是,周伯夫妇俩可以在他的木材株式会社工作,做一线的工人。叔叔有自己的儿子,他的目的自然不是把周伯培养成自己的接班人,而是让周伯从一线工人干起。

夏天的舞鹤市潮湿、闷热,哪像乌苏里江边,既干燥,又凉爽,而且住在寮里的李婶格外思念我们村里小学的孩子们。9

月开学季一到,她就常常和周伯念叨:"不知道现在是哪个老师代替我?"有一回李婶从梦里惊醒,直呼一个叫"张建国"的学生的名字,她梦见这个学生被乌苏里江的水吞噬了,在江流的拍卷中露出了一张惊慌失措又在高喊救命的脸……她从梦中惊醒,额上依然大汗淋漓。

周伯也不适应木材株式会社一线工人的工作,他在我们乌苏里江小村做乡村的农业技术员,他的梦里不是水稻扬花就是苞米抽穗。另外,夫妇俩还忍受不了打量他们的同情、厌恶、好奇交织在一起的目光。两个月后,夫妇俩在寮里商量,决定回国。当他俩征求美慧姐的意见时,美慧姐却不愿意改变自己的初衷。

在日语语言学校里学习的美慧姐,发自内心地喜欢她的同学,喜欢她的老师,喜欢她的叔公,喜欢舞鹤市,喜欢日本的一切……

周伯第一次向叔叔提出要返回中国时,叔叔稍显惊讶,但并没有明确反对。他第二次向叔叔提出要返回中国时,叔叔一点惊讶的神色都没有,表示尊重他俩的选择。叔叔要送给他俩一笔钱。周伯没有接受这笔钱,但他向叔叔提出,希望他俩回中国后,能让美慧住进叔叔家,他们唯一担心的就是让她一个人继续住在寮里——一个女孩子,不安全。叔叔愉快地答应了,并抱歉地向周伯解释,自己的夫人有洁癖,正在逐渐熟悉日本人生活习惯又有血缘关系的美慧住进他们家,他的夫人一定是欢迎的——叔叔的话不能去琢磨,一琢磨,周伯夫妇俩还要生一场闷气。

美慧姐就这样留在了日本。那年冬天,周伯夫妇俩来我家串门,只要一提到美慧姐,他俩就表示过一两年还要去日本看看她,一个女孩子离他们那么远,不放心呀。将来退休了,他俩也会去那边多住一段时间,但一定不会选择去那边定居。

李婶李淑兰的日本名字"池田樱子"就这样藏在了她自己的记忆中。李婶重回我们村小学做老师,没费什么周折,但也不是一回来就做了老师,而是等到了第二年春季,一个新的学期开始。

记得第二年,周伯夫妇俩并没有去日本看美慧姐。那时候也不像现在去日本这么便利,再加上周伯夫妇俩还没有退休,时间上也不自由。

我记得我父亲打听过周伯生母的情况,周伯摇摇头,说如果有他母亲的蛛丝马迹,美慧一定会写信告诉他。记得那时候,周伯并没有喊自己的生母为"卡桑",而是像我们乌苏里江小村的人一样,都喊自己的母亲为"娘"。

这一年的秋季,我如愿以偿地考进了县城的高中。我们班只有五位同学考进了县城的高中,剩下的同学全都告别了自己的学生时代。在我们乌苏里江小村的时候,美慧姐并没有考入高中,十六岁那年,她初中毕业,十七岁时就去了日本。

这个学期,我在县城的高中收到了一份来自远方的意外惊喜——美慧姐给我邮来了一封祝贺的信,信里还有一张她自己的照片。两年不见,她的发型已经不是车站送别时的烫发卷了,而是一个齐肩的顺直发型,一侧的发丝掠在耳后,一侧的发丝垂在耳前。照片上的美慧姐上身穿一件蓝底上芍药花怒放的短袖,脖子上系着一条浅蓝色的丝带,下身穿一件比丝带颜色稍深一些的蓝色过膝裙,明眸皓齿地站在一扇日式窗前望着我笑。信的末尾,美慧姐说她也在读高中。美慧姐鼓励我:"加油,大成,我在京都等着你!"

我把美慧姐的照片藏在我的枕头底下,一有空闲的时候就情不自禁地翻出来看。有个好奇心很强的室友趁我不小心时掏出了这张照片,惊呼我高一时就有了这么一位漂亮的女朋友。那时候,我虚荣心极强,听了心里美滋滋的,也没怎么跟他辩解。这事很快传到了班主任老师的耳里,他进了宿舍没收了这张照片。无论我如何哀求、解释,班主任老师都无动于衷,不肯还给我美慧姐的照片。一直到我高三毕业,接到了黑龙江大学的录取通知书,兴冲冲地向班主任老师报喜时,这张珍贵的照片才失而复得。后来我把这张照片夹在一本书里,一直带到了哈尔滨。

我考上黑龙江大学了,我从周伯那里得知,周伯的叔叔也送美慧姐上了大学。美慧姐读的是京都女子大学的教育学科,专攻音乐教育学。到哈尔滨上学后,我难以按压激动的心情,尝试着往京都女子大学教育学科写了一封信,一个学年都过去了,却没有收到美慧姐哪怕只言片语的回复。

周伯夫妇俩再去日本,是在我大三学年结束刚放暑假的时候。我本来有机会为周伯送行,但那年暑假我认识了汪珍妮,我俩决定在哈尔滨边做家教边走遍哈尔滨市的大街小巷。等到暑假快结束时,我挨了亲姐傅彩霞一通痛骂才回到了乌苏里江小村我父母的身边。我从我父母的聊天中,知道周伯夫妇俩已经去了日本,我就一下子想起了美慧姐。

我母亲不再开我和美慧姐的玩笑,她说:"你周伯家装是装了电话,可那国际长途的费用超贵,美慧也在读书,一年能往家中打几个电话?不打电话也还罢了,一打电话,你周伯就更想她了。尤其是你李婶,想美慧想都哭了好几回。"

我父亲说:"亲生的骨肉嘛,心连着心。"说着说着,我父亲又批评我母亲见识浅,"你以为老周只是为了看美慧?当然,美慧是要看的。他还得寻找自己的娘呢!"

我母亲叹了一口气说:"老周总惦记着找娘呢!"边说边剜了我一眼。

我装作没看见。我是在暑假的末期回到了乌苏里江小村,我在我家一共只待了三天。汪珍妮从县城发来呼唤,我立刻欢呼雀跃地奔向了县城,我俩从县城坐十五个小时的火车,回到了哈尔滨,迎接我们在大学时代的最后一个学年。

后来,我在记忆中把我父母关于周伯夫妇临出发前来我家闲谈的碎片拼凑了出来:

那天晚饭后,周伯夫妇俩来我家。我父亲知道周伯刚从密山回来,因为周伯跟他说过,听说密山有同为日本遗孤的人在整理日本"开拓团"团员死亡者名录,他要去看一看。

我父亲问他:"在密山得到有价值的线索了吗?"

周伯眼泪汪汪地说:"一点线索都没有啊,名录上没有我娘的名字。我娘八成不在人间了。可是,就算不在人间了,我娘究竟是咋死的啊?是死在被遣返的途中还是归国的船上,还是到了本土却倒在来不及返乡的途中?"

我父亲的心像周伯的一样揪紧着,说:"连当年和你娘一起被遣返的人的线索都没有?"

周伯只是摇着头。

李婶叹息着说:"我家老周呀,打从美慧去了日本后,心就闲下来了,成天考虑的都是找他娘的事。"

我母亲听了,眼圈也红红地说:"人嘛,乌鸦还懂得反哺呢,老周咋能不想找到自己的亲娘呢?"

周伯凄怆地说:"现在我也没有啥奢望了,哪怕找到的就是一张照片、一缕头发、一枚纽扣……只要是我娘留下的,都是一个念想呀……"

那一晚,我父母陪周伯夫妇俩流了好一阵的泪。

这一回去日本,周伯夫妇俩差不多待了两个月。他们回来时,我们乌苏里江边又到了冰雪覆盖的季节。

我在哈尔滨上学,不知道周伯夫妇俩刚从日本回来时的情景。我父亲在书信里也一次没有提起。

寒假,我回到乌苏里江小村,才得知周伯居然从日本给我捎回来一只双狮手表,不锈钢的,锃亮,表盘上既带日历又标志星期,指针一声一声不知疲倦地发出金属的有力又均衡的噌噌声。

周伯夫妇俩得知我回来后,特意赶来我家唠嗑儿。我母亲把炕屋烧得暖暖的。我说:"周伯,你咋送我这么贵重的礼品呢?"我希望是美慧姐给我买的。

我母亲说:"大成啊,可稀罕了,一回来就戴在腕子上了。"

我伸出手腕,呼应着我母亲说:"可不是咋的,这得花多少钱啊,周伯?"

李婶慈爱地看着我说:"啥钱不钱的,只要大成喜欢,你周伯花再多的钱也不心疼。"我心头燃起的希望的火苗就熄灭了,不再言语。

我父亲分别给周伯和李婶敬了一支烟。我们乌苏里江小村的很多女人跟男人一样抽烟,但我妈不抽。李婶是小学的老师,也抽,但烟瘾不大,周伯一天能抽两盒烟,李婶顶多半盒。若干年后,周伯反倒没事,李婶却患上了与抽烟有直接关系的肺癌。

那天,在我家的炕屋里,风在窗外殷勤地敲打着窗扇,窗玻璃不时发出蜜蜂一样的嗡鸣,屋子里弥漫的都是劣质烟草的气味。

从哈尔滨这样大城市回来的我,一时还真闻不惯这种浑浊的空气,但我那天却待着不肯走。一是出于礼貌,周伯夫妇俩送了我这么珍贵的手表;二是也想从周伯夫妇和我父母的交谈中得到一些美慧姐的消息。我已经有汪珍妮了,她处没处男朋友呢?八成已经处上了,美慧姐已经忘了我吧,咋连一句话都没托周伯夫妇带给我呢?

谁知他们接下来聊的还是周伯寻找母亲的线索。

我妈问:"你叔叔又是社长又是啥的,认识的人还能少了?既然能找到你爸的照片,还能找不着你娘的照片?"我妈的言外之意,周伯的叔叔还是不太上心,自己亲哥哥的照片能找到,亲嫂子的照片就找不到?

李婶老练地在我们家的炕头弹着烟灰,说:"要说他叔,也是尽心尽力了。老周爸爸的照片,还是小时候和他叔在一起的合影照,那时候看起来比大成还小呢,后来的照片也都没有……"

我产生了说话的欲望,把话往美慧姐身上引:"美慧姐在日本上大学,接触世面也很广,你们咋没委托美慧姐呢？再说,那不也是她的亲奶奶吗？"

李婶说:"美慧是女孩子。哎呀,大成,你去了日本就知道,日本跟咱中国不一样的。"

我想说"那美慧姐喜欢日本的啥呢",但没说出来。

周伯声音低沉地说:"大成啊,这回我们去,也向日中友好协会提出寻找的申请了,也许会有一点希望吧。"

美慧姐一定没有托他俩给我带一声问候,不然周伯夫妇俩怎么到现在也不提一个字？那时,我的内心的确有点失落。但我再失落,也不会像在汽车站送美慧姐时那么失落了。

如前所述,因为这时候我已经有了汪珍妮。

汪珍妮和我是黑龙江大学的同一级同学,我在历史系,她在外语系。大三上学期刚入学的时候,我正往图书馆阅览室走,汪珍妮正从图书馆阅览室出,怀里抱着一大撂的书。我走得匆忙了些,一下子和汪珍妮手中抱的书撞个满怀。我忙赔礼道歉,弯下腰捡汪珍妮掉到地板上的书,一本一本地摞到一起,直腰时,先是看到了一双洁白光滑的小腿肚子,一条散发着淡雅香气的、月白色底带蓝花的过膝长裙,接着就看见了一双似怒非怒的杏仁眼目不转睛地盯着我。很快,我就知道了她叫汪珍妮,和我还是一个县的,只不过她家在县城,我家在乌苏里江边。我俩在校园里谈人生、谈理想,三观出奇一致。明月做证,清风做证,松花江的水做证,汪珍妮就一点一点地占据了我的心灵,原先我心中的美慧姐也就被汪珍妮一点一点地挤出去了。

我是在QQ(腾讯即时通信软件)时代和汪珍妮结的婚。大学毕业后,我俩双双回到了我们的县城。本来汪珍妮有更好的发展机会,可以留在哈尔滨的一家外贸公司工作,她精通英、日、俄三国语言。但我是历史系毕业的,精通英、日、俄三国历史,在哈尔滨市难觅肯接收我的单位。我去找我的亲姐傅彩霞想办法,傅彩霞这时候已经结婚了,给我找了一个眼镜比酒瓶底还厚的姐夫。姐夫是个南方人,一见我就恨铁不成钢地教训我:"大成呢,鹅(我)起初就跟你赶(讲),历史是不要学的嘛,你偏听不进去,这会好啦……"

我一怒之下拂袖而去,回到县城,先进县政府办公室做了一名秘书。汪珍妮的身上有着嫁鸡随鸡、嫁狗随狗的贤良,只好委屈地随我回了县城,进县城高中当了一名英语老师。

汪珍妮随着我回到县城后,我的准岳父看上了我手腕上的双狮手表。我回到县城就是亏欠了汪珍妮,就是亏欠了我的准岳父,我无以补偿,于是就大度地摘下了腕上的手表。

汪珍妮在县城高中当外语老师,既教英语,又教俄语,就是日语没了用武之地。我们大学刚毕业时,我们县城高中老师中还没有一位黑龙江大学的本科毕业生,学校里的其他老师都是师范学院毕业的。优越的条件让汪珍妮在学校里养成了说一不二的性格,慢慢地在家里也就说一不二了。凡事若违逆了她的心意,我就成了白眼狼,忘记她当年是为了我才回到县城。

七年前,我父亲去世后,我母亲义无反顾地去了哈尔滨我姐姐家,其中一个重要的原因就是汪珍妮的性格。

我家和周伯一家,都是父辈凋零。我家是我父亲先去世,周伯家是李婶先去世。李婶是死于肺癌,享年不到六十五周岁。我父亲去世后,我母亲义无反顾地去了哈尔滨我姐姐家,也和紧邻只剩下周伯一个人,要避孤男寡女的嫌有关。

李婶死于十年前,那时,我已经由县政府的秘书被提拔到一个职能局做副局长。汪珍妮也当上了县城高中的副校长。

美慧姐得悉母亲去世的消息,特意携夫从日本赶了回来。我们早已知道美慧姐也结了婚,丈夫是一位社长,是做农产品生意的,公司名字叫"××稻田产业株式会社"。那一年,美慧姐已经有了一个女儿,女儿八岁左右,但美慧姐并没有带女儿回来。我猜测她不带女儿回来的原因有两个:一是丧事总是晦气,美慧姐不愿意自己幼小的孩子掺和进来沾染上晦气;二是时间不巧,李婶去世是在3月份。3月份,我们乌苏里江小镇(这时候乌苏里江小村已经改为乌苏里江小镇了)依然一片冰天雪地、白雪皑皑。京都虽然已经樱花盛开,但日本的中小学实行每学年三学期制,4—7月为第一学期,8—12月为第二学期,1—3月为第三学期,3月份正赶上这一学年最后学期的最后阶段,美慧姐大约不想耽误了孩子的学业。

时隔这么多年,美慧姐还是第一次回国。当年那个从我们村公共汽车站出发的新烫了一头卷发、像一朵鲜花一样的少女,已经人到中年,微微有些发福,又在日本生活多年,举手投足已和我记忆中小时候的美慧姐判若两人。

见到美慧姐,我没有问当年给她写信,她为何不给我回复的事。时隔多年,往事如烟。而且她回来奔丧,提这个也不合适。

美慧姐的丈夫叫吉村健太,身高一米七一左右,这样的海拔在日本应该不算矮。可是我身高一米八二,吉村健太的个头只及我的肩头。吉村健太穿着一身白色的衣服,我心想,这日本人是比咱中国人重礼节,李婶去世了,我只在胳膊上套一个黑袖章,做女婿的吉村健太可是穿了一身的孝服。我不由得想起小时候,如果美慧姐不是去了日本,这个女婿现在很可能就是我,内心更加地羞愧不安。

办完李婶的丧事,我和汪珍妮商量,得尽一下地主之谊,宴请美慧姐和她的丈夫吉村健太。我现在混得也不差,都是县局的副局长了,在美慧姐的面前不能掉价,最好能让她心生一丝悔意——后悔自己当年义无反顾地去了日本。找到了这样的一个丈夫,这样才好!当然,这只是我心里想的。我跟汪珍妮说的却是:"虽然是周伯的女儿,但她现在是日本人,还带回来一个日本丈夫,咱代表的不光是咱俩,还是中国人的形象啊!"汪珍妮含笑不语,点头称是。

我在县城,定了一间清静雅致的包间。汪珍妮和美慧姐一见如故,她们一会儿用中文交谈,一会儿用日语交谈——这么多年过去了,汪珍妮的日语居然没有生疏。她俩把我和吉村健太两个大老爷们儿晾在一旁。我看见吉村健太讨好般向我微笑着,同情心就不自觉地涌上来,决定没话找话地和他说说。我一句日语也不会说,但小时候看过的《地道战》《铁道游击队》《小兵张嘎》的片段还残留在脑海里,当然,对他说"你的,八路的干活"肯定不合适,吉村健太就是日本人。

我想了想,就问他:"八格牙路是不是骂人的话?"

吉村健太微笑着朝我点点头。

我说:"真有意思,都说日语是由汉语演化来的,那为啥'八格牙路'就成了骂人的话呢?八格,牙路,和汉语的骂人一点关联都没有嘛,八格牙路!"

谁知,吉村健太脸上的笑容就僵住了,转瞬间,脸上浮现出怒气冲冲的神色。

美慧姐一瞧不妙,叽里咕噜地对她的丈夫说了一通,吉村健太的脸色才恢复如常。美慧姐向我解释:"大成,他一句中国话也不懂,你说的,他只听懂了'八格牙路'!"

汪珍妮扑哧一声笑了出来。

我的好心情一下子没了。汪珍妮得知美慧姐现在只是一位家庭妇女,也似乎乏味,于是一场精心设计的宴请匆匆收场。

这一场宴请后,美慧姐就要回日本了,从此又将各自海角天涯,此生不知何年才能相见。临别,我送她两根东北老山参,装在一个正面是一层玻璃的木质参盒里,根须都用大头针固定得服服帖帖的。美慧姐投桃报李,送我和汪珍妮两只精心包装的礼品盒。

当面拆包装不礼貌,我俩回家打开一看,包装盒拆开一层又一层。末了,一个包装盒的最后一层里面是一条薄薄的丝巾,做工精细,汪珍妮倒还喜欢;另一个包装盒也是拆开一层又一层,末了,里面是一个工艺品扇子,檀香木的柄,白绫扇面上绘着一个穿和服的女人头像。这女人面若银盘,不苟言笑,嘟着肥厚的嘴唇,也许日本现在仍奉行我国唐朝"以肥为美"的审美标准吧。做工倒是精致,关键是这扇子还没有小孩子的巴掌大,让人疑心是《西游记》中铁扇公主含在口中的芭蕉扇。

汪珍妮当上副校长不久,人生处于上升期时,为人就比较宽容大度。她擎着扇子,啧啧有声地说:"哟,这么精致,干啥用呢?"

我一直不知道美慧姐送这么精致的扇子的用意,就像她当年邮一张自己的照片给我的用意。

汪珍妮很快就忘了扇子这茬,扇子不知被她扔进了哪个抽屉的哪个角落里。但我没有忘,美慧姐走后,我用百度查了一下,网上说:日本人通常会以扇子作为礼物和伴手礼,白色的扇子表示幸运的意思。那扇子上的女人头像又表达什么意思呢?嘟着肥厚的嘴唇,像别人欠了她的钱。百度上却找不到答案。后来,我想,也许是美慧姐暗示我别再打她主意的意思吧。我认识汪珍妮后,就压根儿没打过她的主意,再说我们还远隔重洋,就是贼心不死也没有机会了啊。也许美慧姐并不是这个意思。

汪珍妮忘了扇子这茬,却没忘美慧姐送我照片的事。当年她在我的一本书里翻到那张泛黄的照片,不由得醋意大发,连根带底细细地盘问了我一百遍。现在汪珍妮还时不时提起那张照片,当然她并不是怀疑我和美慧姐之间有什么,只是生气时用那张照片对我敲击一下,好泄心头之火。

美慧姐回日本后,周伯一个人仍然留在乌苏里江边,那时他已经退休了。李婶去世后,我父亲在乌苏里江边陪了老哥哥周伯三年,我母亲去哈尔滨后,我们两家的老宅里,只留下周伯一个人了。

周伯的叔叔去世时,周伯去了日本一次。不过,这一回不用从大连乘飞机了,哈尔滨已经有直飞日本的航班了。

周伯从日本回来,我们镇上没有人提周伯寻找到自己亲生母亲的线索,应该是没有寻到。我们镇上人都在传说日本人的小气,日本人到市场上买葱都是一根一根地买,买苹果也是一个一个地买。我们镇上人都理解了周伯为什么不待在日本,没准他的女儿美慧也是这样小气呢——这一点,我和汪珍妮已经有了实实在在的体会。周伯在那边怎么能待得惯呢!

微信时代,我这朵时代的前浪尚未被后浪拍死在沙滩上,理所当然地用上了微信。我的微信好友很多,但我将一般工作关系的好友设置成既不看他的朋友圈,也不让他看我的朋友圈。既是好友,又能互看朋友圈的只是少数,美慧姐就是这少数之一。

美慧姐爱发朋友圈,我经常通过她发的图文信息,欣赏到大海那一边的京都府的美景,以及美慧姐生活中的点滴感悟。

美慧姐家附近有一座教堂,尖顶,侧墙从上至下粉刷成明黄色。春天草色刚刚发青,教堂旁边的几株杏树已经是满树繁花。一条柏油铺成的单车道隔开青色的草地,道的前方是一片青黄相间的杂木林,林子的尽头是连绵的矮山,两边逶迤到照片的尽头,山的模样和乌苏里江对岸的锡霍特山脉也差不多。我没有问过她山的那一头是不是日本海。奇怪的是,我和美慧姐竟然很少聊天,有限的几次聊天也仅限于谈论周伯的身体情况。走不到一起的成年男女,在各自的世界里会筑起一道看不见、摸不着但能感觉到的墙。

这年的 4 月初,樱花盛开的季节,美慧姐又发了一条朋友圈信息。她戴着彩色的遮阳帽望着我笑,身后是一道蜿蜒在碧蓝的海面上的苍绿色的堤,这道堤连接着近处的城市和远处的城市。美慧姐的配图文字叫"天桥立的春天"。啥叫"天桥立"?我又查找了"度娘":天桥立是位于京都府北部的风景胜地,在将日本海的阿苏海与宫津湾分开、全长约三点六公里的沙洲上,约八千株松树组成的街道树连绵不断。原来,"天桥立"指的就是这条堤坝。百度还说,"天桥立"与松岛(宫城县)、宫岛(广岛县)并列,成为日本三景。据说由于其形状看似天上舞动的白色架桥,所以得名"天桥立"。

我是在夜晚躺在床上欣赏美慧姐的"天桥立的春天"的。汪珍妮副校长凑过来看,半怀醋意半讥讽地说:"你的女神又发福些了啊,咋长得越来越像周伯呢?"

我漫不经心地说:"那当然了,她是周伯的女儿嘛,女儿长得像爹的多一些!"

汪珍妮副校长到了更年期,如果不同她分享美慧姐的照片,她更要疑窦丛生。又是一天晚上,我在欣赏美慧姐晒她到渔师小镇的信息,九宫格的图片,其中有一幅是一条孤独的小巷,狭窄的街道两旁清一色二层的临街小楼,几乎家家门前都停放着自行车,街道的左侧是一排水泥电线杆,电线像蛛网似的交织在空中。这样的小巷仿佛仿古似的,让我们一下子想起了小时候的乌苏里江小村。

汪珍妮副校长不屑地说:"这都赶不上咱乌苏里江小镇呀。"她又接着激情澎湃地说,"傅大成局长啊,咱们国家发展日新月异,时代的列车已经超过了日本,就让你的美慧姐去后悔吧!"

我有意和她抬杠:"敬爱的汪校长,您去日本游历过?"

汪珍妮副校长说:"傅大成局长,所谓的'见闻',既包括直接经验,又包括间接经验。你懂吗?"

我说:"直接经验必须正确,间接经验不一定正确。"

汪珍妮副校长朝我翻了个白眼,说:"孺子不可教也!"

"我第一次亲耳听到伯父喊那只羊为'卡桑'是两年前,记得当时我在微信里告诉你了……"我回忆着往事。美慧姐也跟着我的回忆陷入往事中,我的对面,仿佛坐着的是一尊木雕。

两年前,也是一个夏天。如果是冬天的话,羊不会在我家的院子里吃草。是的,周伯的羊在我家老宅的院子里吃草。

我家老宅与周伯家共用一堵木栅栏的侧墙,我家的老宅久无人住,屋子都要倒塌了。周伯上了年纪,也不知道更换木栅栏的板条,所以隔开我们两家院子的那堵墙就坍塌了。那只羊大概来过我家院子几次了,轻车熟路、毫无顾忌地在我家院子里吃着草。

可我是第一次见到羊竟然在我家的院子里吃草,不由得大吃一惊,愤怒地驱赶起那只羊来。

白发苍苍的周伯穿着一身像自己年龄一样苍老的、灰扑扑的布裳,像一只野狗似的迅速地从屋子里奔出来。他奔跑的速度真是快得惊人,也许我不应该用"野狗"这个词来形容。周伯奔过来一把搂住了那只羊,瞪着浑浊的眼珠朝我喊:"这是我的卡桑啊,我的卡桑啊!"

我错愕地说:"哦哦,那就让它在这里吃草好了,就让它在这里吃草好了。"

周伯依然冲我喊:"这是我的卡桑啊,我的卡桑啊!"我知道周伯患了阿尔茨海默病,他此刻大概认不出我来了。

"当天,我把这事告诉了你。"我对面美慧姐的身子微微颤抖了一下,她掩饰哀伤似的轻轻地啜了一口茶。

茶是黄山的上品绿茶。汪珍妮副校长的学生在安徽黄山工作,不忘师恩,每年都要给汪珍妮邮来一盒绿茶。美慧姐回来奔丧,我知道日本人爱喝绿茶,就近水楼台先得月,从汪珍妮那里拿了其中的一小盒——江边的茶馆一定没有这样的好茶。

但此刻,我俩谁都没有心情对这茶品头论足。

这是我第一次亲耳听到周伯喊那只山羊为"卡桑"。当天晚上,我找到了镇里的李镇长,我告诉他周伯的阿尔茨海默病已经比较严重了,他管一只羊叫"卡桑"。

李镇长自作聪明地说:"周老伯是日本遗孤,他们日本的小孩就喊妈妈叫'卡桑'。"

这些我早就知道了,但我没有撑他。我想了想,说:"李镇长,可不能让周伯一个人生活了,不是我吓唬你,周伯出了事,镇里也是有责任的。可不可以让他住进镇里的养老院?"

李镇长挠了挠头说:"傅局长,周老伯的事,镇上一直在关注。您说的这个方案我们也尝试过,周老伯也不是不愿意住进养老院,关键是他要带上那只羊。"

我不了解养老院的规定,问:"养老院不准养羊?"

李镇长解释:"不是养老院不准养羊,我们也领周老伯到过养老院,是周老伯一定要带上那只羊住在同一个房间里,他非说那只羊是他的'卡桑',他不能和他的'卡桑'分离。这……这养老院也没有这个先例呀!"

这的确很让人挠头,我决定先回县城。那几天县里要迎接省、市两级检查,我打算忙完迎接检查后,再来处理周伯养老的事。这么一拖就拖过了一个星期。

我再回到乌苏里江小镇时,镇街上的灯火已经是一片通明。我家的院门已经坍塌了——很有可能是被那只羊撞塌的,门框倾斜着,歪歪扭扭的,还未完全倒到草地上。

周伯家的院门是敞开着的,屋门也只是半掩着。我敲了敲门,没人理我,但我听见了屋子里有人活动的声音。我推开半掩的门走了进去,于是我看见了周伯和他的"卡桑"。才一周时间不见,周伯显得更加衰老了,灰扑扑的,像刚从土里挖出来似的。灯光下,他正在吃晚饭,用一个大搪瓷缸泡的方便面,自己一边吃一边用筷子挑起方便面喂那只羊。那只羊像人一样地吸溜着方便面,见我进来,咩地叫了一声,有几根面条掉到了地上,羊的方形瞳孔里射出不怀好意的光。

周伯抬起茫然的眼睛问我:"你是谁呀?"

说实在的,我当时内心涌上一丝厌恶的感觉。我努力地把这丝厌恶压了下去,说:"周伯,我是大成呀!"

周伯继续茫然地问:"大成是谁呀?"

生命的老去竟会如此可悲,我的内心又涌上了一层怜悯,我启发着周伯说:"我是大成啊,就在您隔壁,小时候常和美慧姐在一起玩。"

"哦,哦,是大成啊!"周伯似乎清醒了一些,"你咋自个儿回来了?美慧呢?"周伯又糊涂了。这个时候,他已经时而清醒时而糊涂了。我说不清在他的生命中,现在清醒和糊涂各占多少比例。

我提醒他:"美慧姐不是在日本吗?她回不来呢!周伯,你咋拿方便面喂羊呢?你咋和羊同吃方便面呢?"

周伯立刻瞪圆了浑浊的眼珠,怒气冲冲地对我说:"它咋是羊呢?它是我的'卡桑'啊,我的'卡桑'啊!我三岁的时候就是喝着它的奶长大的。"

周伯说着,双手攥着拳,要往我身上扑,那只羊也昂着头与他同仇敌忾。那一刻,我吓得连连后退,真后悔咋没叫上李镇长同来。

我说:"好,好,您的'卡桑',您的'卡桑'。"

周伯这才安静了下来。

这天的后来,我用手机拍了短视频。

"当时我把伯父的情况发给了你!那天夜里我就找到李镇长商议,决定在镇上请一位住家的护工,照顾伯父的饮食起居,费用咱们自己出。这个护工就是当年被熊瞎子一掌拍坏了脸的老孙的女儿,才五十来岁,踏实能干,丈夫不幸车祸去世,但孩子有出息,在外地工作,没有家庭的拖累。这些你都知道了。"

"谢谢你,谢谢你,谢谢你为我所做的一切!"美慧姐说着,把脸埋进双手中,双肘支在茶桌上,头发纷披下来,露出了一截苍白、皮肤略显松弛的脖颈,恍惚间,让我想起了四十一年前。不大会儿,有泪水从美慧姐的指缝间滴下来,一开始只是一滴,渐渐地变成一摊泪水。

我的心情也不好受,在我父亲去世后,我内心深处其实已经把活着的周伯当成了我父亲生命的延续。所以,此刻我没有对美慧姐说一句劝慰的话,也没有给她递一张纸巾。周伯晚年,她对自己父亲尽的责任和义务无法和我的相比。

我记得那天自己回到县城后,第二天特意咨询过县医院里的专家:"为啥阿尔茨海默病患者固执地记起小时候的事,尤其是自己三岁时他的母亲喂他羊奶的事?"

专家客气地回答了我:"您说的这种情况是存在的,阿尔茨海默病是随着年龄的不断增长,大脑功能退化所造成的病症。一般轻度痴呆期,对近事遗忘突出,对往事记忆比较深刻。三岁时他的母亲喂他羊奶一定是他刚开始记事时留下的最深刻的记忆。"

"您是说我周伯还处在轻度痴呆期?"

"这个也不是绝对的,病情因人而异。"专家说。

我在跟我母亲微信视频时,提到了周伯的现状。我突然想到了一个关键问题,立刻问我母亲:"我周伯三岁时,用羊奶喂他的母亲,究竟是他的亲生母亲还是他的养母——我的袁立清奶奶?"

我母亲当时没戴假牙,在视频中瘪着腮说:"这谁知道呢?大成你也是犯傻了,你周伯岁数比我还大呢!"

我不甘心地问:"您小时候也没听老人们提起过吗?"

我母亲又和我开起了玩笑:"我的彪儿啊,你娘小时候在木泥河乡呢,没嫁到乌苏里江小村来。"

我反驳:"那又隔得不远。"

我母亲说:"那是和自己无关的事情嘛,也许有人提到一句两句的,可谁往心上记啊!"我母亲念叨起来,"你周伯老了老了,咋和羊过成一家了呢?"我心里涌出一丝隐忧,我年迈的母亲在不久的将来,会不会也像周伯一样患上阿尔茨海默病?

有一天,我听说有人在牡丹江整理了一个日本遗孤养父母名录。我趁着出差的机会,在牡丹江找到了这个名录,用A4纸装订的,厚厚的一本,按姓氏笔画排序。整理者的愿望是出本书,我答应届时尽自己的一份绵薄之力一定购买一本。我先查找"池田",没有找到"池田正太"的名字。我立刻查找周姓,周姓一共收录了九位,我在第五位看到了"周正太"的名字——整理者以养子为索引。

周正太,养父周顺生,养母袁立清。1945年10月在密山抱养,抱养时棉袄内藏有"池田正太,生于1943年4月25日,生父池田次郎,生母池田美子,京都府舞鹤市"的字样。亲生父母为日本"开拓团"成员,日本投降后,生父于遣返途中在密山病逝,生母不详。

我算了算,周伯记忆中的三岁时喂他羊奶的,应该是中国养母袁立清。在我的记忆中,已经没有一点周顺生爷爷的印象了。我对袁立清奶奶倒是有点残存的记忆,她似乎缠过足,颠着小脚,身材不高、干瘦,喜欢穿着一身蓝士林布做的衣服,总是站在木栅栏围墙外面,冲着在草坡上玩耍的我们喊:"小美慧耶——

回来吃饭咯——"

回到县城,我通过公安部门查询到,周顺生爷爷去世于1966年,袁立清奶奶去世于1972年。而我是1967年生人。

我决定把这一切告诉周伯,他记忆中的"卡桑",其实是他的养母——我的袁立清奶奶,等我下一次回乌苏里江小镇时就告诉他一切。这一切虽然得知得晚一些,但还不迟。

然而,周伯的身体已经是每况愈下了,不仅是阿尔茨海默病,他身体的所有器官也都像冬日的枯草,在不断干瘪、萎缩。

"你特意从日本邮回来的保健品,我都及时送给看护伯父的孙姐了。其实,生命的衰亡是一个自然的过程,无法逆转。保健品只能让做子女有一个心理安慰。"我说。

"谢谢你,大成。谢谢你,大成……"美慧姐轻声啜泣了起来。过了一会儿,她把脸从手掌中抬起来,自己抽出纸巾擦了擦脸和眼睛,又朝我抱歉地、凄怆地一笑。

窗外起了风,一片两片的野山楂树的叶子扑到玻璃窗上,像贴着玻璃偷窥我俩的眼睛,又忽地一下被风卷走了。

我到底还是告诉了周伯真相,只是时机选择得那么不合时宜。那天,我在密山开了一整天的会,会议结束时已过了平常晚饭的时间,会议方安排了一桌符合公务接待标准的晚宴。如果回家吃晚饭,开车从密山回,走高速也得一个半小时。五十多岁以后,我感觉自己的身体已经不适合高负荷运转,所以准备晚上就吃会议餐,再喝两杯当地产的老酒,第二天一早直接回去上班。我已经向汪珍妮请好了假。

纯粮食酿造的酒,启开瓶盖,一阵清香扑鼻,勾引得我肚子里的馋虫咕咕直叫。主人笑着举杯,说:"傅局的肚子已经吹响了进军的号角,我们大家就奋勇前进吧!"话音未落,我的手机微信发出一阵催命似的语音邀请声,我恼火地放下酒杯想,汪珍妮副校长改变主意了?

打开一看,却是美慧姐。我预感到了不寻常,示意主人开席,自己步出了餐厅。微信语音接通了,我调侃了美慧姐一句:"我咋觉得太阳从西边出来了呢?"——我俩从未用微信语音聊过天。

美慧姐的声音焦急中带着哭腔:"大成,我爸快不行了!"

"是吗?人现在哪里?"我浑身一阵紧张。

"孙姐告诉我已送到县医院的急诊室了!大成,我正在查航班,我爸快不行了,这次,我无论如何都得赶回去!"

我回到包间,抱歉地向主人解释了必须立刻离开的原因。

一个半小时后,我来到我们县城的急诊病房。我从主治医生处得知,周伯已经到了弥留之际。我想,无论如何也要在周伯闭上眼睛前告诉他,他三岁刚开始记忆时的"卡桑"其实是他的养母袁立清,是袁立清奶奶用山羊的奶喂养了当时骨瘦如柴、差一点就活不成的他,如果没有山羊的奶,没有袁立清奶奶,就不会有我周伯后来八十年的时光。

医生示意我可以进去。我跨进了病房,病房里灯光雪白,周伯紧闭着双眼,颧骨深陷。生命仿佛是一个轮回的过程,此刻,我端详着他的脸,不由得想起了和他三岁时有关的"骨瘦如柴"这个词。

护工孙姐走了进来,她俯下身子,在周伯的耳边呼唤:"周老伯,是大成,大成来看你了。"

周伯的眼皮颤巍巍地抖动开来——他的眼睛睁开了。我立刻吩咐孙姐:"打开视频,联系我美慧姐!"

我的耳边立刻传来孙姐手机急促的视频邀请音。美慧姐出现了,她在视频中轻声地喊:"爸——爸——"

那一刻,我感觉周伯的眼神格外清澈,往日那种浑浊不堪一下子消失不见,纯净得仿佛成了丽日的早晨、乌苏里江澄澈的水。

周伯的嘴唇在微微颤动,孙姐把手机举到他的耳边。我也俯下身,把耳朵贴到他的唇边。但视频声音干扰了我,我示意孙姐先拿开手机。一丝若有若无的气息飘进了我的耳鼓:"卡桑——卡桑——"我听见了,视频中的美慧姐一定没有听见,她还在一声一声地呼唤着:"爸——爸——"

周伯的眼神在变暗、变暗,也许在他人生的最后一刻,他看到了他的生身母亲,也许这么多年来,他的生身母亲也在一直寻找他,隔着我们常人触摸、感知不到的时空。而现在,当周伯的生命残存在我们这个时空的最后一刻时,他的生身母亲终于寻找到了他,拥抱了他。

可是,我要告诉周伯一个事实,在他记忆最开始的地方,那个喂他山羊奶的"卡桑"其实是他的养母——我的袁立清奶奶。我大声地对着周伯的耳朵说了出来。

说完,我看见周伯就闭上了眼睛,脸上浮现出陶醉而满足的表情。

窗外的风只是起了一阵,风吹散了天上厚薄不匀的云,星星一团一团地闪现在幽蓝的空中。半轮月亮此刻升得高了许多,闪着洁白的光,让江面上起了一条月光路,月光路随着江水,在波光粼粼地闪动。对岸的森林像谁用墨染了似的,染出了一地的静谧。

我其实有许多话要问美慧姐,譬如当年她为什么义无反顾地去了日本定居,当年吸引她的最大的力量是什么?譬如我周伯不想去日本,究竟是不是因为日本人买葱一次只买一根、买苹果一次只买一个?譬如她为什么要说"这次,我无论如何都得赶回去"?吉村健太阻止过她回来探望周伯吗?其实,我最想问的还是,当年她为什么给我邮过来一张照片,又为什么再也不肯回我的信?但我终究没有问。汪珍妮的短信来了:傅局,月明风清,彻夜不归?我仿佛看见了汪珍妮克制着愤怒、带着嘲讽表情的那张脸,我回了她两个字:即归。

这时,我忽然看见了那只羊,就在急诊病房窗外,它的方形瞳孔就像那被风卷来的野山楂树的两片叶子,只在玻璃上贴了短短的一瞬,然后,它就走开了,迈着轻巧的四蹄,弯弯的犄角在月光下闪着圣洁的光芒。它沿着江边,迎着月光走着。我看见美慧姐也情不自禁地站了起来,我们一起走到窗边,贴着窗玻璃,看着那只羊,看着它究竟是要走进江边的原始森林,还是要沿着江面上的月光路,走到月亮中去。

(原载于《福建文学》2022年第8期)

瓜田月下

中午,我们已经踩好了点儿。

瓜田就在晒场前面的湖滩,和晒场只隔了两条田埂。我家那块距离湖滩很近的稻田叫"大秧脚",是一亩七分地。瓜田比我家的大秧脚还大,应该足足有两亩。早稻已经收割了,稻谷正在晒场上晾晒;晚稻秧已有一拃深,但还没插到水田里。瓜田里的瓜已长大,一只只带有深色条纹的西瓜就像一头头圆滚滚的小猪崽埋着头在瓜蔓间拱地,翠绿的叶片遮挡不住。

湖叫"白兔湖"。湖的对岸在东边,属于枞阳。我们把枞阳人称为湖东人,湖东人称我们为湖西人。湖东人把"洗脸"说成"死脸",让我们湖西人笑了一代又一代。

湖面很宽广,现在又是农忙的季节,湖东人不会闲得撑着腰子盆过来。瓜田也不在湖东,我们也无须撑着腰子盆或者游到湖东去。但我们决定还是在距离瓜田二十米远的地方下水,这个地方的湖堤与瓜田形成一个六十度的夹角,可以有效避开瓜田的主人——我们五叔一家人的视线。当然这还得在晚上,如果白天行动的话,仍然容易暴露。如果我们潜水前行二十米到瓜田堤坝的正前方,那里的水面还有一片蒲草丛,便于我们隐藏起来进一步观察,也便于得手后迅速地从蒲草丛脱身。我们看过电影《渡江侦察记》,我们仨都把自己当成了《渡江侦察记》里的英雄。

不知五叔一家为什么要种西瓜,我们庄子里还从来没人种过西瓜,我们也不知道五叔是从哪里搞来的西瓜秧。我们这一片湖区,方圆十里,就没有听说谁家种过西瓜。而且五叔开辟成瓜田的这片湖滩,雨水大的年份就是湖底的一部分,雨水不大的年份,盛长的湖草葳蕤,足有三四十厘米高。五叔不但锄掉了湖草,还在瓜田的前面筑了一道堤坝。那堤坝只有半米高,不过就算筑一米高也没用,真来大水的时候,一浪就能把它冲毁了。

我们长到九岁了,也一直没有见过谁家肯在这片湖滩种一片经济作物。五叔和五婶莫不是想发财想疯了吧?

春天,五叔把西瓜秧栽下后,我和小刚、小强都觉得这在我们徐家庄是开天辟地的一件大新鲜事。我们已经在学校里学到了歇后语,于是,我们仨就各说一句形容五叔异想天开的歇后语。

小刚张口就来:"石头缝里挤水——异想天开!"

小强紧随着小刚说:"小水沟里撑大船——异想天开!"

我想了想说:"打雷当作天裂缝——异想天开!"

我们说完，乐得手舞足蹈。五叔家的小慧听见了，跳着脚骂："你们三个小水胖子，等瓜熟的时候，保证一块瓜皮都不给你们啃！""水胖子"是我们徐家庄骂人的话。湖上常常有淹死的动物，沉下去后又漂了上来，像充了气的皮筏似的趴在水面上，随着湖水荡漾着——成了"水胖子"。

三大爷听了我们的对话，一边乐一边骂："你们伫整天不学好，你们的大（父亲）让你们念书都念到腿肚子里去了！"三大爷是小强的大。三大爷鼻子里似乎长了什么，说一句话，鼻子里就要发出吭吭的声音，总让人感觉像是刚呛了一口湖水。

三大爷没骂够，吭吭两下又骂："你们看小慧的哥哥大志，一天就是文文静静地读书，天生就是上大学的料！小慧也是好孩子！你们伫一天天的不是偷瓜就是摸枣，一个个鬼鬼祟祟的。"三大爷越骂越生气，他吭吭两下后冲着自己的儿子说，"下午，你跟着老子去犁田！"

小强被他大骂得蔫头耷脑的，不敢接话。

我和小刚不怕，我俩厚着脸皮说："三大爷，你说得不对，我们去哪里偷瓜摸枣了？瓜秧才栽下去呢！"

三大爷就黑着脸，抡起赶牛的鞭来抽我们。鞭梢带着脆响还没卷来，我们的身子已经像泥鳅一样地滑走了。

三大爷抡起赶牛的鞭子时，五叔的瓜秧才栽下去，我们也没有放暑假。现在放暑假了。没想到，五叔的瓜田没有成为湖底，竟然也丰收了!

更何况,我们已经尝过了西瓜的滋味。前几天,五叔摘下两个瓜,想验证自己的瓜甜不甜。小慧送给了我们仨一人一块。我们还从来没有吃过西瓜,但我们都知道世界上有西瓜这种东西。鲁迅先生在《少年闰土》里写道:"深蓝的天空中挂着一轮金黄的圆月,下面是海边的沙地,都种着一望无际的碧绿的西瓜……"

我们捧着小慧递过来的西瓜,咬一口,乖乖! 红红的瓜瓤立刻在口腔中化成了一摊水,又甜又爽口,比我们在别人家地里摘的菜瓜、黄瓜、香瓜都好吃得多——我们总觉得别人家地里的瓜比自家地里的更好吃。不能回味,一回味,口水就会不自觉地往出流。

"摘一个来尝尝!"小刚豪放地说,好像瓜田是他家的。

"摘不来,五叔一家看得可紧了! 尤其是那个小慧,简直长了一双千里眼!"小强不像小刚那样莽撞。

"不可力敌,只可智取!"我出着馊主意。大中午的,我们仨帮自己的父母在晒场上翻晒完稻子,大摇大摆地走过两条田埂,到湖里洗澡。大白天的,大人也会来湖里洗澡,泡在湖里的还有几头犁完田的水牛。脱了轭的它们把疲惫的身躯沉在湖底,只露出鼻孔和两只长长的犄角。太阳也明晃晃的,不好下手! 虽然湖里没有其他人,瓜田里也不见人影,但五叔的家就在晒场的北侧,依然有被五叔一家尤其是小慧瞭见的可能。我的主意是晚上行动,下午得装成一副若无其事的样子,绝不能露出一点蛛丝马迹。我们仨交换了一下眼神,悄悄统一了意见。

田野里,收割完早稻的水田要靠牛拉着带着铁铧的犁重新翻耕一遍,再用耙把翻起来的田泥耙平整。有几块水田已经平整得光滑如镜,有几块的稻茬尚在田中。有时鸥鹭也从湖里飞到水田里,在水田里寻觅着鱼虾。一个下午,我们虽然装成一副若无其事的样子,但期盼黑夜到来的兴奋劲儿一直从心底往出飞。我们也想着要把各自的兴奋劲儿往回按,按到它该待的地方,可是我们都按不住,这兴奋劲儿,"压下了葫芦就漂起了瓢"。

我大把裤腿挽得高高的,肩上扛着犁,牵着耕牛从水田里归来。在黄昏的晒场上,我大碰见了小刚的大和小强的大。我大说:"老三、老四啊,我们家的这几个坏小子指不定又在憋着什么坏呢!一个个的眼神都诡异得很,不行晚上得把他们圈在家里,不准他们出来。"

小刚的大说:"野雀儿哪能圈得住?八成是惦记上老五家的西瓜啦。"

三大爷盯着我们说:"你们三个坏小子,不准偷你们五叔家的西瓜,听见了没?你们的大志哥考上大学,录取通知书都收到了,你们的五叔还指着这些西瓜给大志攒学费呢!"

我们才不管他们怎么猜,他们只是吓唬吓唬我们,他们从来不会拿我们怎么样。

吃过晚饭,辛劳一天的大人洗漱好了,家家抬出竹床,都到庄子里的晒场上乘凉。徐家庄一共九户人家,大集体的时候,九户人家的稻子都在这晒场上翻晒——晒场比五叔家的瓜田还要大一圈。现在分田到户了,晒场按照每户的田亩数量用浅浅的沟分成了大大小小的九份。

白天晾晒的稻子已经堆了起来,明天如果是大晴天,还得摊到晒场上翻晒。明天也许会下雨,为了防雨,晚上就往谷堆上盖上塑料薄膜和稻草捆。九户人家还是喜欢到晒场上来乘凉,各家会把竹床搬到各家的谷堆旁。晒场上有一盏高高的灯,大集体的时候就立起来的,各种各样的虫子和这盏灯结了仇,它们盘旋着、呐喊着,噼噼啪啪地往灯泡上撞。一个夏天,灯泡都不会被撞碎,灯杆下面一夜就会铺上一层小虫子的尸体。晒场上风头的一角,每天晚上都会有人熏上一大团苦蓼,用苦蓼的烟来驱赶蚊虫。

五叔一家来得晚些。我们的父母都向五叔和五婶道喜。大志不但是我们庄子里,也是我们村子里出的第一个大学生呢!我们老徐家的坟头总算冒出一缕青烟了——我们湖边的人认为,谁家的孩子有了出息,根源就是那家的祖坟冒了青烟。五叔和五婶培养出了一个大学生儿子,将来可以享福了。

五叔嘴里客气着:"能享什么福呀?唉,我们都是活到老做到老的命!做到哪一天,两腿一蹬,就享福了!"但五叔的脸上是喜悦的。

五婶也谦虚着:"叔伯婶娘们看到的都是表面的,大志考上了大学,可把老五和我愁死了,几天几夜都睡不着觉!"

我大说:"愁啥?我们老徐家还供不起一个大学生?"

五叔说:"我自己家的事,哪能给叔伯婶娘们添麻烦?再说,叔伯婶娘们的日子都紧着呢!"

小慧手上拿着一把大大的蒲扇,围绕着她家的竹床边蹦跶边哼着歌,像她自己考上了大学似的。大志却文文静静的,像一个秀气的大姑娘,微笑着听大人们说话。

大志收到的是武汉水运工程学院的录取通知书。武汉——我们徐家庄的人都知道的大码头。大志去上学,可以从村子里坐车到县城,再从县城坐车到安庆。安庆有轮船码头,一天不知道有多少趟轮船往返武汉、安庆,方便得很。

三大爷坐在自家的竹床上,摇着蒲扇,吭吭两声后说:"大志有出息!大志啊,你将来毕业了,要开一艘大轮船来,就开到咱们庄子里来,拉上三大爷到江河湖海里走一遭,你三大爷这辈子就活得值了!"

大志羞羞涩涩地说:"三大爷,我学的不是驾驶专业……"

五叔有些生气,不由分说地打断了大志的话:"大志,你一定要开一艘大轮船来！听见了没？"

大志哥嘴里嘟囔了一句什么，我猜他一定是说听见了。

我大赞成三大爷的想法："咱们的白兔湖连着嬉子湖，通过长河直达长江，本来就是一条黄金水路呢！只是现在陆路发达了，早些年湖中的帆船队才渐渐消失了。"

又大又圆的月亮升在树梢，月亮上面，可怜的吴刚正在甩着膀子砍那棵总也砍不倒的桂花树。

我们仨从各自的竹床上溜下来，心照不宣地会聚到晒场的南角。小慧蹑手蹑脚地走过来，警惕地问："你们三个人鬼鬼祟祟的，做什么去？"

小刚说："抓蛇去！"

小强说："也捉癞蛤蟆！"

我问小慧："你去不去？"

小慧吓得一缩脖子。我们徐家庄的孩子有十来个，但半大不小、九岁上下的只有我们仨和小慧。小慧是女娃，我们仨平时就不带她一起玩，更何况这个特殊的夜晚了。

我们仨窃笑着走下了晒场。

湖滩在东边，为了不引起小慧的疑心，我们仨故意往南走。月光下的水田一片明晃晃的，繁星密布，远处竟有几颗星星从空中飞了下来，它们是贪恋我们湖边的美景？我们的湖叫白兔湖，就是因为月宫里的玉兔贪恋湖边的美景，偷偷溜下来洗澡才得名。仔细一看,远方飞下来的不是天上的星星,原来是三三两两的萤火虫。我们的身前身后也有萤火虫,一闪一闪的,在月光下慢悠悠地飞着。田埂上的青蛙听见我们的脚步声,呱地尖叫一声,跳到田埂下面的水田里,荡起的水波将倒映在水里的月亮揉成了皱巴巴的一团。

在月光下,湖水轻轻地冲刷着湖岸,像母亲在哼着哄宝宝入睡的歌谣。岸边草丛里的青蛙、癞蛤蟆、蝈蝈、纺织娘还有蟋蟀不知是在聊天,还是在特意举办一场音乐会,大大小小的声音高高低低、短短长长、嘈嘈切切,不绝如缕。

我提议改变预定的方案——不在原计划的地方下水。因为月光下的湖滩上,除了我们仨,其他一个人影也没有,湖心倒是浮着一头不肯回家的耕牛,夜风送来河东那边一个男人威胁着这头牛的骂骂咧咧声。从湖滩望过去,晒场上的那只灯影影绰绰的,也成了一只萤火虫。

要到达瓜田,得先翻过五叔堆起来的堤坝,堤坝只有半米高,我们仨往上一跳就能跳过去。但我们受了《渡江侦察记》的影响,懂得了小心谨慎,可不能那样莽撞地跳上去。如果噌的一声跳上去,那动静就大了,不但容易暴露,也缺少了某种仪式感。

我们仨互相使了一个眼色,一齐趴到湖滩上,采用侦察英雄匍匐前行的姿势,用胳膊肘交替着一点一点地前行。我们爬上了堤坝,再跨过一道浅浅的垄沟,就进入了瓜田。

"不好!"小刚趴在堤坝上低声说,"有人来了!"

月光下,有两个人一前一后地从田埂上快速地移动过来,后面那个人的手里还亮着一把手电。两条田埂,一条长一些,大概有四百米长,另一条短一些,大概有三百米长。两条田埂加在一起距离我们不过八百米。我们已经认出了那两个人是五叔和五婶!

怎么办?潜入瓜田的我已经摸到了一只西瓜——有篮球那么大,温热的,散发着白天太阳的气息。机不可失,时不再来,我当机立断,一把揪断了瓜蔓,像抱一只篮球那样把瓜抱在怀里。小强也来到了瓜田,我俩一齐猫着腰,迅速地越过了垄沟,与接应的小刚会合,一齐溜下了堤坝。

手电的光已经晃了过来,从湖滩上快速撤离已经来不及,我们忙急速地跳入湖中,小心地潜伏进蒲草丛里。几只青蛙受了惊吓,呱呱地叫着在我们身旁跳跃,弄出几声扑通扑通的声响。我们往湖水里跳的时候,一定也弄出了声响。不过五叔和五婶也有可能听不见,因为他俩刚踏入瓜田的那一头。

湖水温温热热,一会儿就有小鱼游过来,它们小心翼翼地用嘴碰碰我的腿,一会儿游走了,一会儿又游过来。萤火虫叮在蒲草上,微弱的光一闪一闪的,照射得蒲草的叶子也反射着一丝绿油油的光。

五叔和五婶顺着瓜垄,直奔堤坝的方向而来。

手电的光在瓜蔓间一阵照射,五婶大声说:"就是这儿丢了一只!"

五叔恼怒的声音响起:"再看看其他地方,看还有没有丢的。"

又是一阵窸窸窣窣——应该是五叔和五婶沿着垄沟、顺着瓜蔓在察看,瓜叶不时地扫动着他们的裤管。过了好一阵,五婶肯定地说:"没有了,就丢了刚才那一只。"

五叔发着狠说:"刚才就看见了三个黑影子,一定还没有走远!你替我去拿把鱼叉来,他们八成就藏在蒲草丛里。瞧!那蒲草正在动呢。"

我们仨吓得大气不敢出,一动都不动。

五婶说:"要拿还是你去拿吧,你走路快,我去蒲草边上看看!"

五婶果然就走近了,手电光雪亮雪亮的,像江防敌人的探照灯射进了蒲草丛。我们不敢把脑袋沉到水里,一来是因为我们在水里还憋不到一分钟的气,二来如果我们现在把脑袋往水里沉,又多少会弄出一些声响。我们面面相觑,大眼瞪小眼,不知道下一秒将有什么飞来的横祸。一束光扫到了小强的脸上,我看见他绝望地闭上了眼。

手电光灭了,五婶大声地说:"他大,蒲草丛里没有人,他们早走了!"

五叔往五婶这边走过来,他边走边说:"真的没有人?这些瓜可一只都不能丢,每一只都是大志的学费呀!就是一只不丢还不够呢!"

五婶拽着五叔的胳膊往回走了,她轻声细语地说:"他大,我们两个大活人还能让尿憋死吗?车到山前必有路,再说还有叔伯婶娘们呢!我们回去吧,明天还要早起侍弄秧苗呢!"

月光下,五叔和五婶往回走了,两个人依然是一前一后的。走在前面的是五婶,她个子矮小;走在后面的是五叔,他身材高大,两只胳膊像钟摆一样在身体的两侧摆动着。我们庄子里的田埂都很窄小,容不了两个大人并肩走。

我抱着湿漉漉的瓜,小强他俩一左一右地护卫着我,更确切地说,是护卫着我手中的瓜。我们一声不吭,垂头丧气地在湖滩上走着,一点都没有猎获成功后的喜悦。

月光下的湖水,像一匹在微风中轻轻抖动的灰蓝色锦缎。那头听话的牛正从湖心往湖东游去,露出一道黑黑的脊和两只弯弯的角。有一只夜鸟急促地撞破了水面,大约是叼起了一条鱼,扇动着翅膀一声不吭地往我们庄子方向飞走了。

月亮爬得更高了些,吴刚还在那里甩着膀子砍桂花树。我们爷爷小的时候,吴刚就在那里砍了;我们太爷爷小的时候,吴刚就在那里砍了。那棵桂花树随砍随合,不知道吴刚已经砍多少年了。吴刚砍累了的时候,是否也要流一身臭汗?是否也会学那只玉兔,溜到我们的湖里来洗澡?

我们在湖滩上走出了足够的距离,走到一处石板丛生的地方停了下来,我们决定就在这里品尝胜利的果实。

没有带刀,难不倒我们,我们伫有六把"刀"——一个暑假,我们一有时间就去练铁砂掌,我们把手掌往沙袋里插、往谷堆里插,练就了一身不相上下的功力——单掌能生生地劈断一块瓦。

我把瓜放到了石板上。瓜是我冒险摘的,又是我抱着来的,我当然有优先劈打的权利。我摆开架势,深吸一口气,单掌高高扬起到耳畔,呼呼带风地从上往下一劈,瓜瘪了一道印儿,却没有碎。瓜比瓦结实。

小刚像个大英雄一样豪迈地说:"看我的!"他搓了搓手,摆出和我一样的姿势,一掌呼呼生风地劈下去,瓜也只是瘪了一道印儿。小刚有些怀疑人生似的,退到一旁,抚摸着自己劈疼了的手掌。

换上小强,还是没有劈碎。

这是什么瓜呀?我恼了,抱起它往石板上一掼,没使出多大力气呢,瓜碎了!

小强惊呼起来:"偷错了,白忙活了,摘了人家的葫芦!"

小刚也沮丧地说:"是葫芦!"

我一看,可不是嘛!月光打在白白的瓤儿上,银光闪闪的。葫芦比西瓜结实,怪不得我们三个人的铁砂掌都劈不碎呢!

我们都十分懊恼,这么一场付出只是为了葫芦?太不值得了!可是,且慢,五叔的瓜田里怎么还种上葫芦呢?再说,哪有深色带状条纹的葫芦呢?

我不甘心地掰了一小块瓤尝了尝,是甜的:"不对,不是葫芦,还是西瓜,味儿甜!"

小刚和小强一听,立刻敲碎了大块的瓜,各自捧着啃了起来。

我们坐在石板上,硬是把这只生瓜分吃了个一干二净。这是这个夏天,我们吃到的最好的西瓜了。这个晚上以后,我们再也没来偷五叔家的西瓜,我们已经亲耳从五叔的嘴中听到了,他种的其实不是西瓜,而是我们大志哥的学费啊!

四十年的时光过去了,我后来再也没吃过这么美味的西瓜——生的,白白的瓤儿,但在我的记忆中异样地甜。

大志哥一辈子稳稳当当的,事业上也不温不火,现在已经退了休,生活在武汉。大志哥大学毕业那年,我们的三大爷去世了,最终也没有等来大志哥驾驶的轮船。事实上大志哥从未驾驶过轮船,他学的是港口与航运管理专业。二十年前,我们的五叔和五婶也前后脚走了。后来的岁月中,有五户人家在城里买了房,湖边的徐家庄,现在只剩下三户人家的老宅了。三户人家的父母住在老宅里,春种秋收,迎送着晨昏。其他的六家老宅渐渐坍塌了,在风雨的侵蚀下,渐渐成了土丘,渐渐长出一棵两棵水杉,这一棵两棵渐渐又连成片,我们徐家庄有了一片蔚然壮观的水杉林,成了湖边鸥鹭的天堂。

小慧后来也上了大学。现在的小慧和我们仨一样,还没到退休的年龄。小慧和她哥生活在同一座城市里。我们乡下人的心里,总觉得兄妹在一起能有个照应。

小刚和小强长成了大刚和大强。没考上大学的他俩都在北京搞装修。莽撞又眼尖的大刚成立了自己的装修公司,当了老总。总是响应大刚的大强是装修队的队长,但大强的装修队并不属于大刚的装修公司。爱出馊主意的我考上了大学,在一家文化单位里当"穷酸"。一年当中,总有那么两三回,装修公司的老总和小队长要一起请我下下馆子。

下了馆子的我们总会想起那个月下的瓜田,我们不约而同地认为,那晚我们的行动还未开始,一定已经被小慧发现了端倪。

我们一边回忆着,一边喝酒,一边热泪盈眶地给小慧打电话,后来发 QQ 语音,再后来是发微信语音。我们操着半生不熟的北方口音邀请小慧:"啥时候来北京,一定好好补偿你一顿大兴的西瓜。"

每次小慧都是笑呵呵地说:"等我去了北京,一定找你们仨。"但这么多年过去了,小慧一直没来过北京。或许她也来过,但没有顾得上联系我们。

今年的端午节,我看见小慧在朋友圈里发了一篇纪念五叔和五婶的长文:

> 端午节是纪念屈原的日子,可也是我纪念父母的日子。我那留在白兔湖边的父母又勤劳又善良。记得我哥考上大学那年,他们为了筹措我哥的学费,冒险在湖滩上种植了一大片西瓜。之所以说是冒险,是因为那片湖滩常常被湖水淹没,假如那年雨水大,我家的瓜田将会颗粒无收。瓜是我哥的学费,自然不能被人糟蹋了。有天晚上,我们庄子里有小孩偷瓜。我母亲已经发现了他们就藏在湖边的蒲草丛里,可她却对我父亲说蒲草丛里什么都没有。回到家里,母亲才告诉了父亲实话。母亲解释,自己那么说是为了他们的安全……那年,瓜熟的时候,我随着父母挨家挨户地送瓜,每户都有,不落一个……

是的,那年夏末的时候,我吃到了成熟的西瓜,是红瓤儿的。

我在这条朋友圈下点了赞。小慧的文字让我家乡的湖水荡起波光,呼应着我的心湖,翻起滔天的风浪来。

我不能自已,向小慧发出了视频邀请。这么多年,给小慧打视频电话都是我们仨在一起的时候,独自一人时我还没有向她发过视频邀请。发出视频邀请后我就后悔了,邀请音响得越长这种后悔越加剧,我准备挂断的时候,小慧却接受了邀请。

几个月不见,视频里的小慧有些发胖,长得越来越像五婶了。她优雅地笑着问:"大成,怎么只见你自己呢?"

我没有回答她的话,有些激动地说:"小慧,刚看了你的文字,你知道此刻我最想的是什么吗?"

小慧是坐在她家的阳台里,阳台上攀缘着一株葫芦的藤蔓,倒挂在她身后的两个葫芦还很小,上面长着一圈细软的茸毛。小慧还是优雅地笑着说:"大成,我又不是你肚子里的蛔虫,我哪里知道你现在怎么想?"

我直愣愣地说:"小慧,我还想再回去偷一回五叔的瓜!"

小慧怔住了,然后她就咧开嘴笑了起来。她说:"是吗?大成,我也想,我也想回到咱们的白兔湖边呀……"

她说着说着,泪水就像断了线的珠子,沿着她那饱满的双颊滚滚地往下落了……

(原载于《北方文学》2023年第2期)

凯特是个谜

一

"对啦!"我一拍肥厚的巴掌,"凯特也就是那时候不见的。妈,你想想看,你说要真是我爸的牧羊犬惊吓了它,那它隔天不就回来了吗?"我脑子里电光石火一般,凯特失踪和梁叔失联这两件事突然就交织到一起,我有些自鸣得意地冲我妈说。

这是夏夜,秋天正跃跃欲试地前来。夜风从纱窗里透进来,比十天前凉爽了许多。我和我媳妇宋妍在我妈家蹭完饭,宋妍得做出贤惠的样子,收拾碗筷到后厨洗碗去了。我坐在我爸妈卧室的炕上。如果没有贵客,来的人又不多的话——通常也不会多,晚餐都是在我爸妈的炕上吃。这盘炕也不是我出生时的炕了,两年前我爸妈翻盖了新房,这是盘新炕。翻盖的新房呀,跟我们镇上许多老住户的新房一样,院子是用木栅栏围起来的,如果夏季雨水多,木栅栏上常长出一簇簇黑色或白色的蘑菇。

院门也是木板钉的。进了院门,是一溜红砖房的正屋,有着坡型的屋顶。正屋的门前有三级台阶,一进门就是客厅,左首边一间屋子是客房,右首边是我爸妈的卧室。穿过客厅的后门,饭厅的左首是储藏间,右首是后厨,灶坑连着我爸妈卧室里的那盘炕。

我和我爸都喜欢盘着腿坐在炕上。我爸长得黑瘦黑瘦的,上身穿着一件破旧的跨栏背心,下身是一条旧军裤,上面染满了草汁,还有一些泥点,身上满是羊膻的味道。

我爸掏出两支烟,习惯性地递给了我一支。硬牡丹,四十元一条。我们家,我哥不抽烟,只有我遗传了我爸抽烟的基因。我抽烟时也不喜欢吭声,和我爸像来了一场抽烟比赛,默默地憋着劲儿吞云吐雾。院外的草丛中小动物在开着会,"咕咕""呱呱""唧唧"声不断,灰蚊和飞蛾不停地往纱窗上扑打,噼噼啪啪的,让人不时产生窗外正下着淅淅沥沥小雨的错觉。

按照后来宋妍的说法,这晚是我嘴欠。烟从我嘴中吐出来,一缕烟雾就像被谁牵着似的向坐在炕沿的我妈头上飘去,我就脑洞大开地说了开头的话。我妈正在仔细地研究颜真卿的《自书告身帖》。听了我的话,我妈抬起头,老花眼镜滑到鼻尖上,她努着眼从镜框上方瞪了我一下。我没脸没皮地笑了,脑子里突然又闪出了似曾相识的上一回。那天晚上蹭完饭后,我爸也是递了一支烟给我,我妈也是坐在炕沿上,但那天她没有研究《自书告身帖》,我们家的凯特——一只浑身雪白,找不到一根杂毛的猫正卧在她的腿上,她的手在它脑袋上摩挲着。

我说:"妈,一只猫,你咋亲不够呢?"

我妈抬起头来,老花眼镜也是滑到鼻尖上,眼睛也是从镜框上方瞪了我一下。我妈说:"你俩又不给我生个大胖孙子,我不亲它亲谁?"凯特听了我妈的话,醋意十足地抬了抬脑袋,不怀好意地朝我"喵"了一声。

我爸冲它的眼睛吐了一口烟,它腾地伸出右前爪向我爸挠去。我妈笑着摁住了它,所以我爸没有受伤,但他仍然爆了一句粗口。

可今晚,在我妈手上,凯特变幻成颜真卿的字帖。我妈家的凯特,已经失踪十天了。

在这只凯特之前,我妈还养过另一只凯特。我二十四岁那年和宋妍结婚,两个月后,那只凯特伤心地不辞而别。我妈说它并不是因为我结婚而伤心地走了。那年,那只凯特已经十八岁了——猫的十八岁等于人的八十八岁,它是跑到一个偏僻的地方离开人世了。我妈说,猫是高贵的动物,就连死也不想在主人的面前失去尊严。可是,这后一只凯特才四岁多一点,它的不辞而别,一定不是为了有尊严地死去。

我就把梁叔的失联和凯特的失踪联系到一起,时间和地点都合得上:"凯特就是梁叔带走的!"

我妈身子一哆嗦,眼镜掉到了字帖上。我爸气哼哼地朝我瞪起眼,但我视而不见。

我循循善诱地说:"妈,你想想看?"

我妈迟迟疑疑地问:"是吗,二民?"

"那可不是咋的,就是梁叔去牡丹江的那天,凯特失踪的。梁叔那么稀罕凯特,见到它就跟见到亲儿子似的,一准就是他带走的,都不用猜。"

我妈底气不足地问:"真是他带走的?"

我说:"那可不是咋的。妈,你不是不同意抱团养老吗?没准是梁叔想和凯特抱团养老呢!哈哈……"宋妍常说我彪乎乎的,她哪里想到有时候我比谁都聪明。

我爸气不打一处来:"哼!啥抱团养老的!"他溜下了炕,背着干瘦的手往出走,连门帘都不撩,差一点和收拾完碗碟回卧室的宋妍撞了个满怀。

我妈的脸阴沉沉的。雨云积得很厚,眼瞅着大雨就要倾盆而下了。

宋妍说:"二民,你不会说话就甭说话,你不说话没人当你是哑巴。"

宋妍在我妈家往我的兴头上泼水,惹恼了我。我说:"你这个彪娘们冲我吼啥,是我爸先发飙的,知道不?"

我爸在院子里咬牙切齿地说:"你们这两个吃里爬外的家伙,吃饱了就赶紧给我滚吧!"

我问我妈:"妈,我爸这是咋的了?肝火这么旺呢!明晚我捎点牛黄解毒丸来?"

我妈也没好气地说:"你俩快点滚球吧!"

我和宋妍对视了一眼,只好尴尬地走了出来。夜风一阵一阵地吹过来,带来野花的气息,江水散发出来的白天的太阳的气息,以及我爸养的那一群小尾寒羊的气息。满天的繁星拱卫着不知怎么有些偏南的新月,淡紫色的雾气像轻纱一般在天地之间弥漫。

我说:"爸,你火气咋还那么大呢,气大伤肝、火大伤肺……"

我爸突然咳嗽起来,一声一声的,咳得佝偻起腰,瘦弱的脊背像江涛一般起伏。我说:"你看,火大伤肺吧?"

我爸一时说不出话来,一只手扶着膝盖,另一只手朝身后的我俩比画着,一下一下的,像划船的桨似的。

宋妍扯着我的胳膊说:"走吧,爸都撵咱俩了!"

我和宋妍结婚后有了自己的家。我妈家在镇子的东头,我家在镇子的西头。我们镇子是狭长形的,镇街东西有三公里长,南北只有一公里宽。我家住的那个小区由八栋六层的小楼组成,叫"幸福小区"。对了,我有一辆奇瑞车,日常就是在镇上跑跑出租。宋妍坐到副驾驶位置,蹙着眉头问:"咱妈又要和咱爸冷战了吧?"

车灯亮了起来,黑夜中无数的飞虫围绕着灯柱起舞。车缓缓地往前,我大大咧咧地说:"冷战呗,不然吃饱了咋消化!"

宋妍撇了撇嘴:"二民,你个彪乎乎的样儿,咱妈说凯特是被咱爸的牧羊犬惊跑的,你偏要说是梁叔带走的,他俩冷战刚结束,你又提那个抱团养老干啥!"

"提提怕啥?"我固执地说。

"你不知道那是咱爸的心病吗?到现在你还梁叔长、梁叔短的,真是你梁叔,至于对你失联吗?"宋妍是刀子嘴,挖苦死人不偿命。

一只灰猫大小的东西从道路左边的榛子丛中钻出来,我一脚刹车,宋妍的头差一点撞到了挡风玻璃,那只灰猫大小的东西已经嗖的一声越过车头,消失在道路的右边。"啥玩意儿?是不是凯特呀?"我故意刺激宋妍。

"喊!你瞎吗?"宋妍冷笑道,"是只灰猫。"

我记着刚才她骂我彪乎乎的,就回敬道:"你这个彪娘们儿说的是啥话呀,是我要喊他梁叔的吗?梁叔!梁叔!不还是你让我喊的吗?"

二

这事,我记得真真切切的。那天,我在东边老秦家的宾馆院里趴活。老秦家的宾馆其实叫"秦风宾馆",但叫"秦风宾馆"的都是外来的游客,我们土生土长的人都习惯称之为"老秦家的宾馆"。

镇上正在开发旅游,这几年除了发展民宿,宾馆一共开起来七家。七家里面,老秦家的宾馆在江边,地理位置好,盖得又最气派,宾馆内外都是按照哈尔滨的马迭尔宾馆的风格装饰的。我没去过哈尔滨,没见过马迭尔宾馆,但有一回我拉老秦家的宾馆的客人,才明白哈尔滨的比老秦家的要气派得多。那对三十岁左右的夫妻没带孩子,是从哈尔滨来的。男的长得丑,不说话时也龇着两颗大门牙,比我爸还瘦,像只猴;而女的则长得漂亮,丰盈如杨玉环,吊带背心遮不住的皮肤像剥了壳的鲜荔枝一样,让人恨不得扑上去咬一口。

他俩在老秦家的宾馆住了好几天了,游览了白桦林、乌苏里江湿地、赫哲人秘境,打我的车是要去木泥河景区。

从我们镇上到木泥河景区,单程六十五公里,来回一百三十公里。我平时在西边的客运站和东边的江边往返,跑一单才五元钱。一百三十公里的路程,一个旅游旺季都难得遇见一单。所以,开起车,我就奉承起他俩,没话找话地说起了老秦家的宾馆:"假如老秦家的宾馆在哈尔滨,那它就是'哈尔滨的马迭尔'呀!能住马迭尔宾馆的可不是一般的客人,像您二位!"

男的眉开眼笑地说:"这是啥马迭尔呀,这只能算马迭尔的儿子,哈哈,连儿子都算不上,只能算马迭尔的孙子,哈哈……这叫儿子不如老子,孙子不如儿子,一代不如一代啊,哈哈……"

女的娇嗔一句:"瞧你说的,庆阳!"她甜蜜地把头靠到男的胳膊上。他俩没准是来我们镇上度蜜月的呢。

我也不觉得窘,跟着庆阳哈哈地乐。这宾馆又不是我开的,管他是谁的儿子、孙子呢。只要他俩高兴,拉着他们多跑点路,多挣点钱比啥都强。

老秦家的宾馆一共有三层,每层有十个标间,院子里能停十五辆车。宾馆的主人是秦叔,他并不是我们镇上土生土长的人,只是年轻时在我们镇上当兵,退伍后就去沈阳工作了。五十五岁时,即八年前,他办了退休手续,领着老伴儿回到我们镇上住了下来,在江边开了这家宾馆。宾馆原来只有两层,我和宋妍结婚那年,又往上起了一层。之后不到半年,秦叔的老伴儿——刘婶就走了。原来刘婶在沈阳时就得了恶病,来到乌苏里江边,比医生的预期多活了七年。

我记得真真切切的。那天,我把车停在秦叔的院子里趴活。天空澄澈得像江水倒映上去一样,一片云彩都没有。太阳白花花的,乌苏里江的水也白花花的,太阳和江水像两面镜子一样,互相反射着光。不知有多少只知了在树上声嘶力竭地嘶鸣,一声接一声地叫得我头昏脑涨起来。中午,我懒得回家,就脱了鞋,躺到车后座上,一双赤脚惬意地伸到车窗外面。风从对岸吹来,带着烈日照射下的江水热乎乎、江鱼咸腥的气息,熏得我不知不觉就睡着了。

前几天,那对丑夫俊妻从宾馆里走出来,丑夫龇着两个大板牙问:"木泥河景区去不去?"我记得他的名字,突然就很生他的气:凭啥呀,龇着门牙像只兔子似的,却搂着杨玉环的腰,关键是杨玉环被一只兔子搂着,还陶醉得像跌进了幸福乡一样。我不去木泥河景区了,说不去就不去,跑再远给再多的钱也不去!

宋妍突然出现了,她气哼哼地指着我的鼻子骂:"你彪呀,这么好的活你都不接!你想接什么?你是不是看上人家老婆啦?"咦,宋妍咋一下子就猜中我的心思了呢?我窘迫地抵赖:"没……没……没有的事儿!"

"你还不承认!我让你不承认!"宋妍不依不饶地抬起像刀似的鞋尖狠狠地向我的脚上刺来。

"啊,你咋真刺呢!你这个彪娘们儿,你是真彪!"我疼得一下子醒过来,原来是秦叔正在踢我的脚。秦叔长得矮矮胖胖的,他一只手撑在奇瑞车的后厢盖上,正一下一下地挑着右脚踢我。

"哎哟哟,秦叔,你咋下手这么狠呢?你咋还真的踢我呢?"我坐了起来,不解地嘟囔着。

"二啊,你咋睡得这样死呢,我来问你,"他不等我推开车门出来,就把胖乎乎的脑袋探进来,"你妈是不是叫李秀丽?"大蒜蘸酱的气味扑鼻而来。

"是呀!"秦叔都把我问蒙了,"我妈叫李秀丽,你不是比我还熟悉吗?"

"瞧你这彪孩子说的,我咋还能比你熟悉呢!"秦叔缩回了脑袋,咧着肥厚的嘴唇诡谲地笑起来。

"秦叔啊,你认识我妈的时候,还没有我呢!"

"别说,你的大脑袋瓜还挺好使,"秦叔嬉皮笑脸地说,"二啊,那咱这镇上还有叫李秀丽的吗?"

"咱镇上巴掌大的一块地方,常住人口只有一千三,叫李秀丽的只有我妈。"我刚睡醒,脑袋瓜还有些木,晃了晃脑袋说,"啊,对了,还有一个叫张秀丽的,是十字路口开供销商场的老宋家的儿媳妇,但她是从小木河村嫁过来的。"

"二啊,你这大脑袋瓜真好使!"秦叔拍了拍我的肩说,"二啊,叔就喜欢找你说话。"

"咋的啦,秦叔?您就别神神道道的啦,您看您都把我整蒙圈了!"

"二呀,赶紧回家告诉你妈一声,梁保东回来啦!你一提梁保东,你妈准知道。"秦叔压抑着兴奋的声音说,"就是当年从咱镇上走出去的梁保东,和我一起当兵的,现在人家可是保东集团的董事长啦!我想领着他去看你妈,就怕你爸小肚鸡肠的!你妈在家吗?"

我说:"我妈在家呢,整天在家练字!我爸不在家,我爸不是养羊嘛!"

秦叔说:"二啊,你还是先回家跟你妈说一声吧。"

三

我突然有了一个梁叔,还是一家大集团的老总,他时隔多年故地重游,还要在我们镇上投资一个我们县里甚至市里都没有的大项目……我听了秦叔的话,当时的感觉就和娶亲那天一样,人都处在一种亢奋的状态中,走路直打飘,像喝醉了酒。

我腾云驾雾似的钻进了驾驶室,发动了车。我妈家也在镇子的东边,老秦家的宾馆偏东北,我妈家偏东南,相距也才五六百米。

去我妈家的路口就在眼前,可我内心一点都没迟疑就越过了路口。我要先回自个儿的家,告诉宋妍这个喜讯,听听她的主意。风不大,一阵一阵地吹拂着道旁的云杉、榆树、杨树,还有野山楂树的叶子,叶片翻卷起来,闪着粼粼的波光,仿佛江水流淌到树冠。客运站到了,这会儿没有班车来,里面空荡荡的。邮政所到了,它的院门对着镇子的主街,东侧围墙挨着老马家的包子铺,西侧围墙外有一条土路,只要不下雨,车就能从土路上开到我爸养羊的地方。老马家五岁的小孙子正在那条土路上玩。他光着膀子,脖子上系着一条枕巾。枕巾呼啦啦地飘在他背后,像一件斗篷。他手里挥舞着树枝,把自己当成一位带领千军万马的大将军,呼哈着直往镇街主道上扑,惊得我踩了一脚刹车。

老马的老伴儿趔趄着身子,张开大手,像老鹰抓小鸡似的把"大将军"抓回到安全地带,咧开掉了一只大门牙的嘴,怒气冲冲地对我说:"你这彪孩子,开那么快干啥?"

我没理她,急匆匆地开进我家的小区,停车、上楼。宋妍捏着手机打开房门,疑惑地问:"二民,咋回来这么早呢?太阳正当顶呢!"

我问她:"媳妇儿,咱妈是叫李秀丽不?"

宋妍马上把脸拉下来了:"二民,我说你彪啊你还不服!你妈叫不叫李秀丽,你自个儿不知道?特意赶回来问我啊?"

"不是,媳妇儿,不是这回事。我妈是叫李秀丽。我秦叔问我,'你妈是不是叫李秀丽?'"哎呀,我一着急,话就说不清楚。我喘了口气说,"媳妇儿,你先给我倒杯水,我先喝口水,再慢慢捋给你听。"

宋妍板着脸倒了一杯水,我猛灌了几口。我是真的渴了,刚才在老秦家的宾馆的院子里睡觉,被阳光烤的。缓了一口气,我坐下来,终于把秦叔说给我的话捋清了。

宋妍的眼波里,刹那间春潮涌动,她不相信地问:"二民,你不是在编吧?"

"媳妇儿,我啥时跟你说过假话啊!"

"也是,要说编呢,你真没这两下子!"

宋妍笑得很诡秘,"哎呀,没想到啊,咱妈年轻时,故事多多,风光无限啊!"

我生气了:"咱妈啥故事多多的?"

"二民,瞧你这彪乎乎的样儿,咋分不清好歹呢!"宋妍把手搭在我的肩膀上,"有故事,是不是好事,那得分跟谁!跟人家大老总有故事是好事呀!"

"唉,可怜咱爸还一直把秦叔当故事中的主角呢!"

"咱爸呀,是典型的小肚鸡肠!"

"哎呀,这回真主角回来了,还是个大老总。咱爸要是知道了真相,咋整?"我愁眉苦脸起来。

宋妍说:"喊!都过去几十年了,人家大老总早就儿孙满堂了。就算是老情人见面,有点余温,也是无可奈何花落去了,你替咱爸愁啥!"

宋妍说着就在手机屏幕上点点戳戳起来,然后把一条网页链接递到了我眼前:"二民,是不是就是这个保东实业集团?"

我一看,好家伙,这个集团经营范围涉及煤炭生产、化工运输、房地产开发等,光注册资本就有一个亿。这么大的老总年轻时竟然和我妈有故事,想都不敢想,我的一颗心不由得怦怦乱跳起来,磕磕巴巴地说:"是不是呢?也许是吧,也许不是……"

"那得回家问咱妈去呀!现在就去!"宋妍从沙发上弹起来,风风火火地拽着我就往门口走。

四

到了车上,宋妍仍然兴奋不已。她掏出手机,指尖点点戳戳一阵,说:"我看看保东集团上市了没有。"

我说:"那么大的公司,能不上市吗?"

宋妍叫了一声:"妈呀,保东股份,今天到了26.30元,上市日期是2010年3月,上市时每股面值1.00元,每股发行价12.58元……哎呀,二民,你咋不早一点告诉我呢,你咋刚刚告诉我呢?"

"我不是也刚知道的嘛!"

"唉!早给我一点内部股、原始股也好啊,我早就发财了!"宋妍懊恼地说。她没班上,专职在家炒股,有时赚一点,有时赔一些。

我泼冷水:"人家老梁头凭啥给你内部股、原始股呀?"

宋妍理直气壮地说:"凭咱妈呀!"她又问我,"你说咱妈,咋那么密不透风的呢?"

我说:"咱妈又不知道人家成了大老总呀!这不大老总刚来咱们镇上嘛!"

宋妍点点头,沉浸到幻想中,喜滋滋地说:"二民呀,你别以为我是为了自己发财,我想如果我发财了,我就养着你,再也不让你风里雨里跑出租了。"

我听了,心里有些小感动,嘴上却说:"我就愿意开出租呀!"

宋妍不假思索地说:"那我就专门雇你,从此,你就专门给我开出租。"

我说:"你不是还没发财嘛!"

宋妍咻咻笑着拧了我的胳膊一下。我的车已经驶到了前往我妈家的小道上。宋妍突然指着她那一侧的窗外说:"二民,那不是咱爸嘛!"

果然是我爸,正扞挓着手,垂头丧气地往一处草坡上走。翻过那处草坡,下面就是西大沟。西大沟常年干枯,里面长满了艾蒿、苜蓿、牛蒡等。西大沟沟沿有半米高,车开不过去。越过西大沟,前面就是西大坡,面积足有二十个足球场那么大,坡的尽头是一片白桦和白杨的混交林。西大坡有我爸养的六十只小尾寒羊。

我停下车喊:"爸,草茂盛着呢,羊又饿不死!大热天的,你急匆匆地干啥呢?"我爸一身标配——一条沾满了草汁、泥点和苍耳子也许是羊粪的脏兮兮的绿军裤,一件灰扑扑的破了几个洞的背心。他的背心被风吹得像一面招展的旗帜。我爸细高身材,退休前在我们镇上做农电工;退休后闲不住,迷上了养羊。我爷年轻时也养羊,我爸身上遗传了我爷爱养羊的基因。我爷去世得早,我生下来就没有见过他。

风把我的声音传到我爸的耳朵里。他停下来,扭身朝我看了一眼。我爸一定没有看清我,因为我坐在车内,还有宋妍挡着。但我爸知道开车的是我。他朝我挥了挥手——就像我是一只吸血虻似的,不耐烦地转身大步流星地往坡上走了。

宋妍撇了撇嘴,不屑地说:"老财迷!"

我怒气冲冲地吼:"再这样说我爸,小心我捶你!"

宋妍"喊"了一声,对我的威胁表示不屑,但也不再言语。我真要发起火来,她还是有些怵我的。我爸养羊,帮我娶了宋妍,又帮我买了车。他身上穿的却是那样的衣服,烈日当空的,也不在家里多歇会儿。我爸是想把羊伺候得更肥壮些,卖羊的钱最终又是流进我的腰包,我不许宋妍这样说他。

我爸咋回来了呢?他中午一般不搁家里吃饭,一定不是为吃午饭回转。我爸烟瘾大,一定是烟抽完了,回家来取烟,这是常有的事。

拐过一个弯,我妈家就在眼前了:"咦,是我哥回来了?我哥回来了,咱爸咋还那么急着去看他的羊呢?"

宋妍立刻找到了报复我的机会:"大民的车是黑色的,这车是白色的好不好,瞧你那彪乎乎的样儿,连黑白都不分了。"

宋妍这样骂我,我不生气,只要她不损我爸。我把车停在白车的后面。那车是白色的迈腾,似乎是秦叔的车。秦叔咋来我家了,他不是怵我爸吗?也许不是秦叔,是我妈的同道中人驾车来找她切磋技艺了。我妈是镇上初中的英语老师,退休后迷上了书法,不但加入了县书法家协会,还挂了一个副秘书长的头衔。我妈的同道来了,我爸在家里又插不上话,我妈还嫌他碍事,他当然要往外跑了。

院门和屋门都敞着,有陌生男人沉稳的说话声,口音不是我们北方的。我好奇地撩开了门帘。

果然是秦叔的车。秦叔正和一个陌生男人并排坐在客厅的沙发上,秦叔坐在靠近门的这一端,我妈端端正正地坐在椅子上,椅子靠近陌生男人那一端。

秦叔见到我和宋妍,也不站起来,嬉笑着说:"二啊,我就知道你嘴上没毛,办事不牢呀!让你回家告诉你妈一声,好让你妈有个思想准备,你却跑回家接媳妇儿去了。二啊,你这叫啥,你这就叫有了媳妇忘了娘啊……"

我和宋妍不约而同地猜到了这个陌生男人是谁。宋妍站在了我妈背后,我则站在秦叔的身旁。

我妈的表情有些不自然,她略显慌乱地理了一下鬓角的头发:"喏,老梁,这就是我家的二小子和他媳妇儿,两口子就是不肯要孩子……"

秦叔哈哈笑着说:"现在的年轻人哪,都一样,我家那小子也是,要不我咋不想回去呢。"秦叔有个儿子留在沈阳。

凯特是个谜 / 283

我妈今年六十三岁,大老总的年龄看起来和我妈的差不多。他国字脸,稀稀疏疏的黑发中夹杂着一些银丝。大老总的穿着并不奢华——还赶不上前几天我拉的那个叫庆阳的男人,一件黑底带紫红条纹的POLO短袖衬衣扎在水磨蓝色的裤子里,腰系一条鳄鱼纹的黑皮带,脚上是一双带网眼的黑皮鞋。从坐在沙发里的身姿估量,大老总的身高应该不超过我爸,只是比我爸壮实许多。大老总慈祥地打量了一下我,有些歉疚地说:"你看,我这个不速之客,一来就给你们带来困扰了。"

秦叔翻动着肥嘟嘟的嘴唇说:"哈哈,这其实还是我的主意,我也是急老梁之所急嘛,哈哈……"

我妈不好意思地笑了一下,说:"哪有啥困扰的,过去了这么多年,谢谢你还记得我。"

门帘闪动,只见凯特用脑袋小心翼翼地顶开门帘的一角,先是鬼头鬼脑地打量了一下客厅里的人,然后快速地蹿到茶几跟前,跳了上来,险些打翻了大老总面前的水杯。我的惊呼声还没有发出来,凯特已经跳到我妈腿上,用两只琥珀似的眼睛紧紧地盯着大老总。

大老总的面颊微微一颤,他朝我妈一侧倾了倾身子,声音低沉而清晰:"凯特?"宋妍正端着水壶,殷勤地给大老总和秦叔添水。给我妈添水时,发现我妈的水杯还是满的,她就把水壶搁到了茶几上。

我妈的身体是绷着的,她带着慌乱的表情说:"我呀,就是对猫稀罕得不行。我养的猫都叫凯特……"我妈搂着凯特,把脸一点一点地往它的脑袋上贴,就像一点一点地沉浸到往事中去似的。谁知凯特一点也不领我妈的情,喵的一声挣脱了她的手,嗖的一下跃进大老总的怀中。

"好呀,好呀……"大老总抓着凯特的两只前爪把它提起来,就像抓举一个初生的婴儿,脸上满满的慈爱和柔情。

秦叔溜须说:"老梁有爱心,一位大慈善家呀,不然,猫咋喜欢你呢!猫是有灵性的,它分得清好歹!对了,咱们当兵那会儿,你也总是对一只猫亲……"

大老总笑了笑,没接秦叔的话茬。他打量了一下我,对我妈说:"秀丽呀,真是'人生不相见,动如参与商'呀,你的二小子都成家立业啦!在镇上工作?"

我微笑着朝大老总点点头。

"他呀,开开出租车。"我妈有意在外人面前贬损我和我哥,"我的两个儿子啊,都随了他爸,长着花岗岩似的脑壳,书是一点都读不进去。没出息嘛,只有留在身边了。那个老大算是子承父业,也在镇上的电管所工作。"

秦叔偏向我和我哥:"大民和二民可都是好孩子,大民从来没有断过我家的电啊,哈哈……"

我妈笑笑,又不自然地理了理鬓角,其实那里一根杂乱的鬓丝都没有。

大老总说:"蛮好,蛮好! 娃留在身边好!"凯特听了冲着我喵了一声,好像也在"说"我们都留在我妈身边好似的。

大老总侧脸对秦叔感叹:"老秦啊,咱俩来这里当兵的时候,岁数比他还小呢,真是'昔别君未婚,儿女忽成行'啊,这一晃眼,时光都去哪儿了呢!"

秦叔朝我挤挤眼,嘻嘻哈哈地说:"时光都去找媳妇儿了呗!"

我妈笑了,宋妍笑了,我也笑了。秦叔总是喜欢逗我玩。

大老总又感慨地说:"娃都是好娃呀,秀丽呀,看到你过得这么幸福,我真的很欣慰……"凯特咧了咧嘴,嘲讽似的朝我"笑"了一下。

我妈谦逊地说:"也就马马虎虎的吧,普通人的生活嘛。老梁,你几个娃?"

大老总说:"我嘛,只有一个小子。大啦,公司就交给他啦。不交给他,我也没有时间回来呀……"

"咋一个人来呢?"我妈试探着问。

秦叔叹了一口气,说:"老梁和我一样,要不我俩咋有这么多共同语言呢。"

大老总低着头用手指梳理凯特的毛,猫毛在他指缝间一垄一垄的,就像雪浪一般纷纷四溅开来。

大老总一遍一遍地梳理着凯特的毛,凯特不乐意了,一纵身,从他的怀里冲了下来,像发威的猛虎似的,抖了抖身上的毛,瞅了瞅我妈的脸色,踏着碎步来到门帘跟前,用指爪拨开门帘,悄悄地消失在院落中。

"秀丽啊,今天我来,就是来认个门,什么都没有准备,你看看……"大老总摊了摊手,"连件伴手礼都没带,我能不能请你全家吃个饭?"大老总又想了想,边起身边对秦叔说,"今天能坐到秀丽家的客厅里,我还要谢谢你呢,老秦!"

秦叔跟着站起来,说:"谢我啥呀,要说谢,也是我谢你,不是你老梁面子大,我都不敢登秀丽的门。"

我妈笑骂道:"瞧你这个秦胖子说的,像我家养了一只老虎似的!"

秦叔说:"呵!你家的老孙嘛,可不就是一只老虎!前年的一句玩笑话,记恨到今天,见面就要和我拼命。那老梁、秀丽,今天的晚宴就安排在我那里。二啊,你和你媳妇儿也一起来。"

我妈为难地说:"哎呀,老秦呀,太突然了吧,我啥都没准备呢。"

秦叔说:"你来就行了,啥都不用你准备!"

我看出了我妈的为难,就说:"秦叔,要不改天?我爸不在家呢,这么大的事,咋也得和我爸说一声是不是?"

"你爸那人,说不说都行!"秦叔又觉得这么说似乎不妥,

"二啊,那你就跟你爸说一声……"

我妈客气:"老秦呀,哪能让你张罗呢,老梁到咱镇上来了,我咋也得尽一尽地主之谊吧。"

秦叔说:"秀丽呀,老梁这回来,可能就不走啦!咱这地方,山好水好,真正是养老的好地方,人活一辈子图啥!"

宋妍溜了一句缝:"关键还有人好!"

秦叔瞅了我妈一眼说:"可不是嘛,秀丽呀,这回老梁还要在咱镇上投资呢,你的地主之谊,不急着尽……"

五

秦叔和大老总走了,我和宋妍没走。宋妍挨着我妈坐到沙发上,挎住我妈的胳膊,亲昵地说:"妈,我梁叔好帅气呀,当年你咋没看上人家呢?"

我妈一时没回过神来。我说:"也许是人家没看上咱妈呢!"

宋妍朝我翻了个白眼:"二民,你不说话,没人当你是哑巴。你要不要出去再跑两圈,挣个十元八元的再回来?"

我妈没听见我俩在拌嘴。

"妈,"宋妍挤挤我妈的胳膊,"你说你当年咋就看上我爸了呢?"

我妈回过神来,把宋妍的胳膊往外推,说:"去!去!你俩在寻思啥呢!哪有你俩寻思的那些事儿呀。"原来,刚才我和宋妍的对话,我妈都听见了。

宋妍说:"妈,都是老皇历了,有啥害羞的。我秦叔啥都对二民说了。你当时师范刚毕业,在镇初中当英语老师。我梁叔咋就认识了你,反正都在一个镇上呗,那时候镇上人更少。部队管理严啊,我梁叔为了见你,周日悄没声儿地从营房里溜出来,跟你到桦树林子里采桦茸,听说你俩手都牵了……"

我纠正:"咋是周日悄没声儿的呢,是平日吹了熄灯号之后。"

我妈气得拍着沙发的扶手问:"二民,你是我亲生的吗?你咋听那个秦胖子瞎编派你妈呢!"

宋妍说:"妈,牵了手就牵了手呗,牵个手算啥事呀!"

我妈板着脸对我说:"二民,你接着往下说,我听听那个秦胖子还编派了我啥!"

我瞅了瞅我妈的脸色,说:"我秦叔说,你俩牵手的事,我姥爷咋就知道了。我姥爷说这还了得,一个当兵的竟想诱骗我的宝贝闺女!他一分钟都没耽搁,找到了驻军的首长。首长就把梁叔给开除了,部队不准士兵和当地姑娘谈恋爱呗!"

宋妍又埋怨起我姥爷:"姥爷咋那么多事呢!"

我妈说:"哎呀,哪是你姥爷反映的呀,是他的班长向上反映的,也不是被开除了呀,是提前转业了……"

宋妍紧追不舍:"妈,人家都转业了,你咋就没等人家,就嫁给我爸了呢?"

我说:"是呀,妈!"

我妈气鼓鼓地瞪了我一眼,说:"不嫁给你爸,咋会有你呢!"

门帘一闪,凯特又窜了回来,这一回它直接扑进我妈的怀里。宋妍伸手想摸它的脑袋,它却不知好歹地龇起牙,像见到了老鼠一样低吼着发威。

我妈笑骂着我和宋妍:"谁让你俩耳根子那么软,别人编派你妈的话都信呢!凯特可是知道好歹呢!"凯特得了表扬,像吃奶的婴儿似的直把小脑袋往我妈的怀里拱。

宋妍不理会凯特,问:"妈,那你咋就嫁给我爸了呢?"

我妈想了想,似乎觉得说出来的确没啥,就慢悠悠地说起来:"四十年前哪像你们现在呀,又有手机又有微信啥的,那时候除了书信,就没有别的联系方式。老梁这一走呀,连封书信都没有。他是辽宁朝阳人,你姥爷说,转业也只能转回朝阳。朝阳那个地方不像现在,那些年可苦了。那里的人当年都恨不得留在咱乌苏里江边上呢!为啥呀?咱乌苏里江边上土地多肥沃呀!可那个时候,咱镇上哪像现在说留下就能留下的。那个时候呀,留不下。老梁没有一封书信,大概也是记恨你姥爷吧,毕竟是提前转业了……"我妈想了想,又说,"即使老梁有书信来,你姥爷也不会同意我去朝阳啊!等我终于收到他一封书信的时候,都认识你爸,有了你哥了……"

宋妍问:"妈,那我爸知道你和梁叔的故事吗?"

我妈说:"你爸呀,也听说了,把老梁当成老秦呢!所以,他一见老秦,就像狗见了猫似的!"

我说:"妈,刚才我俩来之前,看见我爸正往西大坡那边走呢,我爸没碰见梁叔吗?"

宋妍说:"是呀,妈,没准儿我爸正想回家呢,看见梁叔来家了,见不得梁叔,就气呼呼地走了吧?"

我说:"我爸又没见过梁叔,哪会见不得梁叔呢?是见不得秦叔!"

宋妍说:"那不对呀,秦叔都撵上门来了,我爸见了还不得扑进来掐死他呀!"

我说:"院门和屋门都敞着呢,除了我秦叔,还有梁叔在说话呢!咱爸还担心啥?只好就气呼呼地走了呗!"

六

晚饭后,我哥和我嫂子来了。他俩很少晚上来我妈家。

我哥问:"大老总没搁咱家吃晚饭啊?"

我说:"哥,你消息咋那么灵通呢?"

我嫂子说:"嗨!二民,咱镇上巴掌大的地方,你昨晚在家放了一个屁,我和你哥都闻到了。"

我说:"嫂子你就吹吧,反正吹牛又不上税。"

我妈问我嫂子:"你咋有空呢,饭店那么忙!"

我嫂子说:"嗨!巴掌大的一个餐馆,整天也没几个客,小周照看着就是了。"小周是我嫂子的娘家侄子,在她的餐馆里做厨师兼服务员。

我爸饭后习惯性一支烟,也递给我一支。我俩坐在炕上面对面地吞云吐雾。

我说:"爸,还在为我秦叔来家生闷气啊?"

我爸吐了一口烟,说:"为他?哼,不值!有啥了不起的,觉得自己有几个臭钱,已经横着膀子在镇上走路了,还领着一个大老总来咱家显摆。"

我嫂子说:"秦叔走路就是那姿势,像鸭子似的,他哪是因为有了几个臭钱呀,他是胖的。"

我爸没理我嫂子。

我嫂子讨了个没趣,转而亲热地对我妈说:"妈,听说大老总要建啥五星级的养老机构,将来好抱团养老。啥是五星级的呀,贫穷都限制了我的想象力,那得投多少资啊!"

我哥像什么都明白似的说:"那可不,要不人家咋叫大老总呢。"

我嫂子跟我妈套近乎："妈,听说人家大老总是冲着你来的,冲着你才肯来咱镇上投资的。你跟大老总说说,拔一根汗毛给我投点儿,咱自个儿家的餐馆,再扩大扩大,咱镇上正发展旅游,前景好着呢。"

我妈把脸沉下来。

我嫂子添了小心说："妈,咱也不是让他白投资,咱可以当他入股呀。"

我妈面沉似水。

我哥像在演戏似的冲我嫂子说："闭嘴！人家大老总刚来,你就异想天开了。餐馆再扩大扩大,当然能赚钱了,赚了钱……"我哥转向我妈,"我俩想把小龙送到县城去读书。妈,我俩得让你的孙子接受更好的教育。可不能让他学他爸了。你说呢,妈？"

我妈恢复了初中老师的身份,语重心长地说："大民、二民,妈对你俩从小就是这么教育的？"我妈一板一眼,"大老总来咱镇上投不投资,投多少资都和咱家没有任何关系。别人的钱再多都是别人的。钱这东西啊,花自个儿挣的才安心！"

我嫂子急了,说："妈,咋和咱家没有关系呢？人家大老总是因为你才回到咱镇上的！再说,咱又不是白沾别人的便宜,咱说的是投资。"

我妈说:"大民媳妇儿可别胡说,人家大老总是老秦的战友,咋是因为我才回来的呢?你这样说,让你爸咋想?"

我爸没吭声,只是手颤抖了一下,一团烟火没有掉进烟灰缸里,掉到了炕上。我哥瞅瞅我妈的脸色,冲我嫂子吆喝:"你给我闭嘴吧!"

我妈现出疲惫的脸色,说:"不早了,大民、二民,你们都回吧。"

我的烟吸完了。我吸得比我爸快。我把烟蒂摁进烟灰缸,说:"爸,那就按照晚饭时商量的,明天晚上请老梁头吃个饭?"

我爸大度地说:"请呀!请!"

宋妍问:"去我秦叔家的宾馆?"

我爸生气地说:"就他家有餐馆?咱家也有餐馆呢!"我爸也把烟蒂摁进烟灰缸,不容分辩地说,"要请就得在你嫂子的餐馆里请呀。"

我嫂子喜笑颜开地说:"爸说得对呀,就按爸的意思来。"

刚才边吃晚饭边商议时,还说的是在秦叔的宾馆里宴请,我爸也没有表示反对,现在却变卦了。我问我妈:"妈,你看这行吗?"

我妈反问:"有啥不行的?"

我们就回了自己的家。

夜风习习,满天的星辰。天空中有一颗流星滑过,似乎落入东边的江水里。静夜里,江中果然传来咚的一声闷响。流星那长长的印痕,像一把锋利的刀,把灰蓝色的天幕割开了一道口子。当然,这道口子只存在了一瞬间,但这一瞬间的印象却永久地留在了我的脑海中。

"二民——"宋妍兴奋得睡不着觉,暗夜中的两只眼睛,就像两颗闪烁不定的星星。

"咋了?"

"我咋觉得大老总不是第一次来咱妈家呢?"

"你是说老梁头?"

"啥老梁头,别不懂礼貌,叫大老总、梁董事长!不对,咱就叫他梁叔,叫大老总和梁董事长都显得生分了。"

"当面叫梁叔,背后叫老梁头。"

"应该表里如一。"

"好,那就叫梁叔吧。"你们看,梁叔不就是宋妍让我喊的吗?所以,若干天后,梁叔失联,她讽刺我"梁叔长、梁叔短的"就因为人家是大老总,冤枉得我跳进乌苏里江都洗不清,我自然就对她恶语相向了。

其实,我也可以喊他老梁头,我们镇上管上了年纪的男人都叫某某头,譬如我爸,在别人嘴里就叫老孙头,一点贬义都没有。宋妍突然说梁叔不是第一次来我妈家,把我说得有点蒙,我问:

"咋不是呢?"

"你想呀,梁叔如果是第一次来,那凯特咋和他那么熟呢?那小畜生可精了,我要摸它一下它都不肯。"我躺着,宋妍侧身用指尖在我的脑门上画圈圈儿。

这一画,我果然像醍醐灌顶似的叫了起来:"对呀,我也纳闷儿呢!梁叔第一次来咱妈家,咋能一下子喊出凯特的名字呢?"

"是吗?"宋妍呼啦一声坐了起来,"我咋没留心这个细节呢!"

"我留心了呀!"我觉得自己的脑子分外清醒,就像一只飞轮在暗夜中飞速而又灵巧地旋转着,"梁叔来咱家之前,秦叔特意问我,咱妈是不是叫李秀丽!秦叔为啥要兜这个圈子呢?媳妇儿,秦叔好有心机啊!他葫芦里卖的是啥药呢?凯特这个名字会不会是秦叔告诉梁叔的呢?"我一个激灵,也坐了起来。

宋妍却拥着我一起躺下来,她把指尖移到我的肚皮上画圈,悠悠地说:"也许是咱妈有心机呢。咱妈呀,是做英语老师的,那英语弯弯绕的,都能把人绕蒙。"

我的脑子转向了另外一个问题:"我姥爷当年咋就看不上梁叔呢?媳妇儿,你想想看,如果我妈嫁给他了,现在的董事长不就是我爸吗?那我……哎呀,我想都不敢想呀!"

宋妍问:"二民,大老总真要是你爸了,你还娶我吗?"

我想都不想地说:"当然啦,不娶你娶谁?"

宋妍高兴地把脑袋往我怀里拱,就像凯特往我妈怀里拱一样,可是我又想到了一个很严重的问题:"如果我妈当年嫁给了梁叔,生出来的还会是我吗? 一定不是的,因为我只能是我妈和我爸的种!"想着想着,我就有些惆怅起来。

窗外,有只夜鸟突然"咳、啾、咳"地叫了三声,只有三声,像是影片中地下党的接头暗号,三声后又发出一连串"啾啾啾"的颤音。我认真地谛听着,许久也没有听见另一只接头的鸟儿的呼应声。

七

我嫂子的餐馆位于镇子的中间、大十字街供销商场的北侧。餐馆只有两层。一层的大开间是由两间门面房合成的,大开间后面有通向二楼的简易楼梯,楼梯下方有一扇通往后厨的门,后厨是私搭的建筑。二层只有一大两小的三个包间,大包间能坐十二位客人;小的包间,每间挤挤能坐八位客人。

太阳还在西天明晃晃的,我爸就把羊拢到圈里,回家洗完澡,换皮鞋时,发现两年前买的带网眼的夏天皮鞋放久了脱了皮,像一条害了癞疮的狗,身上露出东一块西一块的疤。我爸踌躇起来。

我妈不以为然："凑合着穿吧，天黑时，谁往你脚上看呀。"

我爸认真地说："那可不行，在大老总面前，咱可不能掉份儿！"我爸自个儿去供销商场买了一双新的带网眼的黑皮鞋。穿上新皮鞋，他顺道儿到我嫂子的餐馆看了看。我嫂子皱着鼻子说："爸，你新衣服新鞋的，咋也染上了羊膻味儿呢？"

一只壮硕的绿头苍蝇迷上了羊膻味儿，在我爸的鼻尖前盘旋。我爸伸手抓了几把，没抓着，对我嫂子说："别瞎说，是你餐馆的味儿。"

我嫂子说："爸，一定是你的头发没洗干净。羊膻味儿哪是冲一遍就能冲掉的，再说你头发长了，也该理理了。"

我爸说："是吗？那我得去理理呀。"我爸就去找理发店理发去了。

太阳渐渐西沉，西天一片火烧云，我妈从家走着来我嫂子的餐馆了。

我嫂子殷勤地说："妈，晚上上咱家的招牌菜红烧大鳇鱼，足有二十来斤呢，我托了好几个人才弄到的，费老大劲了。"

我妈微微笑了笑。

我嫂子又说："妈，茶杯、盘子、盏子全换了新的，骨瓷的，大民托人买回来的……"

我妈说："大民媳妇儿啊，花多少钱，妈都买单，啊……"

我嫂子不好意思起来，说："妈，瞧你说的，这不是和我见外吗?"

梁叔是我和宋妍接过来的。我接梁叔时,没看见秦叔。宋妍对我说:"秦叔也是大老总,你以为他是宾馆的门卫啊,成天盯着你?"

梁叔说:"我给老秦打个电话。"

我说:"没事,咱先去喝喝茶,我秦叔自个儿有车。"

梁叔笑了笑,就没给秦叔打电话。把梁叔接过来时,我哥已经下班回来了,我爸还没有回来。

我哥充当跑堂,把梁叔和我妈领进楼上的大包间。我哥谦卑地说:"咱这地儿就是太小,也简陋,让梁叔见笑了。"

梁叔摆摆手,和蔼地说:"酒香不怕巷子深,好吃不在餐馆大小嘛。"

进了包间,分宾主落座,宋妍主动当起了服务员,端茶倒水。

我的手机响了,是秦叔打来的。我拿着手机往包间外面走,梁叔见了对我妈夸我:"秀丽呀,娃多有礼貌呀。"

我妈客气地说:"有时候也犯浑。"

我出了包间,秦叔就在电话里嚷:"二啊,请客咋不请我呢?"

我说:"秦叔你就自个儿来呗,刚才不是没看见你嘛。"

秦叔说:"二啊,那你快来接我吧。"

我说:"秦叔,你咋还摆谱呢?你自个儿不是有车吗,一脚油门的事。"

秦叔说:"二啊,你这么说可不对。有没有车是我的事,来不来接就是你的事了,二不来接我我咋知道二是真心的呢?"

宋妍推开包间的门,狐疑地问:"谁呀,接个电话还神神秘秘的。"

我说:"是秦叔。"

宋妍舒了一口气,说:"我当是谁呢,接个电话还背着人。"

我没接宋妍的茬儿,梁叔和我妈都向我看过来,我对我妈说:"我秦叔要我去接他。"

我妈说:"这个老秦真能摆谱儿,二民甭理他,他爱来不来吧。"我妈估计是真心不想让秦叔来,因为我爸不待见他。

梁叔笑了笑,没有表示反对意见,我也就不理秦叔的茬儿了。

我爸上楼来了。他不但理了发,还换了一根新腰带,人一下子就年轻了十岁,跟当羊倌儿时判若两人。主位是给我爸留的,他的左首是梁叔,右首是我妈。

我爸对梁叔说:"你是大老总,又是远道而来的客人,这个位置还是你来坐。"

梁叔摆手道:"老哥,你是主人,理应坐主位。"

我爸侧脸问我妈:"秀丽,你说呢?"

我妈说:"你就恭敬不如从命呗。"

我爸就安心地坐在了主位。宴席还没开始,他习惯性地摸出烟来,让给梁叔一支。梁叔摆手。

我爸说:"中华的!"他平时不抽这么好的烟,这是刚才特意去买的。

梁叔客气地说:"老哥,我以前是抽烟,后来肺上长了结节,医生不让抽了。"

我爸说:"哦,那得听医生的呀。"他又说,"大老总,咱俩谁大?你咋叫我老哥呢?"

梁叔说:"我五七年属鸡的,老哥你是五八年属狗的。"

我爸"哦"了一声,瞅瞅我妈,知道是她把他的年龄告诉梁叔的。

我妈端庄地微笑着。

我嫂子亲自端上来了红烧鲤鱼,我哥又端上来两个时令热菜,宴席就正式开始了。我哥挨着我妈坐,他旁边是我嫂子。我侄子小龙有功课,没有来。我挨着梁叔坐,宋妍挨着我。

酒倒上了,我爸举杯。梁叔又不能喝酒,说:"哎呀,不瞒老哥说,年轻时是能喝一些,但把身体都喝坏啦。如今这把年纪了,可不敢再喝了。"

我爸说:"那也得尝尝啊,这是本地酿造的粮食酒,真正纯粮食酿造的,不比茅台差。"

梁叔为难地说:"哎呀,这……这…… 老哥,你这盛情难却呀!"梁叔到底没有抹开面子,端起了酒杯。

我妈提醒我爸:"老孙,酒能喝多少就喝多少,咱别劝酒啊。"

我爸说:"那哪成啊,人家大老总不远万里到咱这里来,酒不喝好,就是咱没尽到礼数呀。"

我妈说:"哎哟,就你懂礼数呀!人家老梁做大老总的,手底下得管多少人呀,不比你懂礼数?"

一杯酒进肚,我爸豪情万丈地说:"这个我知道,我能不知道吗?大老总管过许多人,我不也管过许多人吗?"

我妈说:"竟说胡话呢,你啥时候管过许多人?"

我爸说:"我工作那会儿,咱这镇上七八百人的用电都是我管理呀。"他和梁叔碰杯,又一杯酒进了肚。

我妈说:"老孙你可拉倒吧。你工作那会儿,咱镇上是有七八百人,可这七八百人哪是你管理的呀,那有书记和镇长呢。你在电管所,不就管着你自己和你的徒弟吗?"

一瞬间,我爸黑瘦的脸变成黑红。他说:"我现在手底下还管着一群羊呢。其实吧,管理人和管理羊都是一个理儿。大老总,咱哥俩再干一个!"三杯酒进肚,我爸就有几分醉意了。

喝白酒的只有三个人:我爸、梁叔和我哥。我嫂子和宋妍喝啤酒,我什么酒都不喝。我一会儿要送梁叔回宾馆,所以,没人劝我酒。但我也懂得礼数,用白水敬梁叔,祝梁叔在我们镇上生活愉快、投资顺利。

我敬梁叔时,宋妍也乖巧地端起酒杯,说:"要用车啥的,梁叔就吩咐,您几十年没回来了,这镇上变化可大呢。"

正说着,秦叔不请自到了。

我妈端坐不动,我只好给秦叔让座。秦叔也就毫不客气地挨着梁叔坐下了。

我爸不乐意,板着黑红的脸问:"你咋来了呢?"

秦叔不觉得尴尬,反而觉得我爸问得有趣,哈哈地笑了起来,说:"老孙,你心眼儿咋这么小呢!那回吧,我就是和秀丽开开玩笑,你咋还一直记恨到今天呢?"

我爸说:"你可拉倒吧。秦胖子,我还不知道你的花花肠子,你那是开玩笑吗?你那是投石问路呢。"

秦叔说:"老哥呀老哥,就算我是投石问路,就算你不相信我吧,你家秀丽是啥人,你还不相信你家秀丽吗?"

我爸真是小肚鸡肠的,脖子上青筋都蹦蹦跳,说:"秦胖子,你甭和我笑嘻嘻的,扯那些没有用,咱俩是永远尿不到一壶的,也不可能尿到一壶。赶紧给我走,我这儿不欢迎你!"

我妈生气地说:"老孙啊,咋这么说话呢!好汉还不撵上门客呢,你看你现在的样子,哪有一点好汉的影子。"

秦叔一点都不恼,笑嘻嘻地对我爸说:"老孙啊,话可不要说得这么绝对,山不转人转,没准咱们以后还是一家人呢,哪能这么对一家人说话呢,是不?"他又对梁叔说,"是不,老梁?我来晚了,是刚才被李镇长拽住了。这家伙,拉着我嘀咕了半天,都是关于你投资的事。明天中午,镇长还要宴请你,招商引资嘛,你来,是为咱镇上做贡献啊。"

我爸撇着嘴说:"小样儿吧,还李镇长呢,李镇长还是我小舅子呢。跟我扯这些!"我爸说得没错,镇长是我妈的堂弟,我得管他叫"老舅"。

我嫂子插话:"那五星级的养老机构,得投多少钱哪。养老能有开餐馆回本快吗?啥时候能回本呢?"

秦叔说:"有你梁叔在,你操啥心呢?钱都不是事,只要能够抱团养老,咱就图个念想,啥回本不回本的。对不,老梁?"

我爸气哼哼地问我嫂子:"啥玩意儿,啥叫抱团养老?"

我嫂子说不出个所以然来。

宋妍掏出手机,指尖点点戳戳几下说:"抱团养老就是指志同道合的老人,不依靠子女,离开传统家庭,搬到同一个地方搭伴居住。"

我爸的眼珠子都在往外冒火,他瞅了瞅我妈。

我妈生气地说:"你瞅我干啥,老梁投资抱团养老,和我有啥关系?我又没想抱团养老。再说,八字还没一撇呢!"

秦叔指点着我爸笑着说:"你们看看,看看,老孙浑身都哆嗦了。老孙你怕啥,你以为抱团养老就没有你的份儿吗?哈哈……"

我爸一下子就发飙了,说:"秦胖子,你别再做白日梦了!"他猛地往起一站,碰得面前的餐具叮当作响。

我嫂子惊呼起来:"爸,你小心点!"她这一声惊呼,让我爸的火烧得更旺了,他索性把桌布一掀。我嫂子餐馆新换的、薄如蝉翼的、晶莹剔透的杯子、盘子、盏子哗啦啦碎了一地。

我妈又惊又怒:"老孙!"

我爸如梦方醒,对梁叔解释说:"大老总,你千万别多心,我不是冲你来的,和你一点关系都没有!"

秦叔一句话都没说,铁青着脸擦溅到身上的菜汁。

梁叔深深自责起来,说:"哎呀,都怨我,我不该来给你们添乱呀……"

八

我妈和我爸的冷战又开始了。他俩经常冷战,一般不会超过三天。但这一回,我爸的行径实在恶劣,他自己也觉得没趣,当天晚上就卷起了铺盖,睡进了羊圈。

早上,我和宋妍去看我妈。她蜷缩在沙发里,应该是一夜没睡,眼袋乌青。见到我俩,我妈惴惴不安地说:"二民啊,咱家的脸都叫你爸给丢光了呀!"

我说:"都怪宋妍,非得说出离开传统家庭、搭伴居住干啥!秦叔又在场,这我爸能受得了吗?"

宋妍气呼呼地说:"二民你彪乎乎的,咱爸发飙,你咋能赖上我呢?我还提醒过你,宴请梁叔的饭局,不该让咱爸参加!"

我抢白道:"能不让咱爸参加吗?这么大的事能瞒得住吗?咱爸知道了,是要出人命的。"

宋妍说:"别说那些没用的!妈,只要我梁叔不多心就好。我爸是冲着我秦叔发飙,和我梁叔无关呀。"

我妈叹了口气说:"多不多心又能咋的,事情已经发生了,就那样吧!"

宋妍说:"妈,要不我俩去看看梁叔吧?可千万别让他多心。"

我妈又重重地叹了口气。

宋妍拽着我的胳膊,急火火地上了车。我说:"不得先去看看咱爸呀,那可是我亲爸,就把他一个人晾在羊圈?"

宋妍嘟着嘴说:"就咱爸那个脾气,谁也没招他惹他,晾晾他也好。"

我和宋妍就来到了老秦家的宾馆。

秦叔正站在宾馆的大门前,又着腰看天上的流云,见了我俩连连摇头,说:"二啊,你说你爸那脾气,背后冲我发火、掐死我啊,咋样都行,咋能当着人家大老总的面呢!"

我说:"秦叔,我爸是过分了。梁叔呢,在房间里吗?"

秦叔继续发着牢骚:"抱团养老还是我出的主意。人老了图啥,不就图个念想吗?说得你梁叔也动了心。谁能忘记自己的青葱岁月呀!不冲着你妈冲谁呀,好山好水的地方多的是。被你爸这一闹,你梁叔打退堂鼓了。建不建五星级的养老机构都无所谓,关键咱镇上招不来商、引不来资呀!"

我着急上火地问:"梁叔呢,在房间里吗?"

秦叔发泄了一通,伸出肥胖的手指,往江边指了指:"那心情老郁闷了,一晚上唉声叹气的,一早上又去江边散心了。备不住这两天就要回去,再不来咱镇上了。"

梁叔就要走啦,再不来咱镇上啦!我和宋妍对视一下,急忙奔向了江边。早晨的江面波光潋滟,游客还没有上来,江边没有嘈杂的人声,只有江水缓缓撞击江堤的声音和江上飞翔的鸥鹭的啼鸣。

我还在极目搜寻,宋妍突然拽住我,让我向东边柳枝掩映的地方看。那里,露出了沙洲的一角。梁叔正坐在那里,一动不动,像个正在专心观察水面的垂钓者。沙洲长度不足百米,这头连着江堤,那头就是那个角,尖尖地刺进江水里。碧蓝色的江水倒映着天上几朵絮状的云,江水一漾一漾的,让人疑心云朵原本是厚厚的棉花,是被江水扯成了这样的絮状。

我们走到离梁叔近岸的位置站住了。我开口要喊他,宋妍却阻止了我。她朝我使了个眼色,没话找话地和我聊了起来。我明白她的目的是要让梁叔从苦思冥想中自然回转过来。

"二民,你说这乌苏里江的水总是不停地往前淌、往前淌,那水都流到哪里去了呢?"

"流进黑龙江了呀。"

"那黑龙江的水又流到哪里去了呢?"

"流进大海了呀!"

宋妍又问:"那这水一直这么流,咋流也流不尽呢?"

我又脑洞大开地说:"地球是圆的嘛!那水流着流着,绕个圈子,又流回来了!"

宋妍哈哈地笑着说:"二民,你又在瞎掰了。"

梁叔果然自己站了起来。他用伟人的手势朝我俩挥了挥手,迈着沉稳的步伐走出沙洲,走到我俩的面前来。

我瞅瞅梁叔的脸色,小心翼翼地说:"梁叔,我爸吧,一直和秦叔不对付,昨晚的事,您千万别往心上去呀!"

宋妍溜缝儿:"他俩就像猫和狗,一见面就要掐架。"

我又说:"我爸就是属狗的,见到我妈的凯特也要掐架。"

宋妍又溜缝儿:"凯特还挠过我爸的手呢。那一回,他被凯特挠得伤痕累累的,到医院打了两周的针才好。"

梁叔若有所思地笑了笑。

我说:"梁叔,我俩今天就是想陪您转转,陪您散散心。"

梁叔认真地问:"是你俩的主意?"

我说:"是啊,也是我妈的主意。"

梁叔边往江堤上走边说:"那去白桦林看看?"

我和宋妍对视一下,都高兴地点起头来。

这片白桦林,以前是自生自灭的,没有人关注它。后来,南方的游客来了,一个个对白桦林稀罕得不行。我们镇上为了打造旅游,就在林间铺了一圈木板栈道,还设立了有人看守的入口和出口,下一步还想开发一些白桦木工艺品,已经有了规划的蓝图。

"白桦林里人儿笑,笑开了满山红杜鹃。赫哲人走上幸福路,人民的江山万万年……"

一进白桦林,梁叔一改矜持、沉稳的形象,情不自禁地唱起了那首著名的《乌苏里江船歌》,脚步也变得轻快有力了。他唱着走着,下了木板栈道,往没有人工痕迹的林间走去。

林间的草地上,一蓬蓬的通泉草开着白色的米粒般大小的花,驴蹄草张开五瓣明黄的花瓣,鸢尾花像一只只蓝色的蝴蝶,林木的清香更是不绝如缕。

我记起秦叔告诉我的,眼前就幻化出四十年前的我妈和梁叔。我那个做了副镇长的姥爷,培养出了我们镇上的第一个师范生。我妈应该是梳着两条长长的辫子吧,辫梢上也许还系了朵粉红色的小花。她身姿婀娜,眉目生辉;而梁叔呢,应该是一身土黄色的军装。他们在林间走走停停,一会儿摸摸这个树干,一会儿仰头看看那个树冠。树冠上的流云也在走走停停。走着走着,梁叔向我妈伸出粗壮的大手。我妈羞涩得很,那只手像一只惊慌的兔子,在梁叔目光的鼓励下,颤抖着、一点一点地往前伸。那只粗壮的大手把它握到了手心……这时,一只猫窜了过来,两只手惊慌地分开……

对了,四十年前一定有一只猫,这只猫的名字也一定叫凯特……我脑子里电光火花,为自己的重大发现而激动得浑身颤抖。宋妍啊宋妍,我这样聪明的人怎么能和"彪乎乎"这种字眼联系到一起呢!

白桦树树干上的一块块节疤像一只只眼睛。梁叔在一棵粗壮的白桦树旁站了下来,一只手杵在树干上,头低着,像是唱累了、走累了似的在休息,又像是陷入了对往日的回忆中。

那棵树树干上的"一只眼睛"格外清秀,我意外地发现它的"眼神"与凯特的眼神竟有几分神似,深情而忧伤,里面仿佛藏了一千句话、一万句话。

梁叔抚摸着那棵树,久久不肯挪步。

九

这片白桦林从一座山头延伸到另一座山头,像梁叔这样转,一整天都不一定能转过来。镇长老舅给梁叔打来电话时,我才想起今天中午镇上要宴请梁叔。梁叔推辞道:"哎呀,李镇长,中午不巧了,咱们改日或者晚上吧?"

梁叔为啥要推辞呢?只是因为和我俩在逛白桦林吗?还是真的因为我爸一闹,就打了退堂鼓呢?

挂了电话,梁叔冲忧心忡忡地我俩笑了笑,仿佛是为自己刚才撒了一个谎而感到羞涩。

午餐,我们是半下午的时候,在江边的一家鱼馆用的。饭后,梁叔提出要回宾馆休息。我俩把梁叔送到老秦家的宾馆,他又希望我们把他送进房间。原来他是有礼品要送给我们。梁叔送给我的是两条黄鹤楼香烟,送给宋妍的是一串叫"绿幽灵"的水晶手串。我俩哪能收他的礼品呢。在推来推去中,梁叔生了气,我俩只好收下了。

宋妍有点不喜欢"绿幽灵"这样的名字。出了梁叔的房间,我们顺着楼梯往下走,她说:"好好的干吗要叫幽灵啊,怪瘆人的,"说着,她果然像见到了幽灵似的,惊呼一声,"凯特?"吓得我浑身一哆嗦。

凯特在楼梯上跳跃着,身形像波浪一样起伏。它对宋妍的这声惊呼置若罔闻,但从我身边溜过时,却诡谲地瞅了我一眼。

到了车上,宋妍才兴奋起来。她对着手机比画:"绿幽灵的名字虽然怪怪的,但我这个一定是聚宝盆了。咋样,二民,好看吧?"

"绿幽灵"戴在宋妍白皙的手腕上,珠子个个圆润,每个珠子里面各有一半蓝色的矿物质,她说这叫'半盆半景'。我发自肺腑地说:"好看!"

宋妍想想,又锁起眉头说:"二民,咱不至于就被梁叔的一条手串收买了吧?我可是惦记着他那内部股呢。"

"啥内部股呀!不都被咱爸一下子掀翻了吗?"

"梁叔也没说不投资了吧?"

"那得多琢磨琢磨,咋得先把梁叔陪高兴了……"

"唉!咱俩加一起陪还不如咱妈一个人陪!"

"啊?你是要把咱爸气死吗?"

"彪乎乎的二民,舍不得孩子套不住狼呀!"

"你这个彪娘们儿,为了套狼就要牺牲我妈呀,这可不成!"我意志坚定地说。

在我妈家蹭完晚饭,我惦记起我爸来:不知他晚上一个人在羊圈里吃了啥。

我打算抽完一支烟就走,我哥和我嫂子却来了。

我哥一来就埋怨:"妈,我爸咋真下手呢,刚刚买来的骨瓷,一下子全稀里哗啦了。"

我嫂子说:"嗨!那些杯子、盘子、盏子都算不了啥,就是那条大鳇鱼啊,让我心疼的……妈,你也知道的,现在弄一条那么大的,费老劲儿了,咱们都没尝几口呢。"

我妈冷冷地说:"大民两口子,你俩好好算算一共多少钱,妈给你们。"

我嫂子说:"妈,你误会了,我俩可不是这个意思。我俩是啥意思呢?我梁叔不给我俩投资也行,投资五星级的养老机构,投那么多钱,能不能让咱掺和进去,肥水不流外人田呀。"

我妈冷笑着说:"人家被你爸一闹,都不投资了,马上就要离开了。"

我哥说:"那不能呀,晚上我老舅正在宴请梁叔呢。"

我嫂子说:"老舅咋不把人往我那里领呢?胳膊肘咋这样不往里拐呢?"

我哥冲我嫂子吆喝:"闭嘴,不会说话的娘们儿。"

我哥瞅瞅我妈的脸色,说:"妈,我俩的意思呢,还是想在咱家的餐馆宴请梁叔。我爸闹的,得向人家梁叔赔赔礼呀。"

我妈讽刺道:"大民两口子,那让你俩的心得疼多少回?"

我嫂子装着没听见我妈的话,扭头注意到宋妍手腕上的"绿幽灵",张口就问:"啊,我梁叔送的吧?"

宋妍警觉地说:"自个儿买的,玻璃球做的,不值钱,嫂子要喜欢就取了去。"

我嫂子说:"哎呀,你稀罕的东西,我哪能夺人所爱呀。妹子是在哪里买的?"

宋妍说:"网购的呗。"

我哥拉了我嫂子的胳膊一下:"看妈今天脸色不好,咱俩就早点走吧。"

我说:"妈昨儿一晚上都没睡好,你看眼袋都乌青的。"

我妈一点也不承我的情,说:"二民,你俩也早点走吧。"

我本想饭后去看看我爸的,但宋妍的心情被我嫂子搅坏了,她说:"哎呀,大夏天的,露天都能睡,咱爸那个脾气也是够咱妈受的,就让他在羊圈里反省反省吧。"

十

第二天,县里的招商局来人把梁叔接到了县城;第三天,秦叔陪梁叔去了镇上驻军的营房。驻军的营房早已不是以前的了,现在部队连建制都变了,但老兵和新兵之间有许多共通的情感,有说不完的话。所以,这两天,我和宋妍想把梁叔陪高兴了,都没有找到机会。

第四天一早,我给梁叔打电话,说可以陪他去赫哲人秘境,或者梁叔想去其他什么地方都行。

梁叔的声音有些低沉,带着歉意说:"二民呀,你看,今天我也有安排了,我要去一趟牡丹江呢……"

"啊?您咋去牡丹江呢?牡丹江还有熟人啊?"我吃惊

地问。

梁叔平静地说:"是啊,也是几十年没见的战友了,我去看看他!"

我突然感到梁叔要离开我们,再也不来我们镇上了,就十分怅惘地问:"梁叔,您还回来吗?"

梁叔语调一点都没有改变,说:"回来,过两天,咱爷俩就见面了。"

宋妍在一旁撺掇:"你送梁叔去牡丹江呀。"

牡丹江就远了,从我们镇上到那里一个单程要五个小时,高速费就得一百四十多元。但我听了宋妍的撺掇,便很大方地说:"梁叔,那我送您呗,咱自个儿的车,去哪里都方便。"

梁叔不领我的好意,说:"有车接我呢,谢谢二民。"

他挂了电话。

宋妍情绪低落地说:"二民,你该出去趴活儿就出去趴活儿吧,我总担心竹篮打水一场空呢。"

天气晴朗,三只白天鹅从乌苏里江那边飞来,飞得低低的,几乎要碰到我们幸福小区的楼顶,三对翅膀有节奏地起伏着,像跳舞的女人舒展着美丽的胳膊。

在邮政所围墙外面,老马的老伴儿朝我招手。我停了车问她:"婶子去哪里?"

她说:"你这彪孩子,我去哪里呀,我是听说咱镇上要建五星级的养老机构,抱团养老,我想看看我能住进去吗?咋收钱呀?"

我说:"婶儿啊,八字还没一撇呢!"

她说:"你这彪孩子,啥事都得提前说。等建好了再说,就住不进去了,咱镇上一千多号人呢!听说吃饭都免费,那到时外地人挤破头都要住进来呢。"

我说:"婶儿啊,这事我也不知道呀。"

她说:"你这彪孩子,你是不知道,可你妈知道呀。我跟你说呀,你妈当年……"我突然就烦躁起来,发动了车就要走。

她又拦着我说:"你这彪孩子,你慌啥呀。我刚才瞭见你爸呀,前脚进了一趟家,后脚就出来了,一定是被你妈撵出来的呗。大老总回来了,你妈是不心疼你爸了。可他毕竟是你爸呀,大老总不是你爸!你得心疼你爸,羊圈哪是人住的地方……"

我撇下老马的老伴儿,一扭方向盘,车就颠簸着上了土路,车后腾起两团尘柱,把她呛得一跳。她骂了我一句什么,我没听清。后来,我就把车停到离我爸羊圈最近的地方。

在西大坡上,苜蓿、牛蒡草、黑麦草长得旺盛,羊们在专心致志地吃草。有几只羊听到刹车声,抬头瞭了我一眼,见我不像恶人,又埋下头继续吃草。我爸的牧羊犬撒着欢地朝我奔来,到近前,两条后腿猛地一顿,腾起两团细尘。它龇着牙咬咬我的裤脚,嗓子里呜噜着一个劲儿地往我身上扑。我踢了它一脚:"头前带路,鬼东西!"

"鬼东西"没承想受了委屈,步伐郁闷起来,一声不吭地把我带到了羊圈。

我爸新理的头发上沾了草屑,裤子上除了草汁和泥点,还沾了几粒苍耳子,不仔细看,我还以为是羊粪蛋。我爸坐在羊圈前的草地上抽烟,对我的到来好像一点儿也不吃惊。我兜里还有半盒黄鹤楼,这几天,我已经抽了五盒半。我递给我爸一支烟,说:"爸,抽这个,黄鹤楼!"

我爸接过烟,放到鼻尖上闻了闻,就别到了耳朵上。看看手中的烟差不多燃尽了,他才从耳朵上把它取下来,点着了。

这烟有一股芬芳,抽起来感觉置身于白桦林中。我爸抽了几口,却摇摇头说:"没有牡丹的劲儿大。"

我没有和我爸探讨牡丹劲大劲小的问题,而是说:"爸,咋在羊圈睡好几天呢?要真没地方去,你去我家也行呀。"

我爸不吭声,默默地抽黄鹤楼。

一只草绿色的牛虻要喝我的血,在我身前身后盘旋。我瞅准了时机双掌合击,击得它脑浆四溅。我揪起一把草擦了擦手,说:"爸,这回冷战时间有点长呢!"

我爸说:"回家,你妈就给我冷脸子,瞅了更难受。"

我说:"爸,秦叔那事儿,是误会。那次是我妈的同道来了,其中一位和秦叔也熟,午餐就安排在他那里。秦叔那天也是喝高了,看见了我妈,兴许就想起了自己的老伴儿,拉着我妈的手,哭得稀里哗啦的。"

我爸生气了:"就是拉手那么简单吗?他还喊你妈'老伴儿'了呢。我告诉你,二民,那个秦胖子一直惦记着你妈呢,不然他咋不回沈阳?"

我说:"爸,当年惦记我妈的是梁叔呢,被我姥爷搅和黄了。再说,两个人也没啥呀。这事也都过去几十年了。"

我爸说:"亏得你姥爷搅和黄了,不然他要犯严重的错误,你知道不?"他狠命地吸了几口烟,然后把烟蒂一抛,用从来没有过的严肃表情对我说,"二民,听爸的话,以后再别去秦胖子那里了。妈的,他是在占你便宜呢,别以为我不知道。"

我吃惊地问:"他咋占我便宜了呢?"

我爸问:"他每次见了你都喊啥?"

"喊我'二'呀。"我有些蒙了。

"他是喊你'儿'呀!二民呀,二民,你真是二呀!难怪你媳妇儿总说你彪乎乎的呢。"我爸痛心疾首起来,那表情差一点就到捶胸顿足的地步了。

我不乐意了,说:"爸,你咋给我取了这么个名字呢?哦,我哥叫大民,我就叫二民,你图省事给我取名叫小民也行啊。"

我爸气呼呼地说:"你少跟我扯犊子,要不听我的话,你就不是我儿子!"

我爸的牧羊犬朝我愤怒地低吠了一声,龇着牙跃跃欲试地要报一脚之仇。

我爸朝它摆了摆手。

他的声音低沉而痛苦:"二民,老古话说得好,'不怕贼偷,就怕贼惦记',秦胖子就是那个贼,现在他又喊来另一个贼……"

我说:"爸呀,我妈是啥人,你还不清楚吗?打从年轻时起,我妈做过对不起你的事了吗?"

我爸摇头。

我说:"只要我妈没做对不起你的事,你管他几个贼惦记着呢!"

我爸悲怆地说:"理儿是这么个理儿,可爸眼里就是揉不得沙子呀!秦胖子就是爸眼里的一粒沙子,现在又来了一粒沙子……"

这几天,我爸住在羊圈里,吃的是老马家的包子,一张脸显得更加干瘦了。我也是男人,我身上流着我爸的血,突然就理解起他来:"爸,我答应你,我绝不同意往你的眼里揉沙子,我不去秦叔那里趴活儿了。梁叔,那个大老总,也走了……"

"走了?"我爸眼睛熠熠生辉。

"没准儿还会回来呢。"我心情矛盾地说。这会儿,我希望梁叔回来,又希望他不回来。

"爸,晚上还是回家吧,别睡羊圈了,镇里人都笑话我呢。"

我爸一把一把地揪着身边的草,像一个犯了错误的孩子,可怜兮兮地说:"你妈不肯原谅我呀!"

十一

我要去做我妈的思想工作。沿着这条蜿蜒的土路往东,可以走到我妈家,只是因为西大沟,我的车开不过去。

我从邮政所围墙的一侧拐上了镇子的主街,暗自庆幸没有遇见老马的老伴儿。在客运站那里,一对年轻夫妇带着一个五六岁的小女孩叫停了我的车。我把他们载到了江边,回来经过老秦家的宾馆的时候,又有一对年轻夫妇叫停了我的车。他们要去伊曼河入口处钓鱼,那里离我们镇上有十五公里。回到镇上,我又拉了几趟从江边到客运站和从客运站到江边的客人,这一天的时光就像风卷落叶一般,呼啦啦一卷就卷过去了。

做我妈的思想工作这件事,被顺理成章地拖到了晚上我和宋妍一起去蹭饭的时候。

我妈心情不佳,晚餐只是熬了一锅疙瘩汤,还好,还有午餐时剩的葱花饼。

我边喝着疙瘩汤边说:"妈,我爸吃饭更是凑合的,还是把他叫回来吧。"

我妈冷冷地说:"甭搭理他,他那多能耐呀!"

我说:"妈,我爸说他最怕你的冷脸子,待会儿他回来,你别板着脸啊。"

宋妍也说:"妈,夜风一天比一天凉了,我爸落下病可咋整?这两天镇上都在传,李老师要和别人抱团养老,把自个儿老伴儿都赶进羊圈了。"

我问我妈:"我爸是不是早上回来过?"

我妈叹了口气说:"回来啦。回来就回来呗,还带着一条狗。那条狗吓得凯特都蹿上了房顶,直到现在还不见它的影子呢。我咋对他好脸色呢?"

我放下碗说:"妈,那羊圈,晚上蚊子、小咬老厚了。我去把我爸叫回来啊,你俩又不是阶级敌人。"

我妈板着脸没吭声。她不吭声就是勉强同意的意思了。

屋外繁星满天,不远处的江水在星空下成了一条灰黑的缎带。对岸的森林中有一盏灯若隐若现,那是哨所。我用手机上的电筒照明,越过草坡,跨过西大沟,来到西大坡。一路上的蚊子都像死了爹娘似的,一只只哼哼唧唧地尾随着我。小咬成团成团地起舞,直往我脸上扑。

羊早已进了圈里。我爸一个人没滋没味地坐在圈门外抽烟,烟头的红光一闪一闪的。他身边燃着一堆苦艾,浓烈的味道熏得我打了一声响亮的喷嚏。

我爸说:"又来啦!"

他的牧羊犬悄没声儿地走过来。它已经忘记了我对它的伤害,亲昵地用牙扯了扯我的裤脚。

我说:"爸呀,回家吧!咱就别装了!"来的时候,我还想自己不知要费多少口舌,才能做通我爸的思想工作呢。没想到,我只说了一句话,我爸就扔掉了烟头,拍拍屁股上面的尘土,准备和我往回走了。

他的牧羊犬一蹦三尺高。我又踢了它一脚:"别自作多情了,鬼东西!"

"鬼东西"又受了委屈,闷闷不乐地呜噜了一声,捯动了几下四爪,没滋没味地往羊圈那边去了。

我爸边走边问:"你妈咋没来呢?"我心里想笑,憋了半天没笑出来,说:"爸,咱就别摆谱了!"

十二

梁叔失联的消息就是我爸妈冷战结束的第二天传来的。我哥打电话问我,我还不相信,连忙拨打梁叔的手机,果然只有一个机械的女声反复提示,"您拨打的用户已关机或暂时无法接通"。一连两天都是如此,微信各种联络也都没有回复。

这天晚上,我惴惴不安地将这一消息告诉了我妈,她却异常平静地说:"失联就失联了吧,失联了我能有啥办法?"

我说:"一个大活人,咋就突然失联了?"我爸不吭声,朝我瞪了瞪眼。

第二天一早,宋妍说:"二民,我觉得梁叔失联的原因,你问问秦叔不就知道了?梁叔去牡丹江看战友,梁叔的战友不就是秦叔的战友吗?"

自从答应我爸不去老秦家的宾馆趴活儿后,这两天我真就没有去,我的内心对见秦叔也有些抗拒。但宋妍撺掇我,我就硬着头皮去见了他。

秦叔埋怨道:"二啊,你那么关心人家干啥,被你爸那一闹,人家心灰意冷,也不想在咱镇上投资了。"

我想起了我爸的话,脸涨得通红,忍住气说:"秦叔,你以后再别喊我'二'了!"

秦叔诧异地问:"为啥?"

我说:"'二'是骂人的话,跟'彪乎乎'一个意思。"我没说出我爸的"二"是"儿"的意思,"梁叔在牡丹江的战友不也是你的战友吗?一个大活人,突然就失联了,别不是出啥事了吧?"

秦叔剜了我一眼,说:"几十年过去了,我又不是所有的战友都联系呀。失联就失联了吧,失联了我能有啥办法?唉!"秦叔的口径咋和我妈的这样一致呢?

晚上,在我妈家蹭饭时,我依然惦记着梁叔失联这件事,脑子里灵光一闪,梁叔失联和凯特失踪就交织到了一起,时间、地点高度吻合。确定无疑的,凯特是被梁叔带走了。

这个晚上,按照后来宋妍的说法,是我嘴欠,不该提到抱团养老,惹得我爸怒气冲冲地走进了院子。

被我爸赶回家后,我俩都睡不着。

宋妍还惦记着内部股,但梁叔已经失联两天了,这让她越来越沮丧:"二民,也许就要彻底泡汤了吧,连秦叔都联系不上老梁头了。"

"失联就失联吧,可老梁头为啥要带走咱妈的凯特呢?"

有一阵儿,我俩都没吭声。窗外又传出一只夜鸟"咴、啾、咴"的三声暗号,不知是不是前几晚的那一只,我依然没有听见另一只接头鸟儿的呼应声。也许它们已经接上头了,只是并不以我们人类所熟知的方式。突然,宋妍神秘兮兮地问:"二民,咱妈养第一只凯特是哪年?"

"我哪记得。"我一下子明白了宋妍的意思,"你算算呗,应该是二十二年前吧。"

宋妍肯定地说:"应该就在那时候,老梁头就和咱妈联系上了。"

我心虚但嘴却很硬:"别瞎掰。"

宋妍说:"瞎掰啥呀,信不信由你。"

我内心翻江倒海得没个头绪,跑到窗前看星星。一颗颗细碎的星星铺在天空深蓝的底色上,像一地流沙。我一会儿想起那天坐在江边沙洲上的老梁头,一会儿又想起我爸那黑瘦、带着悲怆表情的脸……

我情感的天平渐渐倾斜到我爸这一头。

十三

老梁头失联的第三天晚上,我哥和我嫂子又来我妈家了。他俩已在餐馆吃了饭,不像我和宋妍,总在我妈家蹭饭。

我嫂子一进来就咋呼:"妈,镇上人都在传老梁头'跑路'啦!"

我妈的表情不再平静,而是吃惊地问了一句:"是吗?"

我和宋妍也是大吃一惊。

"啥?跑路啦?"宋妍急忙掏出手机,一番点点戳戳,果然有一条网帖写着"保东集团董事长跑路了",原来保东企业集团早就经营不善,早就陷入债务危机了。

"我说咋就失联了呢,原来是跑路了啊!"我哥骂骂咧咧的,"你说老梁头,你都要跑路了,还说来我们镇上投资。"

乌云在我妈的脸上堆积,越堆越厚。我爸不动声色地抽着烟,但眉眼在渐渐舒展。"跑路的这个董事长叫李保东。"宋妍叫了起来。我们一起扑到宋妍的手机跟前,看到有人晒出了他的照片、年龄和简历,这个人果然是叫李保东。宋妍又在手机上查了查,原来这个保东集团不是那个保东集团。我嫂子舒了一口气,说:"吓死我了,我就觉得我梁叔不该跑路嘛!可我梁叔咋就联系不上了呢?"

"对了,爸,"我哥对我爸说,"下午我碰见老舅了。我老舅说,西大坡原来就是镇上的养殖场,你在养羊,他顶着老大的压力了。"

我爸生气地说:"看把他能耐的!西大坡荒废的那些年,他咋没顶着老大的压力?"

我哥说:"爸,你别冲我发火呀,我就是替我老舅捎个话。我老舅说,你要是再破坏招商引资,镇上就要把养殖场收回了!"我爸敲敲炕沿,黑红着脸说:"啥招商引资?就是那个抱团养老吗?我不同意!"乌云又往我妈的脸上堆积。

我哥说:"爸,你咋就不开窍呢,八字还没一撇呢。你同不同意,都是我梁叔那项目落地之后的事,你就先说同意。你再说不同意,我老舅真就把你的养殖场收归镇上了。"

宋妍跟着溜缝儿:"爸,我哥说得对,你就先说同意。"

我嫂子丧气地说:"现在再说同意有啥用?我梁叔都失联好几天了。"

我爸黑瘦的腮帮子抖了抖。他瞅了瞅我,那无奈和求助的目光打动了我。

我有些激动地说:"爸,我支持你!"

我妈一声不吭,面沉似水。

一周时间过去了,夏天已近尾声。一场雨后,道旁的树叶开始露出一丝斑斓的意思来,野山楂树上缀满了小小的、深红色的、带着白色斑点的果。

这天中午,我载着客人往江边走。在经过去我妈家的路口时,突然蹿出来一只白色的猫,浑身一根杂毛都没有。我立刻想到了凯特,但也不敢十分确定,也许它是一只长得像凯特的猫。它机灵地观察了一下街道,在距离我的车头十米远左右的时候,箭一般地蹿到了街道的另一边,然后放缓了步伐,似乎怔怔地看了我十秒,之后迈着碎步往老秦家的宾馆的方向去了。

到了江边,我放下客人,扭动方向盘,猛踩油门,气势汹汹地冲进了老秦家的宾馆的院子。我并没有发现那只猫的影子。

秦叔站在宾馆门前的台阶上,略显诧异地打量着我。

我问:"秦叔,我梁叔回来了?"

秦叔不以为然地说:"是啊,回来啦。二啊,你消息咋这么灵通呢?你妈告诉你的?"

我妈都已经知道梁叔回来了?我妈知道了,咋没告诉我呢?

我不知为什么竟然有些激动:"这些天,我梁叔究竟是咋啦?"

秦叔乐呵呵地笑起来:"喝酒喝高了,进了一次 ICU,也算是从鬼门关走了一遭啦!"他意味深长地望着我,让我想起凯特的诡谲眼神,让我怀疑他这话的真假,"二啊,这回可别让你爸再犯浑啊。"

我爸悲怆、求助的眼神向我投来,梁叔慈祥、沉静的眼神也向我投来。一瞬间,我感情的天平又倾斜到了梁叔这一边。

"爸,家中最支持你的人也要背叛你啦!其实都是没啥呀!"我在心里这么念叨了一句,有些小羞惭,有些小伤感。我想宋妍一定会高兴得跳起来,我哥和我嫂子也一定会高兴得跳起来。

(原载于《万松浦》2023 年第 3 期)

附录

现实表达的力度及寓言化写作的可能
——评俞胜中篇小说《维尼》

袁亚冰　张凡

作为一位已近知天命之年的"70后"作家,俞胜个人经验的积累以及对生命、对人性的思考逐渐内化为其丰富的创作资源。作为"为人生"一派的作家,他的作品多选取日常生活场景,塑造贴近现实的"小人物"形象。俞胜的作品体现了他直面现实的态度,借助质朴的叙事风格表达了对生命、人性、周遭现实的体察与感悟。值得一提的是,俞胜的创作保有一种善良和执着的心态,生活的苦难在其笔下并没有形成怨恨与悲切,反而指向了人性美好的向度。学者李红华认为:"如果说关于青春成长的记忆和城乡问题的思考昭示了俞胜不断拓展的创作前景,那么另一类寓言体小说则真正体现了俞胜小说创作的鲜明个性和独特价值。"[1]细读俞胜的寓言体小说,我们可以从其作品与现实所构成的寓言式关系中品味其深厚的哲理意味。从俞胜的《失落在街头的小鱼》《昆士郎博士和他的小蚂蚁》《人·狗·

狼》等作品到其新近发表的作品《维尼》,我们可以发现,"小鱼""小蚂蚁""狗""熊"等动物意象背后是作家对生存、正义、人性的苦苦思索。并且,作家俞胜融合了寓言象征、譬喻等表现手法与小说写人叙事的长处,通过人与人、人与动物的相互关系突显出人性的善恶与世间的悲凉。由而可见,潜藏在寓言化写作背后的是作家对人性的无尽思考。

一、现实表达的力度及"小人物"形象

近年来,"70后"作家的作品具有较为鲜明的问题意识,关注女性成长、现实社会人物的精神世界、现代婚恋以及城乡二元对立下的身份认同等问题。"70后"作家的作品不乏表现城乡二元对立下农村人对城市身份向往的问题,随着社会经济条件的不断发展,农村人进城打工、求学的文学题材也日渐丰富。作为"70后"作家的俞胜,自身从农村到城市求学、工作的人生经历为其笔下人物的成长增添了某种独特的人生底色。在俞胜关涉现实的众多题材中,城与乡生活环境的差异为其笔下的人物提供了成长空间。此外,俞胜尤为关注城乡生存空间中"小人物"的精神世界,难以言说的社会群像在其作品中愈加真实。

俞胜曾言:"我是1993年到辽宁,2006年10月1日才来到北京。在辽宁读书、工作的那十几年,是我人生中最'芳华'的

一段岁月。那片土地上有我的泪、我的汗,当然也有欢歌笑语。这片土地对于我来说,就有了刻骨铭心的意义,就有了家乡的意义。"[2]正是因为作家对辽宁甚至东北有了独特的情感,他才会笔触东北,深入这块土地孕育出的众多人物的日常生活。在《维尼》中,俞胜以东北为背景,深入"小人物"的生活,以农村人进城谋生为叙事背景,以孙有财的生活、爱情经历为主线,塑造了孙有财、祁小琴、孙有福、祁小英等一众"小人物"形象。孙有财是一位进城打工的农民,勤劳、善良的他希望通过自己的努力收获幸福美满的婚姻与家庭,但是一场突如其来的事故剥夺了他的健康和自由。直至小熊"维尼"到来,才打破了他煎熬、痛苦的生活局面。孙有财同无数正常人一样拥有追求幸福、自由的权利,他期待着未来能够与网友徐永鸿过上幸福生活。但是当发现徐永鸿是由祁小琴假扮的真相时,他果断地逃离骗局且仍抱有无限希望地奔赴未来。"在拨打110之前,我就彻底地删除了祁小琴的所有联系方式。但我并没有删除对生活的希望,我相信未来的生活中一定会有一个觉得我走路的姿势像舞蹈的女子,走进我的世界。"[3]读者也借由俞胜作品中的对"小人物"形象的塑造勘探生活的复杂性。

在学者王洪岳看来,"俞胜的小说所呈现出来的独特的艺术魅力,往往产生于他对转型期的当下中国处于乡村和城市里具有两栖特征的那群人的生活的呈现,揭示他们的人性复杂侧面和坦然面对苦难的幽默感"[4]。细读俞胜的作品,人们不难发现,其有关城乡交叉地带题材的作品可分为两类。一类为农村人"进城"的题材。俞胜的长篇小说《蓝鸟》以东北农村和哈尔滨为背景,书写了毕壮志从青少年时代到中年时期的成长与奋斗经历。作品中毕壮志拼搏数年、几经挫折才奔赴自己所向往的生活,但他内心坚守的法律、道德标准并未因挫折而改变。另一类为"归乡"题材。俞胜的中篇小说《维尼》则以孙有财渴望回乡、回归土地的朴实愿望为故事核心。勤劳、善良的孙有财因建筑施工事故而变为残疾人,继而沦为偏僻别墅区的门卫,他原本平静的生活因十五万元的赔偿款而被打扰。其中,金钱裹挟着自私一并出现在孙有财的生命里,导致其自身价值和爱情需求长期难以实现。小说借由孙有财悲惨的人生经历窥探当代社会亲情道义被金钱腐蚀的现实。从祁小琴费尽心机设下骗局妄想让孙有财为其投资蛋糕店,到哥哥孙有福暗打算盘希望得到一部分赔偿款作为自己结婚的费用,再到别墅区开发商、大凯等人觊觎小熊"维尼"的药用价值要买熊取胆汁等种种行为,将人性的自私与冷漠表现得淋漓尽致,直指当代社会环境中人心浮躁的现实。

俞胜作品最大的魅力在于其质朴且不失理趣。他的作品通过对"小人物"的日常生活的描绘而反复叩问人性与现实。祁小英、祁小琴为了得到孙有财的赔偿款而巧设圈套,孙有财虽不慎走进祁小琴精心策划的骗局之中,但能够全身而退,而且在小熊"维尼"的陪伴下逐渐修复了受伤的心灵。孙有财在徐永鸿面前建立起的自信和积攒起来的希望,皆因真相——徐永鸿只是祁小琴所扮演的角色,而变得破碎不堪。正是因为孙有财遭遇亲友的欺辱,他所追求的个人价值、理想信念,他所渴望的身份及爱情在顷刻间化为乌有。但是,孙有财并没有就此自暴自弃,而是保持着对爱情和理想生活的向往。由上可知,孙有财悲惨的生命经历与其向往光明、坚守人性的性格特征形成张力,作家正是通过这样的张力空间反衬出孙有财的人性力量。由此可见,《维尼》以简单的故事表达寓言哲理,喻指复杂的社会现实。

如上所述,从俞胜近年来创作的《蓝鸟》《维尼》等作品中,我们可以看到其把握现实的力度,在现实的洪流中思考真善,注目于"小人物"的人生百态和精神世界,体察喧嚣纷杂的现实社会中的世态人心。《维尼》这部作品的情节因祁小琴扮演徐永鸿的真相浮出水面而达到高潮,关乎"维尼"的去留以及孙有财面对真相时的抉择等问题在结尾得到了答案。并且,寓言体小说中的人物形象不仅具有鲜明的个性特征,而且还具有隐喻特征和象征意义。孙有财作为"善"的化身,象征着社会中正义、善良的群体;祁小英、祁小琴、大凯作为"恶"的化身,象征着在金钱、利益面前迷失方向的群体。另外,小说《维尼》中质朴的语言、巧设悬念的结构、富有深度的思想内涵,将作品中未知的答案指向了人性善恶的思维向度,可见作家写作技巧娴熟。

二、喻指现实的寓言化写作

作家俞胜善于借助自然界的动物,以及设定的生活环境来表现人物的内心世界和性格特征,并且人物与动物搭配的寓言式叙事给人物形象增色,使作品内涵更为丰富。在俞胜的长篇小说《蓝鸟》中多次出现"蓝鸟"这一意象,"蓝鸟"作为希望的符号,不仅象征着毕壮志少年懵懂、悸动之际对爱情的渴望与向往,而且象征着毕壮志中年时期对理想生活的追求。在新作《维尼》中,以名为"维尼"的熊作为独特的动物意象,进而孙有财与小熊"维尼"的关系成为整部作品的核心线索。值得注意的是,小说《维尼》以孙有财作为主要视角展开对东北大地上"小人物"日常生活经历的细致刻画,勾连出与其相关的亲情线、爱情线、同事线,共同指向复杂的现实社会,进而叩问普遍的人性。

细读小说《维尼》,我们不难发现,字里行间无不流露出孙有财对熊"维尼"的依赖与信任。小熊"维尼"的陪伴带给孙有财无限的安全感,可谓孙有财黑暗经历中的一束光亮。在寒冷的恶劣环境下,在孤独、饥饿的生命状态下,小熊"维尼"与残疾人孙有财互为生命前行的支撑和动力。在小说的结尾处,孙有财果断删除了祁小琴的所有联系方式,在举报大凯的恶劣行为之后与维尼一同下山,将维尼归还山林。小熊"维尼"在饥饿难耐之时回归深山寻觅食物,之后再次回到了孙有财的身边,小熊"维尼"被赋予了知恩图报等"善"的品质,这一情节与祁小琴煞费苦心设计的圈套以及哥哥孙有福的自私、冷漠形成鲜明的对比。因此,小熊"维尼"在俞胜笔下变成了相对温顺的理想化形象。

更进一步地说,熊作为独特的意象被赋予了多维的象征意义:其一,由于小熊"维尼"作为孙有财生活中的陪伴者,作家俞胜模糊了熊作为动物本身的兽性,反而赋予其人性"善"的特征;其二,小熊"维尼"作为孙有财维系爱情的纽带,昭示着人性的善与恶两端,细读文本我们发现,作家从与小熊"维尼"联系在一起的骗局、买熊取胆汁等事件,揭露了孙有福、大凯、祁小琴、祁小英为了金钱而摒弃亲情、道义的自私与冷漠;其三,小熊"维尼"作为孤独的生命个体,被孙有财解救且养育的生命过程,暗含了弱小群体坚守人性之善,方可在生活困苦中寻得希望与光亮的寓意。况且,孙有财与"维尼"分离时嘱咐"维尼":"维尼,你现在已经是大小伙子啦,勇敢地去吧,一切都需要你去勇敢地面对,这世上就没啥可怕的事……"这番良言流露出孙有财与忠诚伙伴分离的不舍之情。这般嘱托更是孙有财自我安慰的内心独白——无惧亲情冷漠、人性凋敝,勇敢地迈开正义和良知的脚步,才能直面生活中的苦难。因而,小熊"维尼"恰是孙有财内心镜像的真实写照。

小说《维尼》寓言化写作的意义主要表现在两个方面:首先,小熊"维尼"作为动物意象,其自身命运的象征意义;其次,小熊"维尼"与人物形象相互关系构成的象征意义,小熊"维尼"与孙有财、大凯、祁小琴等人相互关系上具有较明显的寓言暗示的意义。正如上文所述,孙有财与小熊"维尼"象征着人性"善"的一端,大凯、祁小琴、祁小英等人身上体现出来的人性凋敝与畸化指向人性"恶"的一端。孙有财与小熊"维尼"互为支撑,共同抵挡了被利益蒙蔽双眼的大凯、祁小琴、祁小英等人的诱惑,体现了人性"善""恶"的较量。在俞胜笔下,小熊"维尼"作为动物以及与人相对的符号,为读者反思"人性""道德"带来了独特的阅读体验。由此可见,俞胜借由寓言式的叙事完成了对城乡文明差异性、矛盾性的表达,借简单的故事情节表达有关人性、生存的永恒话题,整体语言朴实,情感真挚且深厚。俞胜在访谈中曾提及:"小说是虚构的产物,作家要解决的就是如何处理好虚拟与现实的关系,让自己创造的虚拟世界去贴近现实的世界。"[5]不难发现,俞胜力图从现实中发现文学资源,又竭力将其创作贴切现实、超越现实。小熊"维尼"在作品中作为孤独、弱小者的忠诚伴侣,在俞胜笔下变为寄托某种特定的、饱含真挚情感的独特意象。不言而喻,俞胜能够注目于喧嚣繁杂的现实世界,以娴熟的写作技巧及其特有的从容的心态发现潜藏在生活背后的深邃人性。

整体而言,俞胜的中篇小说《维尼》以小见大,通过寓言式的书写为我们提供了一个关于人性和生存的具有哲学意味、值得深思的话题。《维尼》中的主人公孙有财逃离骗局并果断地以法律手段解决问题的行动力预示着"小人物"身上的大能量——美好人性与道德良知。孙有财作为"善"的化身,他竭尽所能地保护着小熊"维尼",如同守护自己的生活理想那般,结尾处的各自安好为整部作品平添了明朗之味。正如作家俞胜所言:"作为作家,要用文学的方式,形象地描写时代背景下人们的生存状态和精神面貌,敏锐地捕捉各种社会思潮的动向,给读者提供思考生活、认知世界的精神容量。"[6]细究俞胜的作品,我们不难发现,俞胜力求以贴近社会现实的情节回应当代社会问题,兼顾理趣的深度和审美价值。

结　语

综合上述,作家俞胜的新作《维尼》可以说是一部融入寓言体表达的现实主义作品。它融合了寓言和小说两种文体的优势,既采用了象征、譬喻等表现手法,又发挥了小说写人叙事的长处。俞胜通过动物与人的相互关系叩问现实,交叉而往复地指向人性的幽微与黑暗。可见,俞胜的作品不仅具有浓厚的生活气息,而且追求理趣深度,我们可以从意味深长的故事情节中品读其哲理性。俞胜曾坦言自己是"为人生"一派的作家,他强调"作家写小说,不要仅停留在讲故事的阶段,我们现在不缺少好故事,缺少的是'人性'能否从你故事的茧中破茧而出,上升到一个高度"[7]。正如我们所知晓的那样,作家写物的目的是写人,俞胜借助自然界的动物以及设定的生活环境来塑造贴近现实的人物形象,借此强调了当下社会亲情淡漠、人性畸化的现实,突出表现法律、道德理念的社会作用。整体而言,俞胜的作品不乏思想深度,其作品流露出潜在的忧伤,但更多的是对人性探索的执着。

(原载于《福建文学》2021年第10期)

参考文献

[1]李红华.现代意识烛照下的人性书写:评俞胜的小说创作[J].文艺评论,2014(7):89.

[2][5]王波.吟咏人世间美好纯洁的月亮:文学评论家王波与作家俞胜关于文学的对话[J].安徽文学,2021(1):94,97.

[3]俞胜.在拨打110之前……(文中所引作品,均见小说

《维尼》)

[4]王洪岳.路遥之后,如何书写城乡交叉地带:论俞胜的小说创作[J].当代作家评论,2021(2):131-136.

[6][7]梁帅.我是"为人生"一派的作家:对话俞胜[J].北方文学,2015(6):95,94.

一切坚固的东西都将烟消云散
——俞胜《卡桑》读评

江 飞

在我看来,一个好的文学文本首先得有可读性,能够让人饶有趣味地从头到尾读完,在当下,让人死活读不下去的所谓名家的作品还是很多的。其次,作品要有可解读性,也就是意蕴的丰富性和复杂性,对那些把小说等同于"讲故事"、把文学等同于"唱赞歌"的人我是无话可说的。显然,俞胜的中篇小说《卡桑》具有这样的可读性和可解读性,因而在这里有解读评析或借题发挥的必要。

还是从结尾入手吧。"这时,我忽然看见了那只羊,就在急诊病房的窗外,它的方形瞳孔就像那被风卷来的野山楂树的两片叶子,只在玻璃上贴了短短的一瞬,然后,它就走开了,迈着轻巧的四蹄,弯弯的犄角在月光下闪着圣洁的光芒。它沿着江边,迎着月光走着。"作者终于按捺不住,赋予这只名叫"卡桑"(日语"母亲")的羊以超乎寻常的圣洁的神性光辉——这是一种自然而然的情感升华,也是一种水到渠成的曲终奏雅。这只羊仿佛完成了某种历史使命或象征意图,即将绝尘而去,我突然就感觉到某种心心念念的美好事物即将永远逝去的哀伤,在"我们"之间,在周伯与"卡桑"之间,弥散开来,袅袅不绝。

其实这不过是一只普通的羊,"长了一身细软又有些蓬松的白毛,犄角弯弯地向后,耳朵尖尖地朝前"。无论是具有神性的羊,还是普通的羊,都是作者使的"障眼法",因为它可以是别的任何动植物,借用艾略特的话来说,"用艺术形式表现情感的唯一方法就是寻找一个'客观对应物'",它只是作者表现情感的"客观对应物",或者说一个表意之象。日本遗孤周正太一生都在寻找生母池田美子,一生都没有忘记"卡桑"这个词,一生都在希望和绝望中度过,寻找生母似乎成为他活着的唯一意义。这种固执的寻找源自一种生命源头的情感认同,正如他固执地认为是日本生母而不是中国养母用山羊奶喂养了当时骨瘦如柴、差一点就活不成的他。他活在这种固执里,以至于思念成疾,把羊认作"卡桑",和羊过成一家,这才是比阿尔茨海默病更严重的"心病"吧。更有意味的是,一方面,他长年生活在中国乌苏里江边小镇,却矢志不渝地思念和寻找着从未谋面、生死不详的日本生母;另一方面,他出国后寄人"寮"下,既不适应日本"木材株式会社"一线工人的工作,又忍受不了叔叔等人"打量他们的同情、厌恶、好奇交织在一起的目光",最终决定回国,最后老死中国。身体与心灵之间、文化心理的认同和生命情感的认同之间形成了一种悖谬,自己究竟是中国人还是日本人?究竟哪个才是"母亲"(祖国)？这是无可回避的身份认同的难题，也是战争的后遗症，没有答案，于是他只能陷入老年痴呆的境地。在周伯弥留之际，"我"似乎有些残忍地告诉他真相——是中国养母用山羊奶喂养了他，意在戳破其固执的虚妄，这是"我"对其养母袁立清奶奶的情感认同，亦是在中日文化亲近关系上的刻意纠偏，然而，这难道不也是一种固执与虚妄？周伯最后一刻"脸上浮现出陶醉而满足的表情"，与其说是得知真相的释然，不如说是"生母终于寻找到了他，拥抱了他"的幸福。可转念一想，"我"又觉得这种"幸福"实在是十分可疑且可悲的，因为他所坚持相信的是虚幻的亲生母亲，而唯一的女儿所坚持相信的却是真实的日本现代文明所给予的归属感，由此她甘心成为侍奉"主人"的家庭妇女，无法承担赡养父亲的责任和义务，父亲只能死在双重的爱而不得的孤寂里，岂不悲乎？

如果说周伯是活在对亲情的固执和想象之中，那么傅大成("我")则是活在对爱情的固执和想象之中。邻居美慧姐开启了他少年的情窦，然而她义无反顾地飞向日本又"把我年少时的心事变成了一个绮丽的梦"，心心念念的美慧成为他勤奋上进的动力，却随着逐渐日化，最终嫁作他人妇，定居日本，后来成为妻子的大学同学汪珍妮则将"我"心灵中的美慧姐一点一点挤出。其实也并未完全挤出，也不可能完全挤出，只不过曾经的所谓初恋不得不由显入隐，珍藏心底，变成对其父亲的关心和照顾、对其朋友圈的关注和欣赏等等。然而,毕竟往事如烟,横亘在他们之间的已不仅仅是地理空间的阻隔,更是无形的心灵空间的疏离,正如作者所洞察的,"走不到一起的成年男女,各自的世界里会筑起一道看不见、摸不着但能感觉到的墙"。其实这堵墙早在"周美慧"更名为"池田美慧"时就已经埋下了地基,此后不过是在墙的两侧各自渐行渐远罢了。也正因如此,"我"终究没有问那些悬在心中多年的问题,比如"当年她为什么给我邮过来一张照片,又为什么再也不肯回我的信"。答案或许已不言而喻,又或许已不再重要,一切坚固的东西都将烟消云散,一切美好的情感都在时空中变化无常,正如曾经甜蜜的拥抱变成如今礼节性的笑容、习惯性的鞠躬,那个曾经嫁鸡随鸡、嫁狗随狗的贤良妻子变成眼前说一不二、冷嘲热讽的悍妇。少年的梦终究敌不过中年的墙,美好的想象终究敌不过困窘的现实,这是"我"不得不承受的爱而不得的残酷真相。

之所以"敌不过",自然与"我们"的内因有关,然而也与"我们"所处时代的推波助澜有关。作者隐在地铺设了一条随时代而演进的情感逻辑的媒介线索,即从"书信时代"到"QQ时代",再到"微信时代",两代人的情爱故事就浓缩在这半个多世纪的时代脉络和褶皱里。借用麦克卢汉的名言,"媒介即信息",媒介的变化,早已成为时代变迁、社会变革、人情变异的信息表征。

书信时代表征的是"从前慢"的古典审美和传统伦理,充满着浪漫主义的寄托与等候。1981年周伯接到来自日本的叔叔的邀请信:"我母亲抓着李婶的手,像马上就要生离死别似的,眼泪汪汪地说:'可不是咋的,那是人家的祖国呀。他婶儿,你到了那边可记得给我写信呀!'"次年秋天,傅大成收到了美慧姐去国之后寄来的一封祝贺信,信里还有一张她自己的照片,信的末尾写着"加油,大成,我在京都等着你"。然而等大成上了大学激动地给美慧写了一封信,却没有等到只言片字的回复。古典爱情并未开花结果,而是最终走向了"驿寄梅花,鱼传尺素,砌成此恨无重数"。

"QQ时代"表征的是现代审美和世俗伦理,充满着现实主义的婚姻、权力和算计。大成和汪珍妮在"QQ时代"结了婚,回到县城,分别成为职能局的副局长和县城高中的副校长,为归国奔丧的美慧及其"主人"吉村健太精心设计了一场宴请,而"当年那个从我们村公共汽车站出发的新烫了一头卷发、像一朵鲜花一样的少女,已经人到中年,微微有些发福,又在日本生活多年,举手投足已和我记忆中小时候的美慧姐判若两人"。当古典的"光晕"逝去,即使是她回赠的精致的伴手礼也被大成夫妇贴上了"小气"的标签,这种不可逆的现代化进程充斥着功利主义的精明与无趣。

"微信时代"表征的是后现代的视觉审美和他者伦理,充满着后现代主义的碎片和拼贴。"微信时代"是图像广泛传播的时代,而图像广泛传播带来的"日常生活的审美呈现"被波德里亚称为"超美学"。"我"将美慧姐视为互看朋友圈的"好友",并"通过她发的图文信息,欣赏到大海那一边的京都府的美景,以及美慧姐生活中的点滴感悟",这就进入"超美学"的构想之中。换言之,"我"试图借助直观性、平面性、空间性的"天桥立的春天""渔师小镇"等九宫格图像碎片,想象和拼贴出一个他者(美慧)的生活世界和心灵世界。正如在列维纳斯看来,自我与他者的关系是主客体的关系,自我不断地消化、吸收他者,将其纳入自我的意识内进行感知和认识,他者从来没有获得与自我对等的地位。

事实上,美慧一直是"我"一厢情愿地感知和认识的他者,正如"我"看到美慧发的一张孤独小巷的图片就认为,"这样的小巷仿佛怀古似的,让我们一下子想起了小时候的乌苏里江小村"。与其说"我"还惦念着美慧,不如说"我"始终怀念着那个"书信时代",那个青春荡漾的20世纪80年代和情窦初开的自己,因为在"我的记忆里,只有那天上了车的一张娇艳的、像春蕾一般绽放的脸,那张脸常常在我的脑海中翻卷,越翻卷越清晰:美慧姐穿着一件月白色底、开满粉红碎花的连衣裙,去县城新烫的一头蓬松卷曲、台湾明星邓丽君那样的发型,衬得她的面容比乌苏里江边最美的一朵花还要美上十分"。这无疑是一种带着"光晕"滤镜的凝视和回望,是为那个已经烟消云散的"黄金时代"所唱的挽歌。这种无可挽回的无奈与哀伤,正是时代、生活和生命对我们的馈赠抑或慰藉。

顺便说一句,英国学者鲍曼在《生活在碎片中:论后现代道德》一书中,曾将后现代道德描述为一种"碎片生活",而在其另一本讨论后现代伦理的著作《后现代伦理学》中深刻地指出:我们的时代是一个强烈地感受到道德模糊性的时代。在道德实践的模糊性和伦理、道德理论的困境之间有一种共鸣:道德危机以伦理危机的形式回响着。在后现代的碎片生活之中,在妻子汪珍妮和初恋情人美慧姐之间,"我"小心地感受和承受着道德危机和伦理危机,因此,当汪珍妮发来"月明风清,彻夜不归?"的短信之后,"我仿佛看见了汪珍妮克制着愤怒、带着嘲讽表情的那张脸,我回了她两个字:即归"。读到此处,我不觉会心一笑,并想象着作者写下此句时的心情。

我比较感兴趣的还有作者对叙谈环境的风景描写。很显然,作者深谙"一切景语皆情语"的道理,开篇即写道:"江天多云,半轮月亮在厚薄不匀的云层间沉浮,秋天的江水在窗外低沉地呜咽着,一声接着一声的,仿佛在回应我俩此刻的心境。"结尾又写道:"窗外的风只是起了一阵,风吹散了天上厚薄不匀的云,星星一团一团地闪现在幽蓝的空中。半轮月亮此刻升得高了许多,闪着洁白的光,让江面上起了一条月光路,月光路随着江水,在波光粼粼地闪动。对岸的森林像谁用墨染了似的,染出了一地的静谧。"这样的语言将象与意、情与景统摄其中,余味曲包,颇有韵味。相较于众多"见事不见人"或"见人不见景"的小说,这种情景交融、见人见事又见景的写作自然显得难能可贵。这其实也是文学的基本常识,只不过被遗忘和忽略久了便成了问题,所以在此有重提的必要。

好小说是言近旨远的,坏小说是喋喋不休的;好小说是架屋叠床的,坏小说是一览无余的。《卡桑》虽然只是中篇,但在结构上还是费了心思的。周伯半生寻母的历程、"我"与美慧四十年的情意、时代与社会的历史变迁,都交叠在"我"与美慧面对面的茶馆叙谈之中。"我"完成了一次艰难又漫长的诉说,作者完成了一次流畅的叙述,二者交叠,融合为一。

最后,还是让我们回到那只羊吧。《卡桑》是俞胜近期创作的"乌苏里江动物系列"中的一部,此前已经发表了《维尼》(《福建文学》2021年第10期)和《莱卡》(《大家》2022年第2期)。"莱卡"是一只狗,更是见证和传递父亲王向林与苏联援华专家叶琳娜之间凄美深情的跨国恋的"信使","这既是个人爱情生活的路径,也是时代碎影的记录,父亲和叶琳娜所经历的不是一种简单的具有社会意义的人生,而且是一种历史意义上的人生,个体命运无力与之抗衡,只能隔岸向往,借助莱卡传递无法消退的情愫"。而"维尼"则是只狗熊,它与残疾人孙有财互为生命前行的支撑和动力,"通过动物与人的相互关系叩问现实,交叉而往复地指向人性的幽微与黑暗"。在其最近出版的长篇小说《蓝鸟》中,一只麻雀大小、腹部以上羽毛闪着蓝幽幽光泽的小鸟,激励着主人公毕壮志为爱前行,在汹涌澎湃的经济大潮中坚守自我,不至于迷失或被淹没。不难看出,俞胜正在有计划、有步骤地建构自己独特的"动物世界",这个世界以动物为核心意象,以社会问题、历史进程和跨国文化为背景,以人性揭示为旨归,这个世界是其"为人生"文学观的寓言化呈现,是一位作家献给自己和时代的一份"供词"。

我期待这份"供词"更长、更大胆、更鞭辟入里,直击灵魂!

(原载于《福建文学》2022年第8期)